ग्रोथ माइण्डसेट विकसित करने के 99 तरीके

Miracles

of

the growth mindset

मिरिकल्स ऑफ़ द ग्रोथ माइण्डसेट

राजेश कुमार

© Author

Warning - Please check the examples, stories, figures etc. given in the book with the standards. The author or publisher will not be responsible for this.

आभार

- मैं सर्वप्रथम आभार व्यक्त करता हूँ आप सुधी पाठकों का, जो आपने इस पुस्तक के महत्त्व को समझा और पठन हेतु प्रेरित हुए।
- मैं आभारी हूँ अपने माता -पिता, भाई, पत्नी एवम् परिजनों का, जिनका मुझे हर पल सहयोग प्राप्त होता रहा है।
- मैं आभारी हूँ अपने उन समस्त प्रशिक्षकों का जिन्होंने माइण्ड ट्रेनिंग की विभिन्न विधाओं NLP, LOA, EFT एवम् Ho'oponopono आदि के प्रशिक्षण के माध्यम से मुझे इस योग्य बनाया कि मैं इस पुस्तक के लेखन को पूर्ण कर सका।
- मैं आभारी हूँ उस ब्रह्माण्डीय प्रज्ञा का, जिसने पुस्तक लेखन हेतु मुझे प्रेरित किया ।
- मैं आभारी हूँ अपने प्रिय मित्र विवेक त्रिपाठी जी का, जिनका सदैव सहयोग मुझे प्राप्त होता रहा है। जिन्होंने इस पुस्तक की सुन्दर डिजाइनिंग किया ।
- मैं आभारी हूँ कवि आर्य हरीश कोशलपुरी जी का, जिन्होंने लेखनोपरांत पुस्तक का निरीक्षण कर इसे व्याकरणीय दृष्टिकोण से विशुद्ध बनाया।
- मैं उन सभी के प्रति आभार व्यक्त करता हूँ जिन्होंने पुस्तक के संबंध में परामर्श, प्रकाशन, विमोचन, विज्ञापन, विपणन, विक्रय, वितरण, समीक्षा, बुक समरी, ऑडियो,ई बुक, संस्तुति, अनुवाद आदि किसी भी प्रकार से सहयोग प्रदान किया है।

दो शब्द

मैं अपने दो दशक के अनुभवों, सैकड़ों पुस्तकों के अध्ययन और हज़ारों कामयाब अमीर लोगों से बातचीत के उपरांत इसी निष्कर्ष पर पहुँचा हूँ कि कामयाबी और अमीरी महज़ कोई इत्तेफ़ाक़ नहीं अपितु एक अनवरत तैयारी है। यदि मुझे कामयाब और अमीर व्यक्तियों के अन्दर कोई एक बात 100% समान देखने को मिली तो यह थी कि सब के सब ग्रोथ माइण्डसेट के व्यक्ति रहे। यदि उनके सम्पूर्ण जीवन को पाँच मुख्य बिंदुओं में बाँटा जाए तो ये **1. आत्म प्रबन्धन** (Self-Management), **2. कार्य प्रबन्धन** (Work Management), **3. मस्तिष्क प्रबन्धन** (Mind Management), **4. धन प्रबन्धन** (Money Management) और **5. रणनीतिक प्रबन्धन** (Strategy Management) हैं। मैंने उनके जीवन से 99 अति प्रभावशाली तरीक़े संग्रहित किए हैं। जिन्हें इन्हीं पाँच भागों में विभाजित किया जा सकता है। मेरी पूरी कोशिश रही है कि मैं ग्रोथ माइण्डसेट और फिक्स्ड माइण्डसेट के बीच तुलनात्मक अध्ययन कराते हुए अपनी बातें रखूँ ताकि पाठकों के लिए समझना बहुत ही आसान हो जाए। आशा करता हूँ कि यह पुस्तक आपके लिए लाभकारी सिद्ध होगी।

मैं एक लाइफ एवम् बिज़नेस स्ट्रैटेजिस्ट हूँ। मेरा कार्यक्षेत्र NLP, LOA, EFT और Ho'oponopono है। मैं युवाओं, पेशेवरों और उद्यमियों को उनके मस्तिष्क को प्रशिक्षित करने में मदद करता हूँ। जिससे कि वे अपने स्वास्थ्य, रिश्ते, करियर, सफलता, समृद्धि, सामाजिक प्रतिष्ठा और आध्यात्मिकता में प्रचुरता प्राप्त कर सकें। मेरी सेवाएं निम्नलिखित हैं।

1. Customized NLP Training

NLP विश्व का सबसे शक्तिशाली और त्वरित कार्यकारी मानसिक प्रशिक्षण है। जिसमें मैं अपने ग्राहकों की ज़रूरतों को ध्यान में रखते हुए उनके विकास के लिए अनुकूलित प्रशिक्षण प्रदान करता हूँ। मैं NLP के निम्नलिखित क्षेत्रों में प्रशिक्षण प्रदान करता है।

1. NLP Training for sales
2. NLP Training for leadership
3. NLP Training for self-grooming

2. Personal Session

Personal Session मेरा एक बहुत ही लोकप्रिय सेशन है। इस सेशन का उद्देश्य स्वास्थ्य, रिलेशनशिप, करियर, सफलता और धन के क्षेत्र में प्रचुरता बढ़ाना है। साथ ही, मैं तनाव, क्रोध, चिंता, रिलेशनशिप की समस्याओं, आलस्य, अधिक सोचना, टालमटोल, आघात अवसाद, कम आत्मसम्मान, भ्रम और दुःख जैसे कई तरह के मुद्दों को संबोधित करके जीवन को खुशियों से भरने में मदद करता हूँ। Happiness Session में मै NLP क्लैरिटी प्रोसेस, यौगिक प्रोसेस, EFT प्रोसेस, Ho'oponopono और Mindfulness का इस्तेमाल करता हूँ। मेरी किसी भी सेवा के लिए आप मुझसे सम्पर्क कर सकते हैं।

Mob – 9129263509   Email- rifes.india@gmail.com
YouTube - Rajesh Kumar   Facebook - Rajesh Kumar
Linkedin - Rajesh Kumar   Instagram - Rajesh Kumar

इन्हीं शुभकामनाओं के साथ
आपका दोस्त
राजेश कुमार

प्रस्तावना

इस दुनिया में जितने भी कामयाब और अमीर लोग हुए हैं, उनकी कामयाबी और अमीरी के पीछे महज़ एक ही वजह रही है, वह है उनका माइण्डसेट।

किसी भी कामयाब और अमीर व्यक्ति ने जो भी सपने देखे, इच्छा रखी, इच्छाशक्ति और महत्त्वाकाँक्षा रखी, योजनाएं बनाईं, संघर्ष किया या जो कुछ भी सकारात्मक किया, जो कुछ भी योग्यताएं या कुशलताएं विकसित कीं या फिर जो कुछ भी सीखा, उसकी मात्र एक ही वजह रही। वह था उनका माइण्डसेट।

कामयाबी और अमीरी तथा नाकामयाबी और ग़रीबी को तय करने वाला एक ही कारक है, वह है हमारा माइण्डसेट।

यदि हमने ग्रोथ माइण्डसेट को विकसित कर लिया तो कामयाबी और अमीरी की ओर हमारे क़दम ख़ुद ब ख़ुद बढ़ने लगते हैं।

इस पुस्तक का एकमात्र उद्देश्य है कि आपके मस्तिष्क को ग्रोथ माइण्डसेट में बदल सके।

यह पुस्तक आपके हाथों में है, इसका सीधा सा तात्पर्य है कि आपके अन्दर ग्रोथ माइण्डसेट की तीव्र ही नहीं तीव्रतर इच्छा है।

अशेष शुभकामनाओं के साथ
आपका दोस्त
राजेश कुमार

संकेत

इस पुस्तक में बार बार ग्रोथ माइण्डसेट और फिक्स्ड माइण्डसेट इन दो शब्दों का प्रयोग किया गया है। ग्रोथ माइण्डसेट का तात्पर्य केवल कामयाब और अमीर लोगों से ही नहीं है, बल्कि उन लोगों से भी है जो कि अपनी ज़िन्दगी में कामयाब और अमीर बनना चाहते हैं। जो कामयाबी और अमीरी के इच्छुक हैं, संकल्पित हैं और साथ ही साथ प्रयासरत भी हैं।

पुस्तक में प्रयुक्त फिक्स्ड माइण्डसेट का तात्पर्य महज़ नाकामयाब और ग़रीब लोगों से ही नहीं है। अपितु उन लोगों से भी है जिन्होंने हालात से समझौता कर रखा है। जो क़िस्मत के भरोसे बैठे हैं। जो ख़ुद को थका और हारा महसूस कर रहे हैं। जो अपना आत्मबल, इच्छाशक्ति, उत्साह और महत्वाकाँक्षा खो चुके हैं।

विषय सूची

Self-Management (स्व-प्रबन्धन)

Work Management (कार्य प्रबन्धन)

27. Victory - Victory Situation (जीत-जीत की परिस्थितियाँ)

28. Capability (क्षमता/दक्षता)

29. Deadline for Work (कार्य की समय सीमा)

30. Clarity (स्पष्टता)

31. Hard Work Vs Smart Work (मेहनती कार्य बनाम बुद्धिमता पूर्ण कार्य)

32. Leadership (नेतृत्व)

33. Retirement (सेवा निवृत्ति)

34. Skill Vs Talent (प्रतिभा और कौशल)

35. Time Management (समय प्रबन्धन)

36. Respect Vs Reputation (सम्मान बनाम प्रतिष्ठा)

37. Madness (पागलपन)

38. Sales (बेचना)

39. Saying 'No' ('न' कहना सीखें)

40. Introspection (आत्म निरीक्षण)

41. Productive Vs Busy (उत्पादक बनाम व्यस्त)

42. Time Vs Services (समय बनाम सेवा)

43. Problem Facing (मुश्किलों से सामना)

44. Communication Skill (सम्प्रेषण कौशल)

Mind Management (मस्तिष्क प्रबन्धन)

45. Controlling Emotional Quotient (भावनात्मक लब्धि नियन्त्रण)

46. Inner Management (अन्त: प्रबन्धन)

47. Visualization (दृश्यावलोकन)

48. Gratitude (आभार)

49. Circle of Concern & Influence (चिन्ता और प्रभाव का दायरा)

50. Optional Thought (वैकल्पिक विचार)

51. Fear Controlling (भय नियन्त्रण)

52. Self-Controlling (आत्म नियन्त्रण)

53. Attitude towards Rich (अमीरों के प्रति नज़रिया)

54. Convert your Anger into Promises (अपने क्रोध को संकल्प में बदलिए)

55. Wish & Desire (इच्छा एवम् दृढ़ इच्छा)

56. Big Thinking (बड़ी सोच)

57. Belief & Excuses (विश्वास और बहाने)

58. Making Excuses (बहाने बनाना)

59. Be Dump (बहरा बनो)

60. Conceptual Prejudice (वैचारिक पूर्वाग्रह)

61. Level of thinking (सोच का स्तर)

62. Set a Reminder (रिमाइण्डर सेट करें)

63. Preparation of Subconscious Mind (अवचेतन मस्तिष्क की तैयारी)

64. Programming of Your Subconscious Mind (अपने अवचेतन मस्तिष्क की प्रोग्रामिंग करना)

65. Peace of Mind (मन की शान्ति)

66. Mind Balancing Process (मानसिक सन्तुलन प्रक्रिया)

Money Management (धन प्रबन्धन)

67. Pay Yourself at First (पहले स्वयं को भुगतान करें)

68. Saving Thought (बचत अवधारणा)

69. Financial Stage (आर्थिक स्तर)

70. Multiple Source of Income (आय के अनेकानेक स्रोत)

71. Leverage Income Vs Passive Income (लेवरेज इन्कम बनाम निष्क्रिय इन्कम)

72. High Income Skill (उच्च आय कुशलता)

73. Law of Money Magnetism (धन का चुम्बकीय नियम)

74. Financial Management (आर्थिक प्रबन्धन)

75. Value of Money (पैसों का महत्त्व)

76. Science of being Rich (अमीरी का विज्ञान)

77. Money & Servant (पैसा और नौकर)

78. Financial Prejudice (आर्थिक पूर्वाग्रह)

79. Financial Root (आर्थिक आधार)

Strategy Management (रणनीतिक प्रबन्धन)

80. Company (संगति)

81. Compound Effect (यौगिक प्रभाव)

82. Mentor (सलाहकार)

83. Self-Promotion/Self Branding
(आत्मपदोन्नति/आत्मोदय)

84. Opportunities/Obstacles (सुअवसर/कठिनाइयाँ)

85. Risk (जोख़िम)

86. Think Yourself as a Company (ख़ुद को एक कम्पनी समझिए)

87. Scalable Business (मापनीय व्यवसाय)

88. Time Vs Idea (समय बनाम विचार)

89. Priority (प्राथमिकता)

90. Update (अद्यतनीकरण)

91. To do list (कार्य सारणी)

92. Giving More (अधिक देना)

93. Goal Setting (लक्ष्य की स्थापना)

94. Goal Achieving Process (लक्ष्य प्राप्ति प्रक्रिया)

95. Small Steps (छोटे क़दम)

96. Getaway (पलायन)

1.
Morning Getting up
(प्रात: जागरण)

ग्रोथ माइण्डसेट –

ग्रोथ माइण्डसेट वाला व्यक्ति सुबह एक निश्चित समय पर जल्दी बिस्तर छोड़ देता है। जिससे वह स्वयं को तरोताज़ा महसूस करता है। इस वजह से उसके पास पूरा समय होता है कि वह पूरे दिन की योजनाएं बनाकर उसे पूरा कर सके। ग्रोथ माइण्डसेट वाला व्यक्ति सेल्फ सर्विस पर विशेष ध्यान देता है। सुबह उठने के बाद वह सेल्फ सर्विसिंग अर्थात ख़ुद को शारीरिक, मानसिक और मनोवैज्ञानिक रूप से तैयार करता है।

फिक्स्ड माइण्डसेट –

फिक्स्ड माइण्डसेट वाले व्यक्ति के सोने जागने का समय निश्चित नहीं होता। वह अलार्म अथवा जगाये जाने पर ही उठता है। जो व्यक्ति हमेशा इस नियम से उठता है, उस व्यक्ति का वरण करने में प्रकृति को भी संकोच होता है। फिक्स्ड माइण्डसेट वाला व्यक्ति सुबह जल्दी और निश्चित समय पर न उठ पाने की वजह से न तो अपने दिन भर की प्लानिंग कर पाता है और न ही अपने माइण्ड की बेहतरीन प्रोग्रामिंग ही कर पाता है।

विशेष -

• रॉबिन शर्मा सुबह उठने पर ज़्यादा ज़ोर देते हैं। वे सुबह के पहले घण्टे को शक्ति का घण्टा कहते हैं। जो कि सुबह 5 बजे

से 6 बजे के बीच 20 मिनट व्यायाम, 20 मिनट ध्यान और 20 मिनट अध्ययन का होना चाहिए। अन्य नित्य क्रियाओं को आप थोड़ा और भी जल्दी निपटा सकते हैं।

- यदि आप एक कोच, मेडिकल प्रोफेशनल या स्टूडेण्ट हैं और आपका कार्यकारी समय सुबह काफ़ी जल्दी 6 या 7 बजे शुरू हो जाता है तो आप 5 बजे के पहले उठकर नित्यक्रियाएं निपटाकर व्यायाम / ध्यान कर सकते हैं।

- सुबह जल्दी और निश्चित समय पर उठने पर एक विशिष्ट आत्मविश्वास जागृत होने लगता है। हमें व्यायाम, ध्यान और अध्ययन के लिए पूरा समय मिल जाता है।

- सुबह जल्दी उठने का सबसे बड़ा फ़ायदा यह होता है कि जब हमारे प्रतिद्वन्दी सो रहे होते हैं, उस समय हम ख़ुद को चुनौतियों के लिए तैयार कर रहे होते हैं।

- सुबह उठने का आदर्श समय आपके प्रोफेशन के अनुरूप होता है। आप सुबह किसी भी समय उठें किन्तु आपके पास इतना समय अवश्य होना चाहिए कि आप 20 मिनट व्यायाम, 20 मिनट ध्यान और 20 मिनट अध्ययन के लिए निकाल सकें।

उदाहरण / सलाह-

- एक सर्वे के अनुसार दुनिया भर के 44 % कामयाब और अमीर लोग अपना कार्य शुरू होने के तीन घण्टे पहले उठ जाते हैं। जब एक सामान्य व्यक्ति बिस्तर पर पड़ा होता है उस समय विश्व स्तरीय लीडर चुनौतियों का सामना करने हेतु स्वयं को तैयार कर रहे होते हैं।

- रिचर्ड ब्रायसन, टी. एम. कुक, नरेन्द्र मोदी, जैक डोरेसी, अक्षय कुमार जैसी महान और बड़ी हस्तियाँ सुबह जल्दी बिस्तर छोड़ देते हैं।

2.
Workout
(व्यायाम)

ग्रोथ माइण्डसेट -

ग्रोथ माइण्डसेट वाला व्यक्ति शारीरिक, मानसिक और मनोवैज्ञानिक रूप से स्वस्थ रहने के लिए व्यायाम ज़रूर करता है। यदि वह व्यायाम नहीं कर पाता तो योग और प्राणायाम करता है। यदि वह योग और प्राणायाम भी नहीं कर पाता तो मॉर्निंग वॉक पर जाता है। येन- केन-प्रकारेण वह कुछ न कुछ वर्क आउट ज़रूर करता है।

फिक्स्ड माइण्डसेट -

फिक्स्ड माइण्डसेट वाला व्यक्ति व्यायाम, योग, प्राणायाम या मॉर्निंग वॉक जैसी बातों में यक़ीन नहीं करता। उसके पास इन बकवास के कार्यों के लिए समय भी नहीं होता। उसका तर्क होता है कि वह दिन भर इतना कार्य करता है कि स्वत: ही उसका व्यायाम हो जाता है। उसे ऐसा लगता है कि व्यायाम आदि जैसी क्रियाएं पर्याप्त समय वालों के लिए ही हैं।

विशेष –

नियमित वर्क आउट करने से शरीर पूर्ण स्वस्थ रहता है। आत्मविश्वास में वृद्धि होती है। कार्यक्षमता बढ़ती है। पाचन तंत्र, परिसंचरण तंत्र, श्वसन तंत्र आदि दुरुस्त रहते हैं। डोपामिन, सेरोटोनिन आदि हार्मोन संतुलित रहते हैं। जिससे तनाव आदि से मुक्ति मिलती है। मन शान्त और प्रसन्न रहता है। उत्साह और धैर्य दोनों बढ़ता है।

- 76% कामयाब और अमीर लोग हफ्ते में 4 दिन व्यायाम ज़रूर करते हैं। इन चार दिनों में रोज़ाना 30 मिनट के हिसाब से व्यायाम को समय ज़रूर देते हैं।

- सुबह के समय हमारे मस्तिष्क की प्रीफ्रंटल कॉर्टेक्स (Prefrontal Cortex) निष्क्रिय अवस्था में रहती है। जिससे कि हमारे निर्णय लेने की क्षमता निचले स्तर पर होती है। अतएव मन शान्त रहता है। यही वह वजह है कि व्यायाम हमें सुबह के समय करना चाहिए।

- सुबह का व्यायाम ऐसा हो कि हमारे शरीर से पसीना ज़रूर निकले। पसीने के साथ हमारे शरीर में कार्टिसोल(Cortisol) नामक हार्मोन स्रावित होता है। जिससे हमें तनाव से मुक्ति मिलती है। पसीना निकलने पर हमारे शरीर में BDNF नामक प्रोटीन भी बनता है, जो कि हमारे मस्तिष्क की कोशिकाओं की वृद्धि करता है।

उदाहरण/सलाह-

चाहे उद्योगपति हों या फिल्मी सितारे, मेडिकल प्रोफेशनल्स जैसे डाक्टर्स हों या फिर पेशेवर इंजीनियर, आर्किटेक्ट, मीडिया प्रोफेशनल्स, कोच, किसी भी क्षेत्र के कामयाब और अमीर लोग नियमित रूप से वर्कआउट ज़रूर करते हैं। वे सप्ताह में कम से कम चार दिन ऐसा व्यायाम करते हैं जिससे कि उनके शरीर से पसीना स्रावित हो। यदि वे शारीरिक कारणों से ऐसे व्यायाम नहीं कर पाते तो वे लोग योग करते हैं। जिसमें भस्तिका, कपालभाति, वाह्य प्राणायाम, अनुलोम-विलोम, उद्गीथ, नाड़ी-शोधन, सूर्यभेदी प्राणायाम, चन्द्रभेदी प्राणायाम जैसी क्रियाएं और विभिन्न प्रकार के आसन शामिल होते हैं। यदि वे योग करने में भी समर्थ नहीं हैं तो सुबह की सैर करते हैं। ऐसे भी लोग हैं, जो फिट रहने के लिए लिफ्ट का प्रयोग नहीं करते। दिन में कई बार सीढ़ियाँ चढ़ते और उतरते हैं।

3.
Meditation
(ध्यान)

ग्रोथ माइण्डसेट -

ग्रोथ माइण्डसेट वाला व्यक्ति नियमित रूप से दस मिनट मेडिटेशन ज़रूर करता है। वह माइण्डफुलनेस, थैंकफुलनेस, विपश्यना या किसी भी प्रकार का मेडिटेशन करता है। जिससे कि वह अपने मन को पूर्ण शान्ति, स्थिरता, एकाग्रता एवं सन्तुलन प्रदान कर सके। मेडिटेशन के द्वारा वह स्वयं को वाह्य चुनौतियों से सामना करने के लिए तैयार करता है। वह अपने मेडिटेशन में अफर्मेशन और विजुलाइजेशन को ज़रूर शामिल करता है। मेडिटेशन के द्वारा वह अपनी स्मरणशक्ति, कल्पनाशक्ति, सकारात्मकता एवं रचनात्मकता में वृद्धि करता है।

फिक्स्ड माइण्डसेट -

फिक्स्ड माइण्डसेट वाले व्यक्ति प्रायः तीव्र धार्मिक भावनाओं एवं पूर्वाग्रहों से ग्रसित होते हैं। वे ध्यान के बजाय धार्मिक एवं तर्कहीन क्रियाकलापों में अपना समय व्यतीत करते हैं। धार्मिक क्रियाकलापों द्वारा शान्ति, एकाग्रता, सन्तुलन प्राप्त कर पाना काफ़ी कठिन हो जाता है। फिक्स्ड माइण्डसेट वाले चमत्कारों में ज़्यादा यक़ीन करने वाले होते हैं। ये प्रायः कुछ होने की प्रतीक्षा करते हैं। ये कहना कत्तई बुद्धिमानी नहीं होगी कि ये लोग ईश्वर में अटूट विश्वास रखते हैं। क्योंकि इन्हें वांछित चीज़ें प्राप्त नहीं होने पर ईश्वर से भी इनकी नाराज़गी हो जाती है।

विशेष -

• आप अपनी दिनचर्या में 20 मिनट का समय मेडिटेशन के लिए ज़रूर दें। यह आपकी रूटीन का अहम हिस्सा होना चाहिए।

जिसे आपको जीवन पर्यन्त करना चाहिए। पूरे विश्व में माइण्डफुलनेस, थैंकफुलनेस, विपश्यना जैसी मेडिटेशन की हज़ारों प्रभावी विधाएं हैं। यदि आप कुछ भी नहीं जानते तो भी कमर सीधी करके बैठ जाएं और अपना ध्यान अपनी सासों पर केन्द्रित करें। इसके अतिरिक्त आपको कुछ भी नहीं करना है। आपके मस्तिष्क में जो कुछ भी विचार आ रहे हों, उन्हें आने दीजिए। यह प्रक्रिया न्यूनतम 10 मिनट अवश्य करें। शेष 10 मिनट का समय अफर्मेशन्स और विज्युलाइजेशन को दीजिए। अफर्मेशन्स और विजुलाइजेशंस के दौरान भी आप अपना ध्यान अपनी सांसों पर केन्द्रित कर सकते हैं।

- मेडिटेशन ही वह पद्धति है जिसके द्वारा हम मुस्तैदी (Alertness) तथा जागरुकता के बीच के फ़र्क को समझ पाते हैं। मेडिटेशन के द्वारा हम अपनी शारीरिक, मानसिक और मनोवैज्ञानिक अवस्था में सन्तुलन बनाते हैं।

- किसी भी व्यक्ति, वस्तु, स्थान, भाव या परिस्थिति के प्रति हमारा दृष्टिकोण तीन तरह से कार्य करता है। हम उसे स्वीकार करते हैं, अस्वीकार करते हैं या उसके प्रति भावशून्य होते हैं। किन्तु जब हम मेडिटेशन पर अच्छा अभ्यास करने लगते हैं तो एक चौथी अवस्था उत्पन्न हो जाती है। जिसे निर्णय रहित अवलोकन(Observation Without Judgement)कहते हैं।

उदाहरण / सलाह-

जब किसी विषय पर निर्णय लेना आपके लिए कठिन हो रहा हो तो तत्काल में कोई निर्णय न लें। शान्त चित्त होकर, कमर सीधी करके बैठ जाएं। अपना ध्यान अपनी सांसों पर केन्द्रित करें। कम से कम 10 मिनट के लिए अपनी आती-जाती सांसों को महसूस करें। आपकी सांसें गहरी होनी चाहिए। यह मेडिटेशन की सबसे सरल और शुरुआती प्रक्रिया है। इसके बाद आप निर्णय लें। आप मेडिटेशन का लाभ, आवश्यकता और अनिवार्यता से परिचित हो जायेंगे।

4.
Reading
(अध्ययन)

ग्रोथ माइण्डसेट -

ग्रोथ माइण्डसेट वाला व्यक्ति नियमित रूप से अध्ययन करता है। वह हर समय कुछ न कुछ सीखना चाहता है। पढ़ना न केवल उसकी आदत अपितु शौक भी होता है। वह जानता है कि कामयाबी और अमीरी का रास्ता क़िताबों से ही होकर गुज़रता है। वह येन -केन- प्रकारेण अपनी स्किल को इम्प्रूव करता है। ग्रोथ माइण्डसेट वाला व्यक्ति ताउम्र स्टूडेण्ट ही बना रहता है। ग्रोथ माइण्डसेट वाला स्पेसिफिक नॉलेज (विशिष्ट ज्ञान) में विश्वास करता है।

फिक्स्ड माइण्डसेट -

फिक्स्ड माइण्डसेट वाला व्यक्ति अपने स्कूल या कॉलेज की समाप्ति के साथ ही अपने स्टूडेण्ट लाइफ का भी अन्त कर देता है। वह कुछ भी नया सीखने में इन्टरेस्टेड नहीं होता है। उसका दावा होता है कि वह सब कुछ जानता है। उसने बहुत दुनिया देखी है। उसके बाल धूप में यूँ ही सफ़ेद नहीं हुए हैं। वह दावा करता है कि पढ़ा नहीं अपितु कढ़ा है। फिक्स्ड माइण्डसेट वाला व्यक्ति फॉर्मल डिग्रियों में विश्वास करता है।

विशेष -

- ज्ञान प्राप्ति में किया गया निवेश ही सबसे बड़ा निवेश है। अमेरिकन भविष्य द्रष्टा एल्विन टोफलेर ने कहा था कि 21वीं शताब्दी के अनपढ़ वे नहीं होंगे जो कुछ पढ़ लिख नहीं सकते

बल्कि वे होंगे जो कि कुछ सीख नहीं सकते। किसी भी उपक्रम की अपेक्षा पुस्तकों का अध्ययन ज़्यादा लाभप्रद होता है। इससे हमारी सभी मांसपेशियों का न केवल व्यायाम होता है अपितु उनकी क्षमता भी बढ़ती है। क़िताबों को पढ़ने वाले व्यक्ति की एकाग्रता, स्मरणशक्ति, तर्कक्षमता, विवेकशीलता, निर्णय क्षमता सामान्य व्यक्ति से अधिक होती है।

- 88% कामयाब और अमीर लोग पढ़ना पसंद करते हैं। 86% कामयाब और अमीर लोग प्रतिदिन 30 मिनट पढ़ते हैं।

उदाहरण / सलाह-

- विश्व के सफलतम एवं अमीर व्यक्तियों में शुमार वारेन बफेट नियमित 5 से 6 घण्टे पढ़ते हैं।

- चार्ली मंगर नामक उद्योगपति कहते हैं कि मैं अपने जीवन काल में एक भी ऐसे कामयाब और अमीर व्यक्ति से नहीं मिला जो कि क़िताबें न पढ़ता हो।

- बराक ओबामा अपने कार्यकाल में प्रतिदिन एक घण्टे ज़रूर पढ़ते थे।

- बिल गेट्स हर हफ्ते एक क़िताब जरूर पढ़ते हैं और प्रतिवर्ष दो सप्ताह का अवकाश महज़ इसलिए लेते हैं ताकि वे क़िताबें पढ़ सकें।

- बराक ओबामा ने न्यूयार्क टाइम्स में दिये गए अपने एक इण्टरव्यू में कहा था कि क़िताबें उन्हें सोचने की क्षमता प्रदान करती हैं और वे सही निर्णय लेने के योग्य होते हैं।

- ऐंजेलिस्ट के संस्थापक तथा ट्विटर और यूबर को फण्डिंग देने वाले नवल रविकान्त से पूछा गया कि नये मॉडल को विकसित करने का सबसे प्रभावशाली तरीका क्या है? तो उन्होंने दो शब्दों का एक वाक्य बोला अधिकाधिक पढ़ो (Read a lot)

- एक अध्ययन में यह ज्ञात हुआ है कि जो लोग साल में 7 या उससे अधिक क़िताबें पढ़ते हैं उनके कामयाब और अमीर बनने की संभावनाएं 122% बढ़ जाती हैं।

5.
Eating Habits
(खाने की आदतें)

ग्रोथ माइण्डसेट –

ग्रोथ माइण्डसेट वाले व्यक्ति सेहतमंद रहने के लिए खाते हैं। वे जानते हैं कि सेहतमंद रहकर ही वे कामयाब हो सकते हैं। उनके ब्रेकफास्ट, लन्च और डिनर का समय निश्चित होता है। वे तैलीय, तीखी और गरिष्ठ चीज़ों से परहेज़ करते हैं।

फिक्स्ड माइण्डसेट –

फिक्स्ड माइण्डसेट वाले लोग खाने-पीने में काफ़ी लापरवाही बरतते हैं। वे तैलीय और चटपटी चीज़ों को खाने के चक्कर में अपनी सेहत बिगाड़ लेते हैं। उनके ब्रेकफास्ट, लन्च और डिनर का समय भी निश्चित नहीं होता।

विशेष -

- एक सर्वे के अनुसार 57% कामयाब और अमीर लोग इस बात का ध्यान रखते हैं कि उन्हें प्रतिदिन कितने किलो कैलोरी ऊर्जा लेनी चाहिए।
- 70% कामयाब और अमीर लोग 300 किलो कैलोरी से कम जंक फूड खाते हैं।
- **खाने की दस महत्वपूर्ण बातें हर किसी को अपने जीवन में उतारनी चाहिए-**

1. संतुलित आहार लें।
2. पानी उपयुक्त मात्रा में पिएं।
3. हरी सब्जियां खाएं।
4. उपयुक्त मात्रा में प्रोटीन लें।
5. नाश्ता कभी न छोड़े।
6. खाने को अच्छे से चबाएं।
7. भूख से थोड़ा कम खाएं।
8. घर का खाना खाएं।
9. फास्ट फूड से दूर रहें।
10. शीतल पेयों से दूरी बनाएं।

भोजन के आयुर्वेदानुसार नियम -

1. भोजन शुरू करने से पूर्व यह विचार अवश्य करें कि क्या यह भोजन लाभकारी है?

2. रात्रि भोजन के पश्चात तुरन्त बिस्तर पर न जाएं। कुछ क़दम टहलें।

3. भोजन करते समय बीच में अधिक पानी न पिएं। भोजन के एक घण्टे बाद पानी पिएं।

4. आराम से बैठकर भोजन करें। पानी भी बैठकर पिएं।

5. टी.वी. देखते या मोबाइल चलाते हुए भोजन न करें।

6. भोजन से 45 मिनट पूर्व थोड़ा पानी पी सकते हैं।

7. श्रीमद्भगवद्गीता के अनुसार खट्टे, गन्धयुक्त, बासी, लवणयुक्त भोजन न करें।

8. विशुद्ध सकारात्मक सोच के साथ भोजन करें।

9. जहाँ तक संभव हो, परिवार के साथ बैठकर भोजन करें।

10. अपने भोजन के लिए ईश्वर को धन्यवाद अवश्य दें।

11. प्लेट में थोड़ा भी खाना न छोड़े।

12. प्रसन्नतापूर्वक भोजन करें।

उदाहरण/सलाह -

- रोज़ाना एक सा ख़ाना खाने से आप Eating Disorder के शिकार हो सकते हैं।

- जो लोग संतुलित आहार नहीं लेते अथवा खाने के नियमों का पालन नहीं करते उन्हें विभिन्न प्रकार की समस्याएं जैसे न्यूट्रीशन्स की कमी, मोटापा, कमजोरी आदि घेर लेती है।

- पेट के तमाम रोगियों में आप देख सकते हैं कि ज़्यादातर वही लोग होते हैं जो कि ख़ान-पान के प्रति लापरवाह रहे हैं।

6.
Sound Sleep
(गहरी निद्रा)

ग्रोथ माइण्डसेट –

ग्रोथ माइण्डसेट वाला व्यक्ति न्यूनतम सात से आठ घण्टे की गहरी नींद लेता है। वह भरपूर नींद लेने के बाद स्वयं को तरोताज़ा महसूस करता है। वह अपनी सारी समस्याओं, उलझनों और संघर्षों को अपने बिस्तर से दूर रखता है। वह सोते समय मोबाइल देखते हुए सोना पसन्द नहीं करता।

फिक्स्ड माइण्डसेट –

फिक्स्ड माइण्डसेट वाला व्यक्ति पूर्वाग्रह से ग्रसित होता है। जिसमें उसे सिखाया गया होता है कि सफलता और अमीरी के लिए नींद और खाने को भूल जाओ। कम नींद लेने की वजह से पहले वह अपनी एकाग्रता में कमी पाता है। फिर धीरे धीरे चिड़चिड़ा भी हो जाता है। सफलता और अमीरी तो दूर की बात है, वह डिप्रेशन को अपनी ज़िन्दगी में ले आता है।

विशेष -

- न्यूनतम सात से आठ घण्टे की गहरी नींद आवश्यक है। किन्तु यदि आप इससे कम समय की नींद में संतुष्ट हो जाते हैं और उसके बाद स्वयं को पूरे दिन के लिए तरोताज़ा महसूस करते हैं तो आपके लिए उतनी ही नींद पर्याप्त है। यदि आप योग निद्रा लेते हैं तो भी आप पर 7-8 घण्टे की नींद का नियम लागू नहीं होता।

- गहरी नींद लेने से मन पूरी तरह शान्त होता है। इससे हमारी एकाग्रता और स्मरणशक्ति बढ़ती है। इससे हमारी कार्यक्षमता बढ़ती है। गहरी नींद के दौरान हमारे तमाम घायल ऊतकों की भी मरम्मत होती है। गहरी नींद से हमारा श्वसन तंत्र और पाचनतंत्र भी संतुलित होता है। गहरी नींद लेने वाला व्यक्ति तर्कपूर्ण, सामयिक, निष्पक्ष और सटीक निर्णय लेने में सक्षम होता है।
- एक घण्टे की कम नींद दो घण्टे की उत्पादकता को प्रभावित कर देती है।

उदाहरण/सलाह -

- दुनिया के कामयाब और अमीर लोगों में शुमार एमेजॉन कम्पनी के संस्थापक जेफ़ बेज़ोस आठ घण्टे की नींद के पूर्ण पक्षधर हैं। साथ ही साथ माइक्रोसॉफ्ट के संस्थापक बिल गेट्स और तमाम कामयाब और अमीर लोग न्यूनतम सात घण्टे की गहरी नींद लेते हैं।
- ठण्डियों के मौसम में आत्महत्याओं की दर में काफ़ी कमी आ जाती है। इसकी एकमात्र वजह यही होती है कि ठण्डियों में लोग पर्याप्त नींद लेते हैं और उनके तनाव में काफ़ी कमी आ जाती है।
- एक स्टडी में यह पाया गया है कि 26 मिनट नैप स्लीप लेने से नासा के पायलट की परफार्मेंस 34% तक बढ़ गई थी।
- द लैंसेट हेल्दी लांगविटी के शोध के अनुसार जो लोग 6 घण्टे से कम की नींद लेते हैं, उनकी शारीरिक क्षमता पर नकारात्मक प्रभाव पड़ता है। इस दौरान शोधकर्ताओं ने 8958 लोगों को शामिल किया और दस वर्षों तक उनकी गतिविधियों पर नज़र रखा।

7.
Habit Building
(आदत निर्माण)

ग्रोथ माइण्डसेट –

ग्रोथ माइण्डसेट वाला व्यक्ति यह जानता है कि उसकी आदतें ही उसे कामयाब और अमीर बनाती हैं। अतएव वह सही आदतों के निर्माण हेतु एक सटीक निर्णय लेता है और निरन्तर दृढ़ता से उन आदतों का निर्माण भी करता है। वह आदतों का निर्माण पहचान आधारित करता है न कि परिणाम आधारित।

फिक्स्ड माइण्डसेट –

फिक्स्ड माइण्डसेट सेट वाला व्यक्ति यह जानते हुए कि उसकी आदतें ही उसे कामयाब और अमीर बनाती हैं वह अपनी ख़राब आदतों को छोड़कर अच्छी आदतों के निर्माण सम्बन्धी सही निर्णय नहीं ले पाता। इच्छाशक्ति और निरन्तर अभ्यास की कमी की वजह से वह ख़राब आदतों के मकड़जाल में फंसा ही रहता है। यदि वह परिवर्तन करना भी चाहता है तो परिणाम आधारित न कि पहचान आधारित।

विशेष-

हमारी आदतों के निर्माण में दो आधारभूत स्तंभ हैं। पहला Outcome based (परिणाम आधारित) और दूसरा Identity based (पहचान आधारित)। यदि दो व्यक्ति जो कि सिगरेट छोड़ना चाह रहे हों और उन्हें सिगरेट ऑफर की जाए तो परिणाम आधारित व्यक्ति यह कहेगा कि मैं सिगरेट छोड़ने की कोशिश कर रहा हूँ। जबकि पहचान आधारित व्यक्ति का

कथन होगा कि मैं सिगरेट नहीं पीता। दोनों की बातों में सूक्ष्म अन्तर है और वही अन्तर ही उनकी आदतों के निर्माण में महत्वपूर्ण भूमिका निभाता है।

उदाहरण/सलाह -

- जो कार्य आप बार बार करते हैं, वही आपकी पहचान बन जाती है। कोई भी एकलौता कार्य आपकी पहचान नहीं बदल सकता। किन्तु उसकी बारम्बारता अवश्य ही आपकी पहचान बदल देती है। यदि आप दूसरे लोगों से आत्मविश्वास और अच्छी सम्प्रेषण शैली में बात करते हैं तो आपकी पब्लिक स्पीकर की पहचान बनती है। जब आप बारम्बार दूसरों को प्रभावित एवं प्रेरित करते हैं तो आपकी लीडर की पहचान बनती है। दूसरों के साथ सकारात्मक व्यवहार, भाषा शैली, विनम्रता से आपके सफलोन्मुख व्यक्ति की पहचान बनती है। लोग परिणाम तो चाहते हैं। किन्तु पहचान नहीं बदलना चाहते। आदत एक व्यवहार ही है जो बार बार करने से बन जाती है।

- किसी भी कार्य को लगातार 66 दिनों तक करिए। फिर आप देखेंगे कि वह कार्य आपकी आदत का हिस्सा हो गया है। जब आप किसी कार्य को करना शुरू करते हैं या फिर किसी नई आदत को विकसित करने की कोशिश करते हैं तो पहले 22 दिनों में आपको पुरानी आदत से छुटकारा मिलता है। अगले 22 दिनों में आप उस नई आदत को स्वीकार करते हैं और आख़िरी के 22 दिनों में आप उस नई आदत को आत्मसात कर लेते हैं अर्थात वह आपका एक हिस्सा बन जाती है।

- आपकी आदतें आपके विचारों की अभिव्यक्ति हैं। आपको अपने विचारों पर कार्य करने की आवश्यकता है। अच्छी आदतों के निर्माण की प्रक्रिया स्वतः प्रारम्भ हो जायेगी।

8.
Love Yourself
(स्वयं से प्रेम)

ग्रोथ माइण्डसेट –

ग्रोथ माइण्डसेट वाला व्यक्ति स्वयं से प्रेम करता है। वह स्वयं को सबसे अधिक महत्त्व देता है।

ग्रोथ माइण्डसेट –

फिक्स्ड माइण्डसेट वाले अमूमन स्वयं के प्रति बहुत ही लापरवाह होते हैं।

विशेष -

- यदि आप चाहते हैं कि लोग आपका सम्मान करें तो सबसे पहले आपको अपना सम्मान करना पड़ेगा।
- लोग आपको प्रेम तब करेंगे जब आप सुनिश्चित कर लें कि आप ख़ुद से बेतहाशा प्यार करते हैं।
- दूसरे लोग उसी को महत्त्व देते हैं, जो कि ख़ुद की नज़रों में महत्त्वपूर्ण होता है।
- यदि आप किसी पर विश्वास करते हैं तो यक़ीनन वह ख़ुद पर भी विश्वास करने वाला होगा।

उदाहरण/सलाह -

- स्वयं से प्रेम करने के सन्दर्भ में Mirror Tech (आईना विधि) सबसे प्रभावी विधि है। ढेरों उदाहरण हैं जिन्होंने इस विधि के द्वारा अपने जीवन को प्रेममय किया है। आप एक आईना लीजिए जो कि आपकी लम्बाई का आधा हो और आप ऐसी

जगह लगाइए, जहाँ पर आपको कोई डिस्टर्ब करने वाला न हो। बाथरूम सबसे सही जगह है। जब आप स्नान करने जाएं तो स्नान से पूर्व कुछ समय आप ख़ुद को दीजिए। आप आईने के सामने खड़े हो जाइए। अपनी आँखों में देखिए । शरमाइए बिल्कुल भी नहीं। जब तक आप देख सकते हैं, देखते रहिए। आप अपना नाम लेकर सम्बोधित कीजिए जैसे कि आपका नाम माइकल है। अब ख़ुद से बोलिए कि "माइकल मैं तुमसे प्रेम करता हूँ। मैं तुमसे बहुत बहुत प्रेम करता हूँ। माइकल तुम प्यार करने के क़ाबिल हो।

- आईना तकनीकि का अभ्यास आप कभी भी कर सकते हैं। किन्तु यदि इसे सुबह के समय किया जाए तो यक़ीनन बेहतरीन लाभ मिल सकता है। यदि आप चाहें तो अपने अनुभवों को लिख भी सकते हैं।

- ख़ुद से प्रेम तब कम होता है जब लोग अपनी तुलना दूसरों से करने लगते हैं। आप अपनी तुलना किसी से करना बन्द करिए। आप परमात्मा की सर्वोच्च कृति हैं। आप अद्वितीय हैं। आप इन बातों को जितनी जल्दी स्वीकार करेंगे उतनी ही जल्दी ख़ुद से प्रेम करना शुरु कर देंगे।

- अपने दिल दिमाग़ में इस बात को जगह दे दीजिए कि आप विश्व के सबसे महत्वपूर्ण व्यक्ति हैं।

9.
Family
(परिवार)

ग्रोथ माइण्डसेट –

ग्रोथ माइण्डसेट वाले व्यक्ति के लिए उसका परिवार और रिश्ते बड़ी ताक़त होते हैं। वह अपने परिवार से जुड़े होने की वजह से मनोवैज्ञानिक रूप से स्वस्थ होता है। जिसका प्रभाव उसके कार्य में स्पष्ट रूप से दिखाई देता है।

फिक्स्ड माइण्डसेट –

फिक्स्ड माइण्डसेट वाले अक्सर दोषारोपण करने वाले, अच्छे रिश्ते न बना पाने वाले और न ही निभा पाने वाले होते हैं। जिसका दुष्प्रभाव उनके जीवन के विभिन्न पक्षों में दिखाई देता है।

विशेष –

रिश्तों का ख़राब होना किसी को भी मानसिक रूप से विचलित कर सकता है। कुछ उपाय करके आप अपने रिश्तों को सुधार सकते हैं। यदि उसमें ज़रा भी गुंजाइश हो।

- अपने रिश्तों में समय का निवेश करिए। अपने परिवार के सदस्यों के साथ बैठिए। उनकी बातें सुनिए। कोशिश करिए कि रात का भोजन सब एक साथ करें। बच्चों को भी समय दीजिए। समय निकालकर उनके साथ खेलिए।

- अपनी ग़लती को स्वीकार कीजिए। जीवनसाथी के साथ अपने बर्ताव को सुधारने की कोशिश करिए। यह ध्यान दीजिए कि आपका कौन सा बर्ताव आहत करने वाला है। उसे बदलिए।

- अपने जीवन साथी या परिवार के किसी भी सदस्य के ऊपर अनावश्यक का दोषारोपण मत करिए। दोषारोपण करने से सुधरता कुछ भी नहीं है, रिश्ते और भी ख़राब हो जाते हैं।
- किसी बीती हुई या पुरानी बात को लेकर कुंठित मत रहिए। जो बीत गई सो बीत गई। आप अपने अतीत में जाकर किसी भी बात या घटना को बदल नहीं सकते।
- अपने जीवन साथी या परिवार के अन्य सदस्यों के साथ सहानुभूति रखिए। अगर आप अपनी तमाम समस्याओं के लिए अपने परिवार के सदस्यों या जीवन साथी को दोषी ठहरा रहे हैं तो एक बार पुनः विचार करिए कि क्या यह सही है?
- अपने रिश्तों को लेकर सकारात्मक रहिए।

उदाहरण/सलाह –

अच्छे पारिवारिक रिश्तों से बहुतेरे लाभ हैं।

- बच्चों को प्यार और सुरक्षा महसूस कराने में मददगार है।
- बच्चों के भावनात्मक और बौद्धिक विकास में मददगार होता है।
- यह बच्चों के सीखने, खाने और सोने सम्बन्धी कई व्यवहार और मनोवैज्ञानिक समस्याओं को हल कर सकता है।
- किसी भी संभावित पारिवारिक समस्या और संघर्ष को सौहार्दपूर्ण तरीक़े से दूर करने और हल करने में मदद कर सकता है।
- यह परिवार के सदस्यों की व्यक्तिगत सोच और व्यक्तिगत आत्म मूल्य को बढ़ावा देते हुए एक दूसरे के मतभेदों का सम्मान करना सिखा सकता है।
- इससे परिवार के सभी सदस्यों में आत्मविश्वास एवं उच्च चरित्र का निर्माण होता है।

10.
Relationship
(रिश्ते)

ग्रोथ माइण्डसेट –

ग्रोथ माइण्डसेट वाले हमेशा रिश्ते को अहमियत देते हैं। ये लोग हमेशा आगे बढ़कर नये रिश्ते बनाने में यक़ीन रखते हैं। ये लोग प्राय: सकारात्मक, संघर्षशील, कामयाब और अमीर लोगों से जुड़ना पसन्द करते हैं।

फिक्स्ड माइण्डसेट –

फिक्स्ड माइण्डसेट वाले अमूमन उन रिश्तों को ही महत्त्व देते हैं जिनमें कि वह कम्फर्ट महसूस कर सकें। ये लोग प्राय: अपने अहंकार, शर्म या संकोच की वजह से नये रिश्ते नहीं बना पाते। ये अपने जैसे लोगों के झुण्ड में रहना पसन्द करते हैं।

विशेष –

ढेर सारे नये रिश्ते बनाना ही महत्वपूर्ण नहीं है।अपितु बनाए गये रिश्तों का भली- भांति निर्वहन करना भी महत्वपूर्ण है।

उदाहरण/सलाह -

- दुनिया के सभी कामयाब और अमीर लोगों की विशेषताओं में रिश्ते बनाना और उसका निर्वहन करना है।
- दुनिया भर के सभी कामयाब और अमीर लोग अपने परिवार और बच्चों के लिए समय ज़रूर निकालते हैं। जो व्यक्ति अपने परिवार से बेहतरीन जुड़ा होता है, वह मनोवैज्ञानिक रूप से काफ़ी स्वस्थ होता है।

- कामयाब और अमीर लोगों की फ़ितरत होती है कि वे अपनी फील्ड के शीर्षस्थ लोगों से अवश्य ही जुड़े होते हैं। यह जुड़ाव उन्हें हमेशा प्रेरणा देता है।

- यह आवश्यक नहीं है कि आप हमेशा कामयाब और अमीर लोगों से ही रिश्ता बनाएं। किन्तु आपकी सर्किल में ग्रोथ माइण्डसेट वाले लोग ज़रूर हों।

- बैंकिंग और फाइनेंस की सभी बड़ी कम्पनियों के सॉफ्टवेअर में कस्टमर का जन्मदिन फीड होता है। जिसका शुभकामनाओं भरा मैसेज कस्टमर के पास जन्मदिन को ज़रूर पहुँचता है। कस्टमर पर इसका सकारात्मक प्रभाव जाता है। आप भी ऐसा कर सकते हैं।

- आटोमोबाइल की कम्पनियाँ समय समय पर अपने ग्राहकों से सर्विस की जानकारी लेती रहती हैं। यह मज़बूत रिश्ते बनाने का ही तरीक़ा है।

- यद्यपि आपके रिश्तों को आप जो समय देते हैं उसकी कोई क़ीमत नहीं। किन्तु कभी-कभार कुछ उपहार भी रिश्तों में जान फूँक देते हैं।

- नकारात्मक लोगों से पीछा छुड़ाना भी अच्छे रिश्तों की शुरुआत का मज़बूत क़दम है।

- जो लोग हमेशा दुःखी, निराश, हताश, उत्साहहीन रहते हैं और नकारात्मक बातें करते हैं, उनसे दूरी बनाकर रखनी चाहिए। इससे बाक़ी लोगों के साथ आपके रिश्ते मज़बूत होंगे।

- दूसरों को धोखा देने वाले, निन्दक, ग़लत का विरोध न करने वाले, अपराधी, किसी का भी अपमान करने वाले, निराशावादी, चुगुलखोर, नशेड़ी, परस्त्रीगमन करने वाले, आलसी इन दस लोगों से कभी भी रिश्ता मत रखिए।

11.
Politeness
(विनम्रता)

ग्रोथ माइण्डसेट –

ग्रोथ माइण्डसेट वाला व्यक्ति सफलता मिलने के साथ साथ स्वयं को विनम्र एवम् उदारवादी भी बनाता है। वह प्रत्येक व्यक्ति, सहकर्मी, अधीनस्थ कर्मचारियों, मित्रों वरिष्ठों एवं अपने परिजनों के प्रति पूरी विनम्रता से पेश आता है। सरलता उसके स्वभाव का अभिन्न हिस्सा होती है। ग्रोथ माइण्डसेट वाला व्यक्ति हर परिस्थिति में रिश्तों की अहमियत जानता है।

फिक्स्ड माइण्डसेट –

फिक्स्ड माइण्डसेट वाला व्यक्ति अपने अशिष्ट व्यवहार द्वारा ही अपनी पहचान करा देता है। फिक्स्ड माइण्डसेट वाले व्यक्ति के अन्दर अक्खड़पन बहुत ही ज़्यादा होता है। उसकी मानसिकता यह होती है कि उसके परिजन, मित्र और अधीनस्थ कर्मचारी हमेशा उसके समक्ष झुके रहें। वह रिश्तों की अहमियत और मर्यादा भी भूल जाता है।

विशेष-

यदि आप अपनी बातों या व्यवहार के द्वारा किसी भी व्यक्ति को किसी भी कारण से आहत करने के उद्देश्य से आहत करते हैं तो निश्चित रूप से आप पशु ही हैं। किसी भी व्यक्ति की शारीरिक, सामाजिक, पारिवारिक या आर्थिक स्थिति के आधार पर कत्तई यह तय न करें कि उसे कितना सम्मान देना है। यदि किसी व्यक्ति की जुबान गन्दी है तो समझ जाइए कि वह मानसिक रूप से पूर्ण स्वस्थ तो कत्तई नहीं है।

उदाहरण/सलाह –

- एक बार मुकेश अम्बानी के बेटे ने एक गार्ड का अपमान कर दिया था। जब यह बात मुकेश अम्बानी को पता चली तो उन्होंने इस बात को हल्के में नहीं लिया और न ही उन्होंने यह सोचकर नज़रअन्दाज़ कर दिया कि उनका बेटा अभी छोटा है। उन्होंने अपने बेटे को विनम्रता का पाठ पढ़ाने के लिए उस गार्ड से माफ़ी मंगवाया। यह विनम्रता का श्रेष्ठतम उदाहरण है।
- विक्रम साराभाई शाम के समय प्रायः त्रिवेन्द्रम में समुद्र तट पर बैठकर गीता पढ़ते थे। एक युवक उनके पास पहुँचा और उसने ख़ुद को वैज्ञानिक बताया। उसने बताया कि वह भाभा एटॉमिक रिसर्च सेंटर में कार्य करता है। विक्रम साराभाई को गीता पढ़ते हुए देखकर उसने उन्हें बड़ी गिरी निगाहों से देखा। उसने उनसे कहा कि इस वैज्ञानिक युग में भी आप इन चीज़ों पर विश्वास करते हैं। विक्रम सारा भाई विनम्र बने रहे और युवक की बातों पर मुस्कुराते रहे। कुछ देर बाद दो बड़ी गाड़ियाँ आकर वहाँ रुकी। उसमें से गार्ड बाहर निकले। उन्होंने गाड़ी का दरवाज़ा खोला। विक्रम साराभाई बैठने ही वाले थे कि वह युवक दौड़कर उनके पास पहुँचा और उनका परिचय जानना चाहा। विक्रम साराभाई ने अपना परिचय देते हुए कहा कि मैं भाभा एटॉमिक रिसर्च सेंटर का चेयरमैन हूँ। यह वही ऑर्गनाइज़ेशन था, जहाँ वह युवक कार्य करता था। विक्रम साराभाई की विनम्रता से सारी उम्र के लिए वह उनका मुरीद हो गया।
- विनम्रता का एक जग प्रसिद्ध उदाहरण महाभारत में मिलता है। दुर्योधन और अर्जुन दोनों ही कृष्ण से सहायता माँगने उनके राज्य द्वारिका पहुँचे। जब वे दोनों पहुँचे उस समय कृष्ण सो रहे थे। दुर्योधन जाकर उनके सिराहने बैठ गया। किन्तु अर्जुन विनम्रतापूर्वक कृष्ण के पैरों के पास बैठे रहे। जागने पर कृष्ण की निगाह अर्जुन पर पहले गई। अपनी विनम्रता के चलते अर्जुन ज़्यादा लाभान्वित हुए।

12.
Outlook
(परिधान)

ग्रोथ माइण्डसेट –

ग्रोथ माइण्डसेट वाला व्यक्ति अपने आउटलुक अर्थात परिधान के प्रति पूरी तरह सचेत होता है। वह अपने परिधान को हमेशा अपने पेशे के अनुरूप ही निर्धारित करता है अथवा फॉर्मल कपड़े पहनना पसंद करता है।

फिक्स्ड माइण्डसेट –

फिक्स्ड माइण्डसेट वाले प्राय: अपने आउटलुक के प्रति असावधान होते हैं। वे प्राय: यह कहते हुए देखे जा सकते हैं कि मनुष्य की पहचान उसके वस्त्रों से नहीं अपितु कर्मों से होती है। कर्म श्रेष्ठ होते हैं न कि वस्त्र।

विशेष –

हर व्यक्ति जो कि स्वयं को विधिवत तैयार करता है, अपने वेशभूषा और पहनावे के पति सजग है, यक़ीन मानिए कि वह प्राय: विश्वसनीय होता है। वेशभूषा और पहनावे के प्रति उसकी सजगता उसकी स्वस्थ मानसिकता की भी परिचायक होती है। ऐसा माना जाता है कि जो लोग अपने वस्त्रों के साथ ही साथ अपने बालों, शेविंग, जूतों को भी सुव्यवस्थित रखते हैं, ऐसे लोग प्राय: मनोवैज्ञानिक तौर पर स्वस्थ और उत्साही होते हैं। उनकी जीवन शक्ति अन्य व्यक्तियों की तुलना में बेहतर होती है। वे सुअवसरों और संभावनाओं का स्वागत करने वाले लोग होते हैं। इसके विपरीत हमेशा अस्त-व्यस्त रहने वाले, झटपट में तैयार होने वाले लोग कम विश्वसनीय होते हैं। एक हाथ से शर्ट की बटन बन्द करते हुए और दूसरे हाथ से कार का दरवाज़ा

खोलने वाले लोग प्रायः ज़ल्दबाज़ और समय पालन के प्रति गंभीर नहीं होते। जिनकी दाढ़ी हमेशा बढ़ी हो, बाल बिखरे हों और जूते गंदे हों उन पर यक़ीन कर पाना काफ़ी कठिन होता है।

उदाहरण/सलाह –

- जर्नल ऑफ फैशन मार्केटिंग ऐण्ड मैनेजमेण्ट की रिपोर्ट्स में बताया गया है कि सबसे पहले आपको कपड़ों से ही जज किया जाता है। इसलिए कहा जाता है कि पहला प्रभाव ही अंतिम प्रभाव होता है।

- 2013 में नॉर्थ वेस्टर्न यूनिवर्सिटी में हुए शोध में यह बात सामने आई है कि वर्क आउट के लिए पहना जाने वाला आउटफिट आपको और फिट बनाता है। जिससे कि आप अपने वर्कआउट पर ज़्यादा फ़ोकस करते हैं।

- 2004 के ओलम्पिक में यह बात सामने आई है कि जिन एथलीट ने लाल रंग के कपड़े पहने थे, उन्होंने ज़्यादा इवेंट्स जीते थे। यह शोध जर्नल ऑफ स्पोर्ट्स ऐंड एक्सरसाइज साइकोलॉजी में प्रकाशित हुआ था।

- सोशल साइकोलॉजिकल ऐण्ड पर्सनैलिटी साइंस द्वारा कराए गए शोध के अनुसार व्यक्ति बिज़नेस सूट पहनकर ख़ुद को ज़्यादा ताकतवर महसूस करता है।

- 2014 में केलॉग स्कूल ऑफ मैनेजमेण्ट के प्रोफ़ेसर एडम हाजो और एडम डी गैलिंस्की द्वारा किये गए शोध के अनुसार डॉक्टर या पायलट का यूनिफॉर्म बुद्धिमता को दर्शाता है। यह रिसर्च जनरल ऑफ एक्सपेरिमेंटल साइकोलॉजी में प्रकाशित हुआ था।

- यूनिवर्सिटी ऑफ हर्टफोर्डशायर की प्रोफेसर कैरे पाइन कहती हैं कि आप जो कुछ भी पहनते हैं, उससे आपकी पर्सनैलिटी के बारे में पता चलता है।

13.

Shyness and Hesitation
(शर्म और संकोच)

ग्रोथ माइण्डसेट -

ग्रोथ माइण्डसेट वाला व्यक्ति किसी कार्य में, किसी भी प्रकार की शर्म या संकोच नहीं करता। बशर्ते वह कार्य नैतिक, लाभकारी और समाज के हित में हो। साथ ही साथ वह किसी कार्य को छोटा या बड़ा नहीं समझता।

फिक्स्ड माइण्डसेट –

फिक्स्ड माइण्डसेट वाले तमाम कार्यों को करने में शर्म और संकोच महसूस करते हैं। वे कार्यों को प्राय: अपनी इज़्ज़त से जोड़कर देखते हैं।

विशेष –

कोई भी कार्य छोटा या बड़ा नहीं होता। कार्य केवल कार्य होता है। किसी भी कार्य को करने में कभी भी कोई संकोच नहीं करना चाहिए। फिक्स्ड माइण्डसेट वाला व्यक्ति तमाम तरह के शर्म और संकोच से घिरा होता है।

उदाहरण/सलाह -

- फिक्स्ड माइण्डसेट वाला व्यक्ति प्राय: नए स्थानों और भीड़ में जाने पर शर्म और संकोच महसूस करता है।
- फिक्स्ड माइण्डसेट वाला व्यक्ति शर्म और संकोच की वजह से नए व्यक्तियों के समक्ष जाने से घबराता है और वह नए रिश्ते नहीं बना पाता।

- अत्यधिक शर्म और संकोच किसी भी व्यक्ति को अकेला कर देता है।
- शर्म और संकोच की वजह से ही तमाम लोग व्यवसाय में या किसी अन्य प्रकार की शुरुआत नहीं कर पाते।
- यदि आपको अपनी ब्राण्डिंग करना है तो शर्म और संकोच को दरक़िनार करना होगा। आपको यह बात दरक़िनार करनी होगी कि अब तक आपका पेशा क्या था, और आपकी इमेज़ क्या थी।
- शर्म और संकोच की वजह से तमाम ऐसे भी विद्यार्थी होते हैं जो कि क्लास में टीचर से प्रश्न ही नहीं पूछ पाते और वह पीछे रह जाते हैं।
- शर्म और संकोच व्यक्तित्व विकास की प्रक्रिया को रोक देता है।
- ग़रीबी के दलदल में फंसे होने के बावजूद भी शर्म और संकोच की वजह से ये लोग नए व्यवसाय में हाथ नहीं लगाते हैं।
- क्लाइण्ट और कस्टमर से शर्म और संकोच के कारण अपॉइंटमेण्ट नहीं ले पाते।
- मार्केटिंग के दौरान शर्म और संकोच करने वाले लोग न तो अच्छा प्रदर्शन कर पाते हैं, और न ही सेल और न ही प्रस्तुतीकरण ।
- आपके व्यवसाय का पैसा आपका अपना है। फिर तगादा करने में कैसी शर्म और संकोच। लेकिन तमाम लोग दुबारा या तिबारा कॉल नहीं कर पाते।
- कस्टमर या क्लाइण्ट के पास एक बार डील पक्की न होने पर शर्म या संकोच की वजह से दुबारा कॉल करने या मिलने से कतराते हैं।
- व्यवसाय या नौकरी के हालात ख़राब होने के बावजूद भी दूसरी जगह मूव करने से कतराते हैं। इसकी वजह केवल शर्म और संकोच ही है।

- अच्छा आइडिया होने के बावजूद भी सीनियर, अपलाइन, बॉस या सहकर्मियों से चर्चा करने से कतराते हैं।
- शर्म और संकोच कभी-कभार इतना घातक हो जाता है कि अपनी सर्विस या प्रॉडक्ट की उचित क़ीमत लेने से भी घबरा उठते हैं।
- प्रॉडक्ट या सर्विस से संतुष्ट न होने पर भी शिकायत नहीं करते। वजह केवल शर्म या संकोच ही होता है।
- व्यवसायिक प्रस्ताव (Business Proposal) या कोटेशन देने में भी शर्म और संकोच हावी हो जाए तो व्यक्ति को ले डूबता है।
- कुछ लोग शर्म और संकोच के हावी हो जाने पर सही और ज़रूरी बातें भी प्रकट नहीं करते।

14.
Law of Happiness
(खुशी का नियम)

ग्रोथ माइण्डसेट –

ग्रोथ माइण्डसेट वाला व्यक्ति इस बात को स्वीकार कर चुका होता है कि मन की प्रसन्नता ही समस्त सकारात्मकता का कारण है। इस तरह वह प्रसन्नता पूर्वक अपना कार्य करता है।

फिक्स्ड माइण्डसेट –

फिक्स्ड माइण्डसेट वाला व्यक्ति यह मानता है कि केवल कामयाबी और अमीरी ही प्रसन्नता का मूल कारण है। वह कार्य करते हुए कभी खुशी महसूस नहीं कर पाता। उसे कामयाबी और अमीरी का इंतज़ार होता है। जिसके मिलने के बाद वह खुशी महसूस करेगा।

विशेष –

यदि आप ऐसा मानते हैं कि कामयाबी और अमीरी मिलने के बाद ही खुश हुआ जा सकता है तो आप पूरी तरह ग़लत हैं। आपको इस बात को स्वीकार करना ही पड़ेगा कि कामयाबी और अमीरी का सफ़र तब बहुत ही आसान हो जाता है जबकि आप खुशी के साथ तय करें। यदि आप खुशी के साथ अपने कार्य को करते हैं तो आपकी कार्यक्षमता बढ़ जाती है। आपकी शारीरिक दक्षता के साथ ही साथ आपकी वाणी का प्रभाव, नेतृत्व क्षमता, रोग प्रतिरोधक क्षमता, उत्साह, निर्णय लेने की क्षमता, एकाग्रता, स्मरण शक्ति, धैर्य में भी अभूतपूर्व वृद्धि होने लगती है। समस्त शारीरिक और मानसिक परिवर्तन की

प्रक्रिया तब प्रारम्भ होती है जब आप निरन्तर प्रसन्न रहते हैं और आपकी प्रसन्नता आनन्द की अवस्था का रूप ले लेती है।

उदाहरण/सलाह -

तमाम शारीरिक एवं मानसिक क्षमताओं एवं योग्यताओं में तब स्वतः ही वृद्धि होने लगती है जबकि हम सतत आनन्द की अवस्था में हों। आनन्द की अवस्था तक पहुँचने के लिए यह परम आवश्यक है कि हम दीर्घकाल तक तमाम सम- विषम परिस्थितियों का सामना करते हुए भी प्रसन्नता (खुशी) की अवस्था में बने रह सकें। सदैव प्रसन्न रहने के लिए हमें अपने चार हार्मोन को व्यवस्थित करना होगा जो कि खुशी के हार्मोन कहलाते हैं।

- सेरोटोनिन हार्मोन - सेरोटोनिन हार्मोन आत्मविश्वास बढ़ाता है। इसकी कमी से आत्मसम्मान में कमी, चिन्ता, घबराहट, निराशा, सामाजिक भय एवं अनिद्रा जैसी समस्याएं उत्पन्न होती हैं। इस हार्मोन को संतुलित करने हेतु प्रकृति में कुछ समय बिताएं। सूर्य की धूप का आनन्द लें। मसाज़ करें तथा नियमित व्यायाम करें।

- एंडॉरफिन हार्मोन - एंडॉरफिन हार्मोन शारीरिक दर्द, तनाव एवं अवसाद को नियन्त्रित करने की सामर्थ्य प्रदान करता है। इस हार्मोन की कमी से चिन्ता, अवसाद, दर्द, ख़राब मिजाज़, अनिद्रा एवं आवेगी व्यवहार की शिकायत होती है। इस हार्मोन को संतुलित करने हेतु नियमित व्यायाम एवं ध्यान करें। खुलकर हंसें। साहित्य, संगीत, कला में रुचि लें।

- डोपामिन हार्मोन - डोपामिन हार्मोन प्रेरणा, सीखने और एकाग्रता को सक्षम बनाता है। इसकी कमी से टालमटोल की आदत, आत्मसम्मान की कमी, थकान, एकाग्रता में कमी एवं चिन्ता जैसी समस्याएं उत्पन्न हो जाती है। इस हार्मोन को

संतुलित करने हेतु To do list बनाएं। दीर्घकालिक लक्ष्य बनाएं। एल. टायरोसिन से भरपूर भोजन करें। नियमित व्यायाम करें एवं साहित्य, संगीत, कला में रुचि लें।

- ऑक्सीटोसिन हार्मोन - ऑक्सीटोसिन हार्मोन भरोसे की भावना तथा सम्बन्ध बनाए रखने के लिए प्रेरित करता है। इसकी कमी से अकेलापन, तनाव, चिन्ता, थकान, अनिद्रा, प्रेरणा की कमी जैसी समस्याएं उत्पन्न होती हैं। इस हार्मोन को संतुलित करने के लिए सामाजिकता उत्पन्न करें। मेडिटेशन करें तथा संगीत सुनें।

15.

Self Confidence
(आत्मविश्वास)

ग्रोथ माइण्डसेट –

ग्रोथ माइण्डसेट वाला व्यक्ति आत्मविश्वास से परिपूर्ण होता है। वह तमाम चुनौतियों को सहर्ष स्वीकार करता है और उनका सामना भी करता है।

फिक्स्ड माइण्डसेट –

फिक्स्ड माइण्डसेट वाला व्यक्ति अक्सर आत्मविश्वास खो देता है। आत्मविश्वास खोने के साथ ही साथ वह जीवन के तमाम अवसरों को भी खो देता है।

विशेष –

सर्वशक्तिमान में विश्वास, सब पर शासन करने वाले कानून में विश्वास, अपने कार्य में विश्वास और उसे पूरा करने में विश्वास ही आत्मविश्वास का आधार है। जीवन में मिलने वाली कामयाबी, दौलत, सेहत और रिश्तों के पीछे कहीं न कहीं आत्मविश्वास एक मज़बूत आधार होता है। नियमित व्यायाम, मसाज़, सूर्य की धूप और प्रकृति के सानिध्य से हमारे शरीर में सेरोटोनिन नाम का रसायन संतुलित होता है। जो आत्मविश्वास बढ़ाने में मददगार है।

उदाहरण/सलाह-

किसी ख़तरे की परिस्थिति में हमारे मस्तिष्क की तीन अवस्थाएं होती हैं। जिसे F3 कहते हैं। जिसमें पहला F, Fight है

यानि कि हम लड़ते हैं। यह आत्मविश्वास की उच्चावस्था है। दूसरा F, Flight है यानि कि हम आत्मरक्षा हेतु भाग खड़े होते हैं। यह आत्मविश्वास की मध्यम अवस्था है। तीसरा F, Freez है यानि कि हम विचारशून्य हो जाते हैं। । यह आत्मविश्वास की सबसे ख़राब अवस्था है। जिसे हम आत्मविश्वास की निम्नतम अवस्था कह सकते हैं।

- अच्छे पब्लिक स्पीकर वही होते हैं जिनमें कम्युनिकेशन स्किल और ज्ञान के साथ ही साथ आत्मविश्वास की उच्चावस्था अर्थात Fight Stage होती है।

- कम संसाधनों और अनुभवों के बावज़ूद भी तमाम कम्पनियाँ बड़ी बड़ी डील फाइनल कर लेती हैं। यह आत्मविश्वास की उच्चावस्था का ही परिणाम है।

- भयंकर ग़रीबी और नाकामयाबी के दलदल से निकलकर अमीरी और कामयाबी की पताका फहराने वालों में आत्मविश्वास की उच्चावस्था ही रही।

- असाध्य रोगों से लड़कर स्वस्थ जीवन जीने वाले लोगों ने भी आत्मविश्वास की उच्चावस्था का ही प्रदर्शन किया है।

- ऊँचे पद, अमीरी और शोहरत को खोने वालों की तमाम वज्हों में आत्मविश्वास की निम्नावस्था भी रही है।

- स्वास्थ्य के सन्दर्भ में आत्मविश्वास की निम्नावस्था बहुत ही ख़तरनाक होती है। यह तीन प्रकार से कार्य करती है।

(A) Over reactive - जब आत्मविश्वास इतना कमज़ोर हो चुका हो कि धूप, धूल, किसी कीड़े अथवा गंध से परेशानी महसूस होने लगे तो प्रतिरक्षा प्रणाली भी निम्नस्तर पर पहुँच जाती है और एलर्जी जैसी समस्याएं उत्पन्न हो जाती हैं।

(B) Confusion - यदि आत्मविश्वास का स्तर निम्न से निम्नतर अवस्था पर पहुँच जाए तो रोगों से सामना होने पर प्रतिरक्षा प्रणाली भी निम्नतर स्तर पर पहुँच जाती है और गंजापन,

सोराइसिस और त्वचा विकार जैसी समस्याएं, जो कि अमूमन छोटी होती है किन्तु शरीर में प्रभावी हो जाती हैं।

(C) Surrender - यदि कभी आत्मविश्वास निम्नतम स्तर पर पहुँच जाए तो प्रतिरक्षा प्रणाली भी निम्नतम स्तर पर पहुँच जाती है। ऐसी अवस्था में किसी भी प्रकार का संक्रमण घातक हो सकता है।

16.
Personality Management
(व्यक्तित्व प्रबन्धन)

ग्रोथ माइण्डसेट -

ग्रोथ माइण्डसेट वाला व्यक्ति वाह्य व्यक्तित्व के साथ ही साथ आंतरिक व्यक्तित्व को भी प्रबन्धित करता है। उसके जीवन की तमाम उपलब्धियाँ उसके आंतरिक प्रबन्धन का ही परिणाम होती हैं।

फिक्स्ड माइण्डसेट -

फिक्स्ड माइण्डसेट वाला व्यक्ति व्यक्तित्व प्रबन्धन जैसी बातों पर अमूमन ध्यान नहीं देता। वह अपने जीवन के तमाम पहलुओं पर इतना उलझा होता है कि उसके कारण की खोज कर पाना उसके लिए सम्भव नहीं होता।

विशेष -

हर किसी के अन्दर 5 व्यक्तित्व होते हैं। पहला स्वप्न द्रष्टा (Dreamer), दूसरा अवरोधक (Critic), तीसरा प्रेरक (Motivator), चौथा निकम्मा (Idol), पाँचवाँ कर्त्ता (Doer) है।

उदाहरण/सलाह -

- सुबह जो जल्दी उठना चाहता है, वह स्वप्न द्रष्टा (Dreamer) व्यक्तित्व आपके अन्दर है। जो कुतर्कों द्वारा आपको पुन: सोने के लिए प्रेरित करता है, वह अवरोधक (Critic) व्यक्तित्व भी आपके ही अन्दर है। जो तर्कों द्वारा आपको उठने के लिए प्रेरित करता है, वह प्रेरक (Motivator) भी आप में ही है। जो समझाने पर पुन: सो जाता है, वह निकम्मा(Idol) व्यक्तित्व भी

आपमें है और जो समझाने पर उठ जाता है, वह कर्त्ता(Doer) व्यक्तित्व भी आपके अन्दर ही है।

- यदि आप अपने पहले व्यक्तित्व स्वप्न द्रष्टा (Dreamer), दूसरे व्यक्तित्व प्रेरक(Motivator) और तीसरे व्यक्तित्व कर्त्ता(Doer) को बेहतरीन ढंग से प्रबन्धित करना चाहते हैं तो आप जो भी स्वप्न (Dream) देखें वह आपकी पसंद का हो, तार्किक हो, आपकी क्षमता के अनुरूप हो। यदि आपका स्वप्न (Dream) इन तीन बातों पर खरा उतरता है तो आपका प्रेरक(Motivator) और कर्त्ता (Doer) व्यक्तित्व स्वत: ही सक्रिय हो जायेगा। इन तीनों अन्त: व्यक्तित्व को सक्रिय करने हेतु निरन्तर अभ्यास करते रहें।

17.
Focus
(समर्पण)

ग्रोथ माइण्डसेट -

ग्रोथ माइण्डसेट वाला व्यक्ति उन चीज़ों के बारे में सोचता है जिसे कि वह पाना चाहता है। वह उन चीज़ों के बारे में बात करता है,जो उसे चाहिए होता है। ग्रोथ माइण्डसेट वाला व्यक्ति ऐसे लोगों की संगति करता है जो कामयाब और अमीर होने के साथ ही साथ संघर्षशील भी होते हैं। ग्रोथ माइण्डसेट वाले व्यक्ति का पूरा फ़ोकस उन्हीं चीज़ों पर होता है जिसे वह पाना चाहता है।

फिक्स्ड माइण्डसेट -

फिक्स्ड माइण्डसेट वाला व्यक्ति उन चीज़ों के बारे में सोचता है जिसे कि वह अपनी ज़िन्दगी में नहीं चाहता। वह ज़्यादातर उन बातों के बारे में सोचता है, जिससे कि वह डरता है। फिक्स्ड माइण्डसेट वाले व्यक्ति की संगति में तमाम नकारे, निराशावादी,असफल और ग़रीब लोग होते हैं। फिक्स्ड माइण्डसेट वाला व्यक्ति उन चीज़ों पर फोकस करता है, जिसे कि वह नहीं चाहता।

विशेष-

हम 40% कार्य अपनी आदतों की वजह से करते हैं। हमें ख़ुद को इस अवस्था में लाना होगा कि तमाम कार्य जो कि हमारे लिए ज़रूरी हैं, वे हमारी आदतों में शुमार हो जायें और हम उसे अवचेतन मस्तिष्क के निर्देशों पर करना शुरु कर दें। हमें अपनी आदतों को आटोपायलट मोड पर लाना ही होगा। हमारे जीवन में वही चीज़ बढ़ती है जिस पर हम फ़ोकस करते हैं। जिसके बारे में हम सोचते हैं, कल्पना करते हैं। यदि हम सफलता,

अमीरी, खुशी के बारे में सोचेंगे, कल्पना करेंगे तो हमारे जीवन में सफलता, अमीरी और खुशी ही बढ़ेगी। यदि हम असफलता, ग़रीबी, डर, बीमारी या अन्य किसी चीज़ पर फ़ोकस करेंगे या उसके बारे में सोचेंगे, कल्पना करेंगे और बातें करेंगे तो यक़ीनन हमारी ज़िन्दगी में असफलता, दुःख, बीमारी, ग़रीबी ही बढ़ेगी।

उदाहरण/सलाह -

एक बार खुले मंच पर एमेजॉन के संस्थापक जेफ़ बेज़ोस और माइकोसॉफ्ट के संस्थापक बिल गेट्स को अलग अलग बैठाया गया और उनसे कहा गया कि वे अपनी कामयाबी और अमीरी के अनुभवों और सिद्धान्तों को महज़ एक शब्द में लिखें। दोनों में किसी ने नकल नहीं किया। हैरानी की बात यह थी कि दोनों ने एक ही शब्द लिखा। वह था "फ़ोकस"।

18.
Winning Desire
(विजय उत्कंठा)

ग्रोथ माइण्डसेट -

ग्रोथ माइण्डसेट वाला व्यक्ति पैसे का खेल जीतने के लिए खेलता है। उसके मस्तिष्क में स्पष्ट लक्ष्य एवम् सुनियोजित योजनाएं होती हैं। कामयाब और अमीर लोग ज़्यादा फ़ोकस पैसा कमाने में करते हैं। ग्रोथ माइण्डसेट वाला व्यक्ति आक्रामक तरीक़े से कार्य करता है।

फिक्स्ड माइण्डसेट -

फिक्स्ड माइण्डसेट वाला व्यक्ति पैसे का खेल महज़ इसलिए खेलता है ताकि वह हार न सके। फिक्स्ड माइण्डसेट वाला व्यक्ति ज़्यादा फ़ोकस पैसा बचाने में और कोई भी रिस्क न लेने में करता है। फिक्स्ड माइण्डसेट वाला व्यक्ति बचाव करते हुए डर डर के खेलता है।

विशेष -

फिक्स्ड माइण्डसेट वाला व्यक्ति केवल अपनी ज़िन्दगी जीना चाहता है। उसकी सोच होती है कि किसी तरह भोजन, कपड़ा, दवाइयाँ आदि मिलती रहे। बहुत अच्छी नहीं तो न सही बस किसी तरह मिल जाए। ज़िन्दगी कट जाए किसी तरह से।

उदाहरण/सलाह -

- स्वनिर्मित उद्योगपतियों के साथ यह बात सटीक बैठती है। यह उनकी विजय उत्कंठा ही होती है जो उन्हें फर्श से अर्श तक लेकर जाती है।

- रिलायंस इण्डस्ट्री के संस्थापक धीरूभाई अम्बानी पेट्रोल पम्प पर कार्य करते थे। एक बार जब उन्होंने अपने सहकर्मियों से कहा कि एक दिन
उनके ख़ुद के ढ़ेर सारे पेट्रोल पम्प होंगे तो लोगों ने उनका मज़ाक
बनाया। लेकिन उनकी विजय उल्कंठा उन्हें टॉप पर लेकर गई।
- मशहूर सिने स्टार रजनीकान्त टिकट कलेक्टर थे, उनकी विजय उल्कंठा ही उन्हें टॉप पर लेकर गई।
- अमिताभ बच्चन रेडियो एंकर के इण्टरव्यू में असफल हो गये थे। किन्तु उनकी विजय उल्कंठा ने उन्हें सदी का महानायक बना दिया।
- डा. ए.पी.जे. अब्दुल कलाम पायलट के इण्टरव्यू में असफल रहे। किन्तु उनकी विजय उल्कंठा ने उन्हें मिशाइल मैन, राष्ट्रपति और भारत के इतिहास का अनमोल हीरा बना दिया।

19.
Planning
(योजनाएं)

ग्रोथ माइण्डसेट -

ग्रोथ माइण्डसेट वाला व्यक्ति अपने लक्ष्य के क्रियान्वन से पूर्व एक तार्किक एवं विस्तृत प्लानिंग करता है। उसकी प्लानिंग अध्ययन, अनुभव, विशेषज्ञीय सलाह एवं मार्केट रिसर्च जैसे चार महत्वपूर्ण स्तम्भों पर खड़ी होती है। उसकी योजनाएं दूरदर्शी एवं लांग टर्म के लिए होती हैं।

फिक्स्ड माइण्डसेट -

फिक्स्ड माइण्डसेट वाले व्यक्ति को आइडिया आते ही वह क्रियान्वन के लिए उतावला हो जाता है। उसे अपने लक्ष्य, प्रोजेक्ट अथवा प्रॉडक्ट से इतना मोह होता है कि प्लानिंग जैसी बातों को भी बेबुनियाद समझने लगता है। अध्ययन,अनुभव, विशेषज्ञीय सलाह और मार्केट रिसर्च उसे कोरी बकवास से लगते हैं।

विशेष –

Idea (विचार) से लेकर Success (सफलता) तक किसी भी व्यक्ति को 5 महत्वपूर्ण प्रक्रियाओं से गुज़रना पड़ता है। जिसमें पहला Idea (विचार), दूसरा Study (अध्ययन), तीसरा Market Research (बाज़ार अनुसंधान), चौथा Expert Advice (विशेषज्ञीय सलाह) और पाँचवी Execution (क्रियान्वन) है। जल्दबाज़ी में बिना उपर्युक्त बातों के क़दम उठाना हमेशा घातक होता है।

उदाहरण/सलाह -

- जिसकी योजनाएं जितनी दीर्घकालिक होती हैं, वह उतना ही कामयाब और अमीर होता है। भिखारी तत्काल की योजना बनाता है। दिहाड़ी का मजदूर दिन भर की योजना बनाता है। छोटी नौकरी वाला महीने भर की योजना बनाता है। मध्यम नौकरी वाला साल भर की योजना बनाता है। बड़ी नौकरी वाला तीन साल की योजना बनाता है। पेशेवर पाँच साल की योजना बनाता है। एक उद्यमी अपनी क्षमता के अनुसार दस साल से लेकर 50 साल या 100 साल तक की योजनाएं बनाता है।

- दुनिया की सबसे बड़ी इमारत बुर्ज खलीफा के निर्माण की योजना तीन वर्षों तक चली। एक एक चीज़ पर गहन अध्ययन हुआ और अगले छः वर्षों में विश्व की सबसे बड़ी इमारत बनकर खड़ी हो गई।

- योजना बना लेने से निम्न लाभ होते हैं -

  A. सही दिशा (Right direction)- योजना बना लेने से आगे बढ़ने के लिए सही दिशा मिल जाती है।

  B. अनिश्चितता में कमी (Reduction of Uncertainty)- योजना जोखिमों को कम करने में मदद करती है।

  C. अनावश्यक की गतिविधियों में कमी (Reduction in Wasteful Activities) - योजनाएं वस्तुतः कार्यों और विचारों के स्पष्टता की पुष्टि करती हैं। इसके द्वारा गतिविधियाँ सरल और अनावश्यक की गतिविधियों में स्वतः ही कमी आ जाती है।

  D. अभिनव विचार (Innovative Ideas) योजना बना लेने से लक्ष्य प्राप्ति हेतु अन्य विचारों पर भी ध्यान देना सहज हो जाता है।

20.
Plan A Vs Plan Next
(योजना A बनाम अगली योजना)

ग्रोथ माइण्डसेट -

ग्रोथ माइण्डसेट वाला व्यक्ति अपनी रुचि, योग्यता, क्षमता आदि ध्यान में रखकर लक्ष्य बनाता है। अपने लक्ष्य की प्राप्ति हेतु वह तर्कपूर्ण, सामयिक एवम् सशक्त योजनाएं बनाता है। यद्यपि वह अपनी योजनाओं पर पूर्ण विश्वास करता है किन्तु अपने लक्ष्य की प्राप्ति हेतु वह अगला प्लान भी तैयार रखता है। यदि किन्हीं कारणों से प्लान A असफल भी हो जाये तो वह अपने प्लान Next के द्वारा अपने लक्ष्य तक पहुँचने की पूरी ज़द्दोज़हद करता है और अपने लक्ष्य को हासिल भी करता है।

फिक्स्ड माइण्डसेट -

फिक्स्ड माइण्डसेट वाला एक सही लक्ष्य निर्धारित नहीं करता। वह वही करता है जिसे कि ज़्यादातर लोग कर रहे होते हैं। जब वह अपने लक्ष्य के लिए योजनाएं बनाता है तो पूरी तरह आत्ममुग्ध हो जाता है। चूंकि लक्ष्य और योजनाएं उसकी अपनी होती हैं इस वजह से वह अपने प्रॉडक्ट या सर्विस को लेकर पूरी तरह ओवरकॉन्फिडेन्ट होता है। किसी भी तरह की आलोचना या सलाह उसे नागवार लगती है। इसी वजह से वह प्लान नेक्स्ट भी नहीं बनाता। असफलता मिलने पर प्लान B ही एकमात्र विकल्प बचता है उसके पास।

विशेष -

प्लान नेक्स्ट सफलता के लिए एक अति आवश्यक प्रक्रिया है। एक सेल्स मैन को ट्रेनिंग में बताये गये सेल्स के तरीक़ों को

ज़रूर अपनाना चाहिए। साथ ही साथ उसे अपने दिमाग़ का प्रयोग करके नेक्स्ट प्लान भी तैयार करना चाहिए। जिससे कि वह अपने लक्ष्य को हासिल कर सके।

- प्रतियोगी परीक्षाओं की तैयारी करने वाले छात्रों को भी नेक्स्ट प्लान तैयार रखना चाहिए कि यदि परीक्षाओं की तिथि समय से कुछ पहले ही आ जाए तो किस तरह से वह अपने कोर्स को पूरा कर सकता है और रिवीज़न कर सकता है।
- यह सही है कि ऑनलाइन शॉप पर अपने प्रॉडक्ट को रजिस्टर कर देने से सेल्स बढ़ जाती है। लेकिन प्लान नेक्स्ट भी तैयार रहे कि आप अपने सेल्स टारगेट को पूरा कर सकें।
-

उदाहरण/सलाह -

तमाम कम्पनियाँ पूरे साल भर सेल्स के लिए विज्ञापन, फ्रेन्चाइज़ी, सेल्स ट्रेनिंग, वर्कशॉप आदि कराती रहती हैं। लेकिन ऑफर स्कीम उनके प्लान नेक्स्ट का ही हिस्सा होती हैं। जो कि तमाम सेल्स फेयर, त्यौहारों आदि में अपनाई जाती हैं।

21.
Selection of a Career
(कैरियर का चुनाव)

ग्रोथ माइण्डसेट –

ग्रोथ माइण्डसेट वाला व्यक्ति अपनी रुचि, योग्यता आदि को ध्यान में रखते हुए अपने कैरियर का चुनाव करता है। दुनिया का हर कामयाब और अमीर व्यक्ति महज़ इसलिए कामयाब और अमीर है क्योंकि उसने ऐसे कैरियर का चुनाव किया, जिसमें उसकी रुचि होती है। जो कार्य वह पूर्ण मनोयोग से लम्बे समय तक कर सकता है। जिस कार्य में उसे भरपूर मज़ा आता है। यदि वह कार्य का चुनाव करने में असक्षम होता है तो वह कैरियर काउंसलर या उस फील्ड के विशेषज्ञों की सलाह लेता है।

फिक्स्ड माइण्डसेट –

फिक्स्ड माइण्डसेट वाला व्यक्ति भीड़ को देखकर प्रभावित हो जाता है। वह उसी पेशे को चुनना पसंद करता है, जिसे कि बाकी लोग चुन रहे होते हैं। वह उसी व्यवसाय को करना चाहता है जिसमें कोई एक व्यक्ति या कुछ लोग अच्छा कर रहे होते हैं। वह उसी कालेज या कोचिंग में एडमिशन ले लेता है, जहाँ बाकी दोस्त एडमिशन ले रहे होते हैं। वह उसी धारा में बहना चाहता है जहाँ रिश्तेदार, पड़ोसी और समाज बह रहे होते हैं। वह स्वनिर्णय की क्षमता और आत्मबल के अभाव में अपने जीवन की बागडोर औरों को सौंप देता है।

विशेष-

किसी भी कैरियर का चुनाव करते समय अमूमन जो गल्तियाँ होती हैं वे माता-पिता का दबाव (Parental Pressure), मित्रों का दबाव (Peer Pressure), मीडिया का प्रभाव (Media

Influence), भीड़ का हिस्सा बनना (To Fallow Crowd), सरकारी सेवाओं में अवसर (Possibility in Government Job), सामाजिक दबाव (Social Pressure), बहुधा ज्ञात कैरियर (Top Known Career) हैं। जबकि इसके बजाय यदि रुचि (Interest), योग्यता (Ability), बुद्धि लब्धि (I.Q.) भावनात्मक लब्धि (E.Q.) स्वभाव (nature) आदि को ध्यान में रखकर कैरियर का चुनाव किया जाए तो कामयाबी मिलने की संभावनाएं कई गुना बढ़ जाती है। यदि आपको कुछ भी समझ में न आ रहा हो तो बस अपने जुनून (Passion) को पहचानिए और उसे पेशे (Profession) में बदलने की कोशिश करिए। दुनिया के अधिकांश कामयाब और अमीर लोगों ने अपने पैशन को ही प्रोफेशन में बदला है।

उदाहरण/सलाह –

- कैरियर के सही चुनाव का सबसे पहला उदाहरण 3000 ईसा पूर्व में महाभारत काल में मिलता है। जब पाँचों पाण्डव आचार्य द्रोण के पास विद्या प्राप्त करने के लिए जाते हैं। आचार्य द्रोण ने पाँचो पांडवों की क्षमता को पहले परखा। यद्यपि सभी पाण्डवों को उन्होंने एक समान शिक्षा प्रदान किया। किन्तु उनकी क्षमता के अनुरूप उन्हें अलग-अलग विशेषज्ञता प्रदान किया।

- मार्क जुकरबर्ग जब छठी क्लास में थे, तभी से उनके अन्दर सॉफ्टवेयर का पैशन था। जब उन्होंने अपने पैशन को प्रोफेशन में बदला तो सारी कायनात उनकी कायल हो गई।

- बिल गेट्स ने भी 13 साल की उम्र में कोशिश शुरू कर दी थी।

- संजीव कपूर विख्यात कुक हैं। उन्होंने भी 13 साल की उम्र में शुरूआत कर दी थी।

- आपको यह देखना होगा कि आप अपने पैशन के द्वारा किस तरह की समस्या का समाधान कर सकते हैं। बस आपको उसमें अवसर तलाशना होगा। फिर आपका पैशन एक बहुत ही जबरदस्त प्रोफेशन बन जायेगा।

22.
Motivation
(प्रेरणा)

ग्रोथ माइण्डसेट –

ग्रोथ माइण्डसेट वाला व्यक्ति आत्मप्रेरित (Self-Motivated) होता है। अपनी रुचि और योग्यता के अनुरूप कार्य का चुनाव उसे प्रेरणा देता है। कार्य की सफलता उसे प्रेरित करती है। कार्य में बेहतर प्रदर्शन पुनः उसे प्रेरित करता है। उस फील्ड के कामयाब लोगों से वह प्रेरित होता है। वह अपने चारो तरफ से प्रेरणा पाता है। उसके जीवन में सब कुछ स्पष्ट होता है और यही स्पष्टता भी उसे प्रेरित करती है।

फिक्स्ड माइण्डसेट –

फिक्स्ड माइण्डसेट वाला व्यक्ति हमेशा बाहरी प्रेरणा की तलाश में होता है। अक्सर ये लोग कुछ ऐसा कर रहे होते हैं जिसमें न तो उनकी रुचि होती है और न ही योग्यता। परिणाम स्वरूप इनके कार्य में इनका प्रदर्शन अच्छा नहीं होता और बार बार हताशा और निराशा के भंवरजाल में फंसते चले जाते हैं। फिक्स्ड माइण्डसेट वाले लोगों के जीवन में सब कुछ गड्डु - मड्डु होता है। फिर वह मोटिवेशन की तलाश में भटकते हैं।

विशेष –

सच्चा मोटिवेशन पैसा,गाड़ी, प्रमोशन, प्यार, जन बल (Man Power) से आता तो है किन्तु यह टिकाऊ नहीं होता। यदि आप अपने हाथ पर टैटू बनवा लें तो यह आसानी से नहीं मिटता। लेकिन एक डॉक्टर सर्जरी के द्वारा इसे मिटा सकता है। किन्तु

आपके दिमाग़ में आपके निरन्तर अभ्यास से जो बिलीफ सिस्टम बनता है, उसे दुनिया का कोई भी डॉक्टर नहीं मिटा सकता। यही बिलीफ सिस्टम असली मोटिवेशन देता है। भारतीयों ने मोटिवेशन को कुछ ज़्यादा ही गम्भीरता से ले लिया है। जबकि सच यह है आपको मोटिवेशनल स्पीकर की बजाय कैरियर काउंसलर और मेण्टर (सलाहकार) की आवश्यकता है। आपको रुचिकर कार्य चुनना होगा। यह कार्य आपको प्रेरित करेगा। आपको अपने कार्य की उपलब्धियां प्रेरित करेंगी। आपको आपके कार्य का सार्थक उद्देश्य प्रेरित करेगा। कोई भी वाह्य मोटिवेशन तभी कार्य करता है जबकि आपका लक्ष्य स्पष्ट हो। आपको सबसे पहले यह तय करना होगा कि आपका लक्ष्य क्या है? फिर ख़ुद ब ख़ुद रास्ते खुल जायेंगे कि लक्ष्य प्राप्त कैसे करना है। अकर्मण्य को मोटिवेशन की किन्तु कर्मठ को Direction (निर्देशन) और Action(कार्य) की ज़रूरत होती है।

उदाहरण/सलाह –

- तमाम युवा ज़िन्दगी से थके हारे, निराश परेशान जब मोटिवेशनल स्पीकर के पास सेमिनार अटेण्ड करने पहुँचते हैं तो स्पीकर की बातें सुनने के बाद वे जोश ख़रोश से भर जाते हैं। उन्हें लगता है कि उन्होंने जीवन के वास्तविक मार्ग की प्राप्ति कर लिया है। लेकिन सेमिनार समाप्ति के कुछ ही दिनों में वे ठण्डे पड़ जाते हैं। हालात ज्यों के त्यों हो जाते हैं। मोटिवेशन के उदाहरण से इतिहास भरा पड़ा है। किन्तु यह मोटिवेशन लक्ष्य स्पष्ट होने पर ही कार्य करता है।
- विश्व के प्रथम मोटिवेटर जामवन्त जी थे। जिन्होंने हनुमान जी का लक्ष्य स्पष्ट होने पर उन्हें मोटिवेट किया ।
- ईसा से 3000 वर्ष पूर्व वासुदेव श्री कृष्ण ने अर्जुन को मोटिवेट किया। उस समय अर्जुन का लक्ष्य स्पष्ट था।

- आचार्य चाणक्य ने चंद्रगुप्त को लक्ष्य भी दिया और मोटिवेशन भी।
- स्वामी विरजानन्द ने स्वामी दयानन्द सरस्वती को मोटिवेशन दिया और वह बेहद कारगर भी हुआ क्योंकि उनका लक्ष्य स्पष्ट था ।

23.
T.V./Social Sites
(टी.वी./सोशल साइट्स)

ग्रोथ माइण्डसेट -

ग्रोथ माइण्डसेट वाला व्यक्ति अपने समय और ऊर्जा का प्रयोग हमेशा रचनात्मक कार्यों में करता है। बचे हुए समय को वह क़िताबें पढ़ने, कुछ नया सीखने तथा अपनी स्किल को डेवलप करने में देता है। वह टी. वी. देखने और सोशल साइट्स में अपना वक्त ज़ाया नहीं करता। वह सोशल साइट्स का भी प्रयोग व्यवसायिक कारणों से ही करता है।

फिक्स्ड माइण्डसेट -

फिक्स्ड माइण्डसेट वाला व्यक्ति टी. वी. खूब देखता है। तमाम न्यूज़ चैनल पर समाचार भी खूब देखना पसंद करता है। वह अपने समय का एक बड़ा हिस्सा सोशल साइट्स को देता है। यद्यपि सोशल साइट्स के द्वारा उसे किसी भी प्रकार का आर्थिक या व्यवसायिक लाभ भले ही न मिले। किन्तु वह अनावश्यक रूप से इसे चलाता रहता है।

विशेष -

- टी.वी. देखना कत्तई ग़लत नहीं है। ग़लत यह है कि टी.वी. देखने के दौरान समय की एक बड़ी बर्बादी होती है। महज़ उसी दिन ही नहीं, अगले दिन भी हम उस एपिसोड का इन्तज़ार करते हैं और समय बर्बाद करने की यह प्रक्रिया नियमित हो जाती है। प्रतिदिन महज़ दो घण्टे टी.वी. देखना महीने के 60 घण्टे और साल के 730 घण्टे बर्बाद कर देता है। टी.वी. देखने से तमाम मनोवैज्ञानिक समस्याएं भी उत्पन्न होती हैं। इसका पहला प्रभाव यह होता है कि व्यक्ति की सोचने की

क्षमता कम हो जाती है। ज़्यादा टी.वी. देखने से अकेलापन घर कर जाता है और व्यक्ति ख़्वाबों की दुनिया में जीने लगता है। हक़ीक़ी ज़िन्दगी में ऐसा न होने पर वह दु:खी होता है। एक सर्वे के अनुसार किशोरों और युवाओं में अपने प्रिय अभिनेता के मदिरापान या धूम्रपान करते हुए देखकर ये आदतें उनके अन्दर विकसित होने लगती हैं। अतएव टी.वी और सोशल साइट्स से बचें।

- 67% ग्रोथ माइण्डसेट वाले एक घण्टे से भी कम समय टी.वी. या सोशल साइट्स पर बिताते हैं। ग्रोथ माइण्डसेट वाला व्यक्ति सोशल साइट्स का अधिक प्रयोग तभी करता है जबकि वह उससे व्यवसायिक या अपने कार्यक्षेत्र से जुड़ी बातों के सन्दर्भ में लाभ उठा रहा होता है। व्हाट्सएप, फेसबुक, ट्विटर, इन्स्टाग्राम, टिण्डर, जोश, कू, शेयर चैट आदि सैकड़ों सोशल साइट्स महज़ आपके समय को बर्बाद करने तथा आपके दिमाग़ में कचरा भर रहे हैं। इनका प्रयोग लाभकारी प्रयोजनों में करना होगा।

उदाहरण/सलाह -

दुनिया के तमाम शाही उत्पाद और कारों के प्रचार टेलीविजन पर कभी नहीं आते। क्योंकि इन तमाम कम्पनियों की बोर्ड ऑफ़ डायरेक्टर के सदस्य भली भांति जानते हैं कि जो इन उत्पादों और कारों का प्रयोग करने वाले हैं, वे टी. वी. नहीं देखते और टी.वी.देखने वाले लोग इन उत्पादों और कारों का प्रयोग करने की औक़ात नहीं रखते।

24.
Commitment
(वायदा)

ग्रोथ माइण्डसेट -

ग्रोथ माइण्डसेट वाला व्यक्ति कामयाब और अमीर बनने के लिए ख़ुद से वायदा करता है और इस वायदे का साक्षी वह ख़ुद होता है। ग्रोथ माइण्डसेट वाला व्यक्ति प्रेरित विचारों के सन्दर्भ में अध्ययन, क्रियान्वन तथा हर प्रकार के जोख़िम उठाने के लिए तैयार रहता है।

फिक्स्ड माइण्डसेट -

फिक्स्ड माइण्डसेट वाला व्यक्ति केवल अमीर बनना चाहता है। जबकि इसके लिए उसका स्वयं से कोई वायदा नहीं होता। फिक्स्ड माइण्डसेट वाला व्यक्ति अमीरों की तरह ज़िन्दगी तो चाहता है लेकिन उसके लिए कोई महत्त्वपूर्ण विचार, अध्ययन, क्रियान्वन या जोख़िम के लिए तैयार नहीं होता।

विशेष-

आप ख़ुद से किए गए वायदे के ख़ुद ही गवाह होते हैं। आपको अपने अन्दर इतनी दृढ़ता लानी होगी कि ख़ुद के सामने ख़ुद को शर्मिन्दा न महसूस करना पड़े।

उदाहरण/सलाह -

- 1970 में प्रसिद्ध सिने अभिनेता ब्रूस ली ने ख़ुद को एक पत्र लिखा। जिसमें उन्होंने लिखा कि 1980 तक मैं अमेरिका का सबसे बड़ा सिने अभिनेता बनूंगा। उन्होंने इस पत्र की प्रतिलिपियाँ अपने बेडरूम, बाथरूम हर जगह चिपका दी।

1973 आते आते उनके कैरियर का ग्राफ ऊपर उठने लगा। यह सब सच हुआ क्योंकि यह वायदा उन्होंने ख़ुद से किया था।

- उत्पादकता कभी संयोग से नहीं होती। ये हमेशा ही श्रेष्ठता के लिए वचनबद्धता, बुद्धिमान योजना और केन्द्रित परिश्रम का परिणाम होती है। - *Paul J. Meyer*
- बिना वचनबद्धता के कोई भी सफलता स्थाई नहीं होती। - *Tony Robbins*
- बिना वचनबद्धता के सिर्फ़ वायदे और उम्मीदें होती हैं, कोई योजना नहीं।- *Peter Drucker*
- वचनबद्धता का मतलब है कि किसी मनुष्य द्वारा अपने मुख्य केन्द्र की अपनी अपनी इच्छा से किसी उद्देश्य या अभियान में लगाना। गतिशील या स्थिर, जो कि उसके जीवन या मरण से अधिक महत्त्वपूर्ण हो। - *Howard Thurman*
- वचनबद्धता एक कर्म है न कि एक शब्द - *Jean Paul Startre*

25.
Game and Politics
(खेल एवम् राजनीति)

ग्रोथ माइण्डसेट -

ग्रोथ माइण्डसेट वाले व्यक्ति आवश्यकता से अधिक किसी भी खेल को देखने में अपना समय नष्ट नहीं करते। यह अलग बात है कि वे व्यायाम या मनोरंजन के दृष्टिकोण से खेलना पसंद करते हैं। वे राजनीति और राजनैतिक विषयों पर चर्चा करना बिल्कुल भी पसंद नहीं करते यदि राजनीति उनका कैरियर न हो।

फिक्स्ड माइण्डसेट -

फिक्स्ड माइण्डसेट वाले लोग खेल देखना काफ़ी पसंद करते हैं। वे खेलों में अपना ज़्यादा वक्त ज़ाया करते हैं। खेल खत्म होने के बाद भी वे उस विषय पर लम्बी चर्चाओं में भाग लेते हैं। यहाँ तक कि खिलाड़ियों के व्यक्तिगत जीवन के बारे में जानना और उसे नेट पर सर्च करना उनकी आदत होती है। ये लोग राजनैतिक चर्चाओं में भी बढ़ चढ़कर हिस्सा लेते हैं।

विशेष -

- यदि आप किसी खेल टीम के मालिक नहीं हैं तो खेल को देखना उसके बाद उस पर चर्चा करना, खिलाड़ियों के व्यक्तिगत जीवन के बारे में जानकारी बढ़ाना बिल्कुल ही निरर्थक क्रियाकलाप है। इससे किसी भी प्रकार का कोई भी लाभ नहीं होने वाला ।
- यदि राजनीति आपका कैरियर है तो राजनैतिक चर्चाओं में हिस्सा लेना, सोशल साइट्स पर राजनैतिक पोस्ट करना, डिबेट में हिस्सा लेना आपके लिए लाभकारी है। अन्यथा

अनावश्यक की गतिविधियों में शामिल होना पूरी तरह ग़लत है।

उदाहरण/सलाह -

- पार्थ जिन्दल GSW Group के मालिक हैं। अत्यधिक व्यस्तता के बाद भी वे खेलों की चर्चा करते हैं। वह IPL टीम दिल्ली कैपिटल्स (फाइनलिस्ट 2020) के मालिक हैं।
- प्रीति जिन्टा, नेस वाडिया, मोहित बर्मन और करण पाल भी कामयाब और अमीर लोग हैं और वे भी आई.पी. एल. पंजाब किंग्स (फाइनलिस्ट- 2014) के मालिक हैं।
- मुकेश अम्बानी व्यवसाय के सर्वोच्च शिखर पर हैं और वह आई. पी. एल. मुम्बई इंडियन्स (फाइनलिस्ट 2013, 2015, 2017, 2019, 2022) के मालिक हैं।
- आपका फ़ोकस बस वहीं होना चाहिए, जहाँ आपको पहुँचना है।

26.
Action
(कर्म)

ग्रोथ माइण्डसेट –

ग्रोथ माइण्डसेट वाला व्यक्ति विचार (Idea) आने के बाद उस पर अनुसंधान (Market Research, Consultation of Expert, Study) करता है और फिर कार्य की शुरुआत (Execution) करता है। उसे इस बात से कोई फ़र्क नहीं पड़ता कि उसकी शुरुआत कितनी छोटी है। वह कर्म में अटूट विश्वास रखता है। वह कभी भी आदर्श परिस्थितियां, आदर्श समय, आदर्श टीम की प्रतीक्षा नहीं करता। बड़े सपनों की शुरुआत छोटे क़दमों से करना ग्रोथ माइण्डसेट वालों की फ़ितरत होती है।

फिक्स्ड माइण्डसेट –

फिक्स्ड माइण्डसेट वाले व्यक्ति के मस्तिष्क में भी विचार (Idea) आते हैं। किन्तु वह कुछ अच्छा घटित होने का इन्तज़ार करने लगता है। वह अनुकूल समय और आदर्श परिस्थितियों के मकड़जाल में फंसने लगता है। जब उसकी शुरुआत का समय आता है तब तक मार्केट में कोई न कोई एकाकी साम्राज्य (Monopoly) बना चुका होता है। फिक्स्ड माइण्डसेट वाला व्यक्ति हमेशा आदर्श परिस्थितियां, आदर्श समय, आदर्श टीम की प्रतीक्षा में होता है। वह बड़े सपने तो देखता है किन्तु शुरुआत करना उसके लिए कठिन होता है।

विशेष –

यदि आपके विचार (Idea) आपके, अनुसंधान (Market Research, Consultation of Expert, Study) पर खरे उतर

चुके हैं तो देरी करने का कोई औचित्य नहीं है। आपको अपना कार्य प्रारम्भ कर देना चाहिए।

- चीन में एक कहावत कही जाती है कि हज़ार मील लम्बी यात्रा की शुरुआत पहले क़दम से ही होती है।
- आप जहाँ भी हैं, जैसे भी हैं, जिन भी परिस्थितियों में हैं, आपके पास जो भी साधन और संसाधन हैं, वहीं से शुरुआत कीजिए।
-

उदाहरण/सलाह –

- रिलायंस इण्डस्ट्री के संस्थापक धीरुभाई अम्बानी ने अपने व्यवसाय की शुरुआत पेट्रोल पम्प पर कार्य करने से किया था।
- निरमा कम्पनी के चेयरमैन करसन भाई पटेल घर में ही निरमा बनाते थे और साइकिल पर लादकर गाँव गाँव ग़ली ग़ली बेचा करते थे।
- इंफोसिस के संस्थापक नारायणमूर्ति ने अपनी पत्नी के आभूषण बेचकर अपने व्यवसाय की नींव रखी थी।
- एयरटेल के संस्थापक सुनील मित्तल ने अपने डिलेवरी वाहनों में ही अपना आवास बना लिया था।
- एक कहानी कही जाती है। एक शहर में बाढ़ आ गई, स्थानीय स्वयंसेवियों ने तमाम लोगों की ज़िन्दगी बचा ली। किन्तु एक व्यक्ति जिसे ईश्वर पर अटूट विश्वास था। उनके साथ नहीं गया। पानी और बढ़ा। स्टीमर बचाने आये। किन्तु वह व्यक्ति नहीं गया। पानी बढ़ता ही गया। वह व्यक्ति अपने मकान की तीसरी मंजिल पर चढ़ गया। मिलिट्री का हेलीकॉप्टर आया। फ़ौजियों ने उससे साथ चलने को कहा। किन्तु उस व्यक्ति ने कहा कि मुझे ईश्वर पर अटूट विश्वास है, वह मुझे बचाने ज़रूर आयेगा। पानी और भी बढ़ गया। अन्त में वह व्यक्ति डूबकर मर गया। कहते हैं कि मरने के बाद जब वह स्वर्ग में पहुँचा तो तल्ख़ लहज़े में उसने ईश्वर से पूछा कि मुझे तुझ पर अटूट विश्वास

था। तू मुझे बचाने क्यों नही आया? ईश्वर ने मुस्कुराते हुए उत्तर दिया कि जितने भी व्यक्ति तुझे बचाने गए थे, सब के सब मेरी ही प्रेरणा से गये थे। तुझे कर्म तो कुछ करना ही पड़ेगा।

- श्रीमद्भगवद्गीता में वासुदेव श्री कृष्ण अर्जुन को कर्म करने की ही प्रेरणा देते हैं।

27.

Victory - Victory Situation
(जीत - जीत की परिस्थितियाँ)

ग्रोथ माइण्डसेट –

ग्रोथ माइण्डसेट वाला व्यक्ति जीत-जीत (Victory-Victory) की अवधारणा से पूरी तरह परिचित होता है। वह अपने व्यवसाय में अपने कस्टमर की संतुष्टि का पूरा ध्यान रखता है। जिससे कि वह जीता हुआ महसूस करे। वह अपने सहकर्मियों का पूरा ध्यान रखता है कि वे ख़ुद को गौरवान्वित और जीता हुआ महसूस करें। दूसरों को जिताते जिताते वह ख़ुद ही बहुत ज़्यादा कामयाब बन जाता है। याद रखें कि लीडर अपने अनुयायियों से ज़्यादा कामयाब और अमीर होता है।

फिक्स्ड माइण्डसेट -

फिक्स्ड माइण्डसेट वाला व्यक्ति इस पूर्वाग्रह से ग्रसित होता है कि जीतने के लिए दो में एक को हारना पड़ता है। वह मानता है कि हर कोई जीत नहीं सकता। उसका मानना होता है कि सब कामयाब और अमीर नहीं बन सकते। फिक्स्ड माइण्डसेट वाले अक्सर एक वाक्य बोलते हुए नज़र आते हैं कि "अपना काम बनता, भाड़ में जाये जनता ।" लेकिन वे एक बात भूल जाते हैं कि काठ की हाँडी बार बार नहीं चढ़ती।

विशेष -

प्रोपराइटरशिप फर्म का एक मालिक होता है। जबकि पार्टनरशिप फर्म में न्यूनतम दो और अधिकतम बीस पार्टनर होते हैं। पार्टनरशिप फर्म प्रोपराइटरशिप फर्म से औसतन

ज़्यादा सफल देखी गई है। इसकी तुलना में प्राइवेट लिमिटेड कम्पनी में न्यूनतम दो और अधिकतम पचास पार्टनर होते हैं। यह उन दोनों से ज़्यादा सफल होती है। इसी तरह पब्लिक कम्पनी में न्यूनतम सात और अधिकतम अनन्त पार्टनर होते हैं। यह सबसे ज़्यादा सफल होती है। हम जितने ज़्यादा लोगों को लाभ पहुंचाने की कोशिश करते हैं, उतने ही ज़्यादा सफल होते हैं।

उदाहरण/सलाह -

- जीत-जीत की अवधारणा को प्रमाणित करने के लिए उद्योग जगत की जानी-मानी तकनीकि Cross Promotion का उदाहरण ले सकते हैं जैसे Whirlpool अपने विज्ञापन में Surf Excel को दिखाता है और Surf Excel अपने विज्ञापन में Whirlpool को दिखाता है।

- अभी कुछ समय पहले तक भारतीय कम्पनी हीरो और जापानी कम्पनी होण्डा का Tie-up था।

- एक कम्पनी के सी.ई.ओ. ने अपने तमाम सीनियर स्टाफ़ की मीटिंग बुलाई। सबको एक एक फूला हुआ गुब्बारा और एक एक पिन दे दी। सी.ई.ओ. ने घोषणा की कि जो लोग अन्त तक अपने गुब्बारे को बचा ले गये उन सभी की सैलरी में बढ़ोत्तरी की जायेगी। स्टाफ मेम्बर पिन लेकर एक दूसरे के गुब्बारे पर टूट पड़े। अन्त तक किसी का भी गुब्बारा शेष न बच सका। अन्त में सी.ई.ओ. ने अपने संदेश में स्पष्ट किया कि सभी स्टाफ मेम्बर टीम वर्क कर सकते थे। वे किसी का भी गुब्बारा न फोड़ते। उन्हें जीत जीत की अवधारणा से प्रेरित होना चाहिए था। सब के सब जीत सकते थे और मुझे सबकी सैलरी बढ़ानी पड़ती। लेकिन सबने महज़ एक दूसरे को हराने के लिए प्रयास किया।

28.
Capability
(क्षमता/दक्षता)

ग्रोथ माइण्डसेट -

ग्रोथ माइण्डसेट वाला व्यक्ति जिस भी चीज़ को चाहता है या पसंद करता है, उसे पाने के लिए वह प्रयास भी करता है। उसे अपने ऊपर अटूट विश्वास होता है कि वह उन चीज़ों के योग्य है जिसे कि वह चाहता है। वह पूरी तरह से योग्य है। वह इस बात को जानता भी है और मानता भी है कि हम बस उन्हीं चीज़ों को प्राप्त कर सकते हैं जिसके योग्य हम ख़ुद को समझते हैं। वह चीज़ें हमें कभी भी प्राप्त नहीं होती, जिनके योग्य हम ख़ुद को नहीं समझते हैं।

फिक्स्ड माइण्डसेट -

फिक्स्ड माइण्डसेट वाला व्यक्ति हमेशा ख़ुद को शक की निगाह से देखता है। उसे अपनी प्रतिभा, क्षमता या योग्यता के प्रति हमेशा संदेह बना रहता है। वह चीज़ों को पसंद तो करता है किन्तु अपने पूर्वाग्रहों और नकारात्मकता द्वारा ख़ुद को समझाने की कोशिश करता है कि वह उस चीज़ को पाने के क़ाबिल ही नहीं है। उसकी ऐसी क़िस्मत कहाँ कि वह उन चीज़ों को पा सके। फिक्स्ड माइण्डसेट वाले व्यक्ति की यदि कोई प्रशंसा भी कर दे तो उसे भी वह ग्रहण नहीं कर पाते। उन्हें समझ में ही नहीं आता कि इस प्रशंसा को कैसे प्रत्युत्तरित करें।

विशेष-

आपको जीवन में वही मिलता है, आप जिसके क़ाबिल होते हैं। अमूमन लोग शिकायत करते रहते हैं कि कम्पनी ही बहुत गड़बड़ है। कम वेतन देती है। कम्पनी नहीं गड़बड़ होती, गड़बड़ी आपकी पात्रता में होती है। आपकी काबिलियत में होती है। आपको अपनी पात्रता (Capability) बढ़ानी होगी। यदि यही कम्पनी किसी को लाख रुपये दे रही है तो आप दस हज़ार रुपये ही क्यों पा रहे हैं?

उदाहरण/सलाह -

- जब आप महान उद्देश्य या उद्देश्यों से प्रेरित होते हैं तो आपकी क्षमता स्वतः ही सैकड़ों गुना बढ़ जाती है।

- राजस्थान की वह घटना आपको याद होगी जब एक महिला का बच्चा एक गाड़ी के नीचे आ जाता है। महिला सामान्य कद काठी की भी। उसने आव देखा न ताव। उसकी ताकत हज़ारों गुना बढ़ गई और उसने गाड़ी का अगला हिस्सा उठाकर अपने बच्चे को बचा लिया।

- इंग्लिश चैनल को पार करने वाली प्रथम भारतीय महिला तैराक पद्मश्री श्रीमती आरती गुप्ता साहा ने अपनी क्षमताओं पर यक़ीन करके ही इतिहास रचा था। जबकि हर कोई उन पर संदेह कर रहा था।

- एवरेस्ट विजेता अरुणिमा सिन्हा पैर से असमर्थ थीं। लेकिन उन्होंने अपनी क्षमताओं पर यक़ीन किया और करोड़ों की प्रेरणास्रोत बन गईं।

- ऐसे लाखों उदाहरण हैं... क़िताब छोटी पड़ जायेगी।

29.
Deadline for Work
(कार्य की समय सीमा)

ग्रोथ माइण्डसेट -

ग्रोथ माइण्डसेट वाले व्यक्तियों में यह आदत देखी गई है कि वे अपने कार्य को पूरा करने के लिए एक निश्चित समयावधि तय कर लेते हैं। एक समय सुनिश्चित कर लेने से कार्य पर उनका फ़ोकस बढ़ जाता है। वह अन्तिम तिथि या समय पूर्ण होने से पहले ही अपने कार्य को पूरा कर लेते हैं।

फिक्स्ड माइण्डसेट -

फिक्स्ड माइण्डसेट वाले कार्य को पूरा करने की कोई भी अंतिम समय सीमा (deadline) तय नहीं करते। इस वजह से कार्य को पूरा करने में देरी, न्यूनतम उत्पाद होना संभव है।

विशेष -

- अपने कार्य को पूरा करने की अंतिम तिथि तय कर लेने से कार्य के प्रति एकाग्रता, समर्पण, जिम्मेदारी, गुणवत्ता और उत्पादकता जैसी पांचो मूलभूत चीज़ों की बढ़ोत्तरी हो जाती है।
- पार्किनसन लॉ कहता है कि यदि किसी कार्य को आप महीने भर में पूरा करना चाहते हैं तो वह कार्य महीने भर का समय लेगा। यदि किसी कार्य को आप हफ्ते भर में पूरा करना चाहते हैं तो आप उसे हफ्ते भर में ही पूरा कर सकते हैं।
- जेफ़ बेज़ोस कहते हैं कि समय अधिक नहीं चाहिए। उसी समय में अधिक चाहिए।

- विचारों को साकार रूप देने की एक समय सीमा तय करनी चाहिए। वरना विचार दिमाग़ में अपने आप मर जायेंगे।

उदाहरण/ सलाह -

- भारतीय करदाताओं की एक बहुत बड़ी समस्या है कि वे अंतिम तिथि का इन्तज़ार करते रहते हैं। जबकि वे जानते हैं कि कर देना ज़रूरी है और कर न दे पाने पर अर्थदण्ड भी लग सकता है। ऑनलाइन व्यवस्था हो जाने के बाद भी लोग बिजली का बिल देने में हीला-हवाली करते रहते हैं।
- कम्पनियाँ जब अपने किसी प्रॉडक्ट को लांच करने की तिथि निश्चित कर देती हैं तो उनके कर्मचारियों के कार्य करने की गति तीव्र हो जाती है।
- विद्यार्थियों के लिए परीक्षा तिथि एक डेडलाइन है। अब आवश्यकता इस बात की है कि उस डेडलाइन से पूर्व आप अपनी एक डेडलाइन बनायें जिसमें कि कोर्स का रिवीज़न पूरा कर सकें।
- किसी कस्टमर को प्रॉडक्ट या सर्विस के डिलेवरी की आपने जो डेडलाइन दे रखी है, उससे पूर्व की डेडलाइन आप ख़ुद को दें।

30.
Clarity
(स्पष्टता)

ग्रोथ माइण्डसेट -

ग्रोथ माइण्डसेट वाला व्यक्ति अपनी रुचि, क्षमता, स्वभाव आदि के अनुरूप एक सही कार्य का चुनाव करता है। उसे पता होता है कि उसे अपनी ज़िन्दगी में क्या चाहिए और क्या-क्या चाहिए।

फिक्स्ड माइण्डसेट -

फिक्स्ड माइण्डसेट वाला व्यक्ति पहली और सबसे बड़ी गलती तो यही कर देता है कि वह अपनी रुचि, योग्यता, क्षमता के अनुरूप एक सही कार्य का चुनाव नहीं कर पाता। उसकी लाइफ में सब कुछ गड्डु मड्डु होता है। उसे पता ही नहीं होता कि उसे क्या चाहिए।

विशेष -

• आपको अपने जीवन में पूरी स्पष्टता रखनी होगी। एक बार अपना लक्ष्य तय कर लेने के बाद आप जो भी मानसिक तस्वीर बनायेंगे, उसके प्रति आपको संकल्पित होना होगा। अमूमन हम यह कह देते हैं कि हमें चार पहिया वाहन चाहिए। आपने यह इच्छा की। लेकिन इससे काम नहीं चलेगा। आपको अपने मन में एक स्पष्ट मानसिक तस्वीर बनानी होगी कि आपको बस, ट्रक या कार में से क्या चाहिए। यदि आप चाहते हैं कि आपको कार चाहिए तो आपको यह तय करना होगा कि कौन सी कार चाहिए। BMW, टेस्ला, मारुति आदि सैकड़ों कारें हैं।

यदि आपने तय कर लिया है कि आपको मारुति चाहिए तो आपको यह भी तय करना होगा कि आपको मारुति का कौन सा मॉडल चाहिए। यदि आपको मारुति का XY मॉडल चाहिए तो आप अपने मन में XY मॉडल के अपने मनपसन्द रंग में कल्पना को आकार दीजिए। साथ ही साथ आपको समय सीमा भी तय करनी होगी कि मारुति का अमुक मॉडल, अमुक कलर में, अमुक समय तक चाहिए। आप जब अपने इस लक्ष्य पर विश्वास कर लेंगे और उसकी स्पष्ट तस्वीर देखने में सक्षम हो जायेंगे तो यक़ीन मानिए कि आप उसे प्राप्त भी कर लेंगे।

- बिल्कुल यही पैसों के साथ भी होता है। मुझे बहुत पैसा चाहिए या मुझे बहुत बहुत पैसा चाहिए। मुझे अपार दौलत चाहिए जैसी बातें कहना और सोचना बन्द कीजिए। इससे आपका कुछ भी नहीं होने वाला है। आपको पैसे की एक निश्चित राशि और समय सीमा तय करनी होगी। ख़ुद से कहना होगा कि 31 दिसम्बर 2024 तक मुझे 10 मिलियन रूपया बनाना है। इस पर विश्वास करना होगा और उसकी स्पष्ट तस्वीर देखनी होगी। फिर देखिए कि आपका अवचेतन मस्तिष्क (Subconscious Mind) आपका किस तरह से मददगार साबित होता है।

उदाहरण/सलाह -

- एक चित्रकार इतनी खूबसूरत तस्वीर महज़ इसी वजह से बना पाता है क्योंकि उसके पास स्पष्टता होती है।
- एक आर्किटेक्चर या इंटीरियर डिज़ाइनर आपको आपकी मनचाही डिज़ाइन इसी वजह से दे पाता है क्योंकि वह आपके मन की तस्वीरों को आपकी अभिव्यक्ति द्वारा समझ लेता है।
- एक कम्पनी अपना सालाना लक्ष्य सुनिश्चित करने के लिए उसकी स्पष्ट तस्वीर देखती है। फिर वह अपनी प्रॉडक्टिविटी, मैनपावर आदि पर अपना फ़ोकस बढ़ा पाती है।

31.

Hard Work Vs Smart Work
(परिश्रमी कार्य बनाम बुद्धिमत्ता पूर्ण कार्य)

ग्रोथ माइण्डसेट -

ग्रोथ माइण्डसेट वाले किसी भी कार्य को स्मार्ट तरीक़े से करना पसंद करते हैं। जिससे कि वह अधिक समय, साधन और संसाधन की बचत कर सकें।

फिक्स्ड माइण्डसेट -

फिक्स्ड माइण्डसेट वाले कड़ी मेहनत पर ही ज़्यादा विश्वास करते हैं। इससे वे समय, साधन और संसाधन की अधिक बर्बादी करते हैं।

विशेष -

- स्मार्ट तरीक़े से कार्य करने के लिए यह आवश्यक है कि आप सुनिश्चित कर लें कि आप वास्तव में चाहते क्या हैं। अपनी आर्थिक स्थिति, सामाजिक स्थिति या अपने रिश्तों को लेकर आप यह स्पष्ट कर लें कि आपके वास्तविक लक्ष्य क्या हैं। इन्हें एक पेपर पर लिख लीजिए। इस तरह से आपको अपना कार्य पूरा करने के चांसेज़ बढ़ जाते हैं।
- हमारा मस्तिष्क सूचनाओं को एकत्र करने में उतना अच्छा नहीं है, जितना कि विचारों को सृजित करने में। मस्तिष्क में आने वाले सभी आइडियाज़ को एक कागज़ पर ज़रूर लिख लीजिए। यह सम्भव न हो तो अपने मोबाइल या पी. सी. में नोट कर लीजिए।

- अपने कार्य को समाप्त करने की अंतिम तिथि भी लिख लीजिए।
- आपको अपना लक्ष्य प्राप्त करने के लिए जितने भी कार्य करने पड़ेंगे, उनकी सूची तैयार कर लीजिए। इस सूची में उन सभी कार्यों को लिखिए जो कि आपको याद आते हैं। फिर इस सूची के कार्यों को क्रमबद्ध करके एक योजना तैयार करिए। योजनाओं को तैयार करने के बाद उसका क्रियान्वन कीजिए।
- अपने लक्ष्य की प्राप्ति हेतु अधिकाधिक अध्ययन करना होगा। विशेषज्ञों और सलाहकारों की मदद लेनी होगी। प्रतिदिन ऐसे कार्य करिए जो आपको आपके लक्ष्य के निकट ले जाएं।

उदाहरण/सलाह -

- दुनिया भर के तमाम छोटे शहरों में आज भी माइक एनाउंसमेंट की प्रथा है। जिसमें गाड़ियों पर माइक लगाकर सूचनाएं दी जाती हैं। पहले समय में एक व्यक्ति माइक लेकर बोलता था। किन्तु वह ज़्यादा लगातार नहीं बोल पाता था। फिर स्मार्ट वर्क शुरू हुआ। अब रिकार्ड आवाज़ को प्ले कर दिया जाता है।
- बैंकों में फाइलों के अम्बार लगे हुए होते थे। लेकिन अब एक सॉफ्टवेयर के द्वारा बैंक करोड़ों ग्राहकों को सेवा प्रदान करता है।
- अकाउण्टैन्ट्स की ज़रूरत नाम मात्र की रह गई है। एक छोटा सा सॉफ्टवेयर सारा काम कर लेता है।
- अपने उत्पाद या सेवाओं के प्रचार-प्रसार के लिए होर्डिंग्स, बोर्ड, पोल किओस्क, बैनर, ट्रीगार्ड, जैसे साधनों का प्रयोग किया जाता था। लेकिन डिजिटल मार्केटिंग के द्वारा आउटडोर मीडिया की तुलना में महज़ 1% का खर्च आता है, शेष 99% की बचत होने लगी है।
- आप किसी भी पाठ्य सामग्री को महज़ 5% मूल्य पर पी. डी. एफ. में प्राप्त कर सकते हैं।

32.
Leadership
(नेतृत्व)

ग्रोथ माइण्डसेट -

ग्रोथ माइण्डसेट वाला व्यक्ति लीडरशिप में अटूट विश्वास रखता है। वह एक अच्छा सहयोगी और प्रेरक होता है। वह सबको साथ लेकर चलना जानता है और लीडरशिप के गुणों को सतत विकसित करने का प्रयास करता है।

फिक्स्ड माइण्डसेट -

फिक्स्ड माइण्डसेट वाला व्यक्ति लीडरशिप के बज़ाय तानाशाही में यक़ीन रखता है। उसे अपना टारगेट पूरा करने से मतलब होता है। वह ख़ुद को सदैव सुपीरियर साबित करने के चक्कर में होता है।

विशेष -

- Leadership लोगों को किसी के मार्गदर्शन का स्वेच्छा से पालन करने या किसी के फ़ैसले का पालन करने के लिए प्रभावित करने की क्षमता है। अनुयायियों को प्राप्त करने और उन्हें उद्देश्यों को प्राप्त करने में प्रभावित करना एक नेता बनना है।
- यह एक ऐसी योग्यता है जिसमें आप सकारात्मक दृष्टिकोण के साथ लोगों को किसी लक्ष्य को पूरा करने के लिए प्रेरित करते हैं और ऐसा करके आप उन्हें उस लक्ष्य को प्राप्त करने में लगा सकते हैं।

- Leadership एक गुण न होकर गुणों का समूह है। जिन्हें एक एक करके पूरा करना होता है।

उदाहरण/सलाह -

- विश्व के सभी कामयाब और अमीर लोग सफल लीडर रहे हैं। मार्क जुकरबर्ग ने तीन दोस्तों के साथ शुरुआत करके विशाल साम्राज्य खड़ा कर दिया।
- यह बिल गेट्स की लीडरशिप ही थी कि एक छोटे से स्टार्टअप से विश्व के अमीरों में शुमार हो गये।
- श्रीमती इन्दिरा गांधी के कुशल नेतृत्व का ही परिणाम था कि दस हज़ार भारतीय सैनिकों ने लाखों सैनिकों से हथियार डलवा दिए।
- भारत के महान योद्धा शिवाजी ने सेना की छोटी सी टुकड़ी के बल पर दुश्मनों के छक्के छुड़ा दिए ।
- भारतीय उद्योग जगत के सिरमौर कहे जाने वाले धीरुभाई अम्बानी की लीडरशिप का ही परिणाम था कि कठिनतम दौर में भी लोगों ने उनका साथ नहीं छोड़ा।
- भारतीयों के दिलों पर राज करने वाले महानतम उद्योगपति रतन टाटा अपनी लीडरशिप की बुनियाद पर अपने कर्मचारियों, बोर्ड ऑफ़ डायरेक्टर्स, शेयर होल्डर्स और ग्राहकों के विश्वास का आधार स्तम्भ हैं।

33.
Retirement
(सेवानिवृत्ति)

ग्रोथ माइण्डसेट -

ग्रोथ माइण्डसेट वाले व्यक्ति महत्त्वाकांक्षी होते हैं। उनकी यही महत्वाकांक्षा उन्हें रिटायर होने से रोकती है। वे आजीवन कार्य करना चाहते हैं और अपने जीवन को सार्थक एवं उद्देश्यपूर्ण बनाना चाहते हैं।

फिक्स्ड माइण्डसेट -

फिक्स्ड माइण्डसेट वाला व्यक्ति अपने आप को पूर्वाग्रहों के कारण समझा चुका होता है कि चालीस की आयु तक पहुँचते पहुँचते वह कमज़ोर होने लगेगा। पचास की आयु तक उसमें वह कार्य क्षमता नहीं रहेगी और साठ वर्ष की आयु तक वह बेकार हो चुका होगा।

विशेष -

यदि आप किसी महान उद्देश्य से प्रेरित हैं तो आप कभी भी रिटायर नहीं हो सकते। उम्र किसी भी व्यक्ति को रिटायर नहीं करती।

उदाहरण/सलाह -

- विश्व की महानतम रचनाएं और आविष्कार 40 से 60 वर्ष की आयु में हुए हैं।
- वारेन बफेट 93 वर्ष की आयु में भी सक्रिय हैं।

- रतन टाटा ने रिटायरमेण्ट तब लिया जब शारीरिक क्षमता जवाब दे गई।
- वाट्सएप के मालिक जेन कूम ने 35 वर्ष की अवस्था में शुरुआत की थी।
- टेन्च क्रेन्ट के मालिक माइकल एरिंग्टन ने भी 35 साल की उम्र में शुरुआत की थी।
- भारतीय फिल्म अभिनेता नवाजुद्दीन सिद्दिक़ी की वास्तविक शुरुआत 35 साल की आयु में हुई थी।
- विकीपीडिया के मालिक जिम्मी वेल्स ने भी 35 साल की आयु में शुरुआत की थी।
- एम सी डोनाल्ड के मालिक रे क्रॉक ने 52 साल की उम्र में कम्पनी की शुरुआत की।
- चार्ल्स डार्विन ने 50 साल की उम्र में क्रमिक विकास की क़िताब "Origins of Species" की रचना की थी।
- हैरी पॉटर बुक की लेखिका जे. के. रॉलिंग की शुरुआत 31 साल की उम्र में हुई।
- सदी के महानायक अमिताभ बच्चन 81 साल की आयु में भी सक्रिय हैं।

34.

Skill Vs Talent
(प्रतिभा बनाम कौशल)

ग्रोथ माइण्डसेट -

ग्रोथ माइण्डसेट वाला व्यक्ति अपने लक्ष्य को प्राप्त करने के लिए निरन्तर अभ्यास करता है। अपने लक्ष्य की प्राप्ति के लिए आवश्यक स्किल को विकसित करने हेतु निरन्तर प्रयास करता है। इन स्किल को विकसित करने हेतु तमाम विशेषज्ञों से आवश्यक ट्रेनिंग लेता रहता है।

फिक्स्ड माइण्डसेट -

फिक्स्ड माइण्डसेट वाला व्यक्ति टैलेन्ट को जानता और मानता है। उसे लगता है कि टैलेन्ट तो कुदरती है और जिसके पास टैलेन्ट होता है, वही ज़िन्दगी में आगे बढ़ता है। इसके विपरीत स्किल को बढ़ाने की किसी भी क्रिया को न तो करता है, और न ही करना चाहता है।

विशेष -

- इस दुनिया में दोनों तरह के लोग हैं। जिसमें स्किल के द्वारा कामयाब और अमीर बनने वालों की एक बड़ी तादाद है। साथ ही साथ टैलेन्ट के द्वारा भी कामयाबी और अमीरी को हासिल करने वाले लोग भी हैं। लेकिन यह बात आपको याद रखना होगा कि इतिहास हमेशा स्किल वालों ने ही रचा है। कोई भी स्किल आप विकसित कर सकते हैं।

- प्रतिभा एक जन्मजात और किसी व्यक्ति की कुछ विशेष करने की क्षमता को दर्शाता है। जबकि स्किल एक विशेषज्ञता है,

जिसे सीखने के द्वारा व्यक्ति हासिल कर सकता है। नृत्य, संगीत, मिमिक्री आदि टैलेन्ट(प्रतिभा) हैं। जबकि अन्य विशेषज्ञताएं किसी व्यक्ति की स्किल! याद रखें कि टैलेन्ट(प्रतिभा)हो या न हो किन्तु स्किल को निरन्तर अभ्यास के द्वारा विकसित किया जा सकता है।

उदाहरण/सलाह -

- दहाड़ मारना और शिकार करना शेर का टैलेन्ट है। जो कि उसे क़ुदरती तौर पर मिला है। एक बार भारत सरकार ने सभी सर्कस कम्पनियों पर प्रतिबन्ध लगा दिया और उनके लिए आदेश जारी किया गया कि शेरों को जंगलों में छोड़ दिया जाए। असम की एक कम्पनी ने अपने शेरों को जंगल में छोड़ दिया। बाद में पता चला कि उन सभी शेरों का शिकार जंगली कुत्तों ने कर डाला। जबकि शेर के अन्दर दहाड़ मारने और शिकार करने की क्षमता थी। लेकिन कैदखाने में अभ्यास न कर पाने की वजह से शेरों ने अपना टैलेन्ट खो दिया था।

- इण्डियन आइडल नामक एक शो से एक पहाड़ी क्षेत्र के युवक को यह कहकर निकाल दिया गया था कि उसके अन्दर कोई टैलेन्ट ही नहीं है। वह रोता हुआ बाहर निकला। एक साल तक उसने राग और स्वर पर खूब अभ्यास किया। फिर उसकी ऐसी ज़बरदस्त एंट्री हुई कि आज हर किसी की पसंद है। उस युवक का नाम जुबिन नौटियाल है। यह स्किल ही थी जो कि अभ्यास के द्वारा इम्प्रूव की जा सकी।

35.

Time Management
(समय प्रबन्धन)

ग्रोथ माइण्डसेट -

ग्रोथ माइण्डसेट वाला व्यक्ति एक टाइम टेबल ज़रूर बनाता है। जिसमें उसके सुबह के उठने से लेकर शाम के सोने तक के सभी आवश्यक एवं दैनिक कार्यों का समय सुनिश्चित होता है। वह अपने व्यायाम, मेडिटेशन, अध्ययन, ब्रेकफास्ट, लंच, डिनर आदि के समय को निश्चित रखता है। वह To do list का पालन करता है। जिसके द्वारा अपने किये जाने वाले अति आवश्यक, कम आवश्यक एवं अनावश्यक कार्यों को चिन्हित कर लेता है। इस प्रकार उसे अपने व्यक्तिगत, सामाजिक और व्यवसायिक जीवन में सन्तुलन बना पाना काफ़ी आसान हो जाता है।

फिक्स्ड माइण्डसेट -

फिक्स्ड माइण्डसेट वाला व्यक्ति अपने आलसीपन के कारण समय प्रबन्धन नहीं कर पाता। उसमें दृढ़ इच्छाशक्ति का सर्वथा अभाव होता है। वह अपने कार्यों के लिए समय सारणी तो बनाता है किन्तु उसका अनुसरण नहीं कर पाता। वह ज़िम जाना तो शुरू कर देता है किन्तु उसे ज़्यादा दिनों तक नहीं कर पाता। उसके दैनिक क्रियाओं का समय भी निश्चित नहीं होता। वह सुबह कब उठता है उसे भी नहीं पता होता। अपने दृढ़ता की कमी के कारण उसका अपने व्यक्तिगत, सामाजिक और व्यवसायिक जीवन पर कोई नियन्त्रण नहीं होता।

विशेष -

- यदि आप यह शिकायत करते हैं कि आप अपने जीवन में बहुत ही ज़्यादा व्यस्त हैं, इसी वजह से आप अपनी सेहत, अपने परिवार और अपने दोस्तों को समय नहीं दे पाते। तो यक़ीन मानिए कि आप अपने जीवन में व्यस्त नहीं अपितु अस्त-व्यस्त हैं।
- वैज्ञानिक शोधों में प्रमाणित हो चुका है कि किसी भी आदत को विकसित होने में 66 दिनों का समय लगता है। पहले 22 दिनों के अभ्यास से पुरानी आदत से छुटकारा पाया जा सकता है। दूसरे 22 दिनों में इस आदत को आत्मसात किया जा सकता है। तीसरे 22 दिनों में उस नई आदत को स्वभाविक रूप से अपनी जीवन शैली में गतिशील किया जा सकता है।

उदाहरण /सलाह-

- तमाम लोग दावा करते हैं कि व्यायाम करने के लिए उनके पास समय नहीं है। जबकि स्वस्थ रहने के लिए महज़ 15 मिनट का व्यायाम पर्याप्त है।
- वारेन बफेट जैसे व्यक्ति समय को मैनेज करने के लिए To do list बनाते हैं।
- एक दार्शनिक ने अपने घर में एक चित्र लगा रखा था। जिसका चेहरा ढ़का हुआ था। किसी ने उससे पूछा कि इसका चेहरा ढ़का हुआ क्यों है। दार्शनिक ने बताया कि यह समय है। जब यह आता है तो हम इसे पहचान नहीं पाते। उस चित्र में आगे की तरफ बाल थे किन्तु पीछे की तरफ नहीं। जब उस व्यक्ति ने दुबारा पूछा कि इसके पीछे की तरफ बाल क्यों नहीं हैं तो दार्शनिक ने जवाब दिया कि जाते हुए वक्त को पकड़ा नहीं जा सकता।

36.
Respect Vs Reputation
(सम्मान बनाम प्रतिष्ठा)

ग्रोथ माइण्डसेट -

ग्रोथ माइण्डसेट वाले व्यक्ति हमेशा प्रतिष्ठा में यक़ीन करते हैं। कोई भी कार्य छोटा या बड़ा नहीं होता। ऐसा उनका मानना होता है। वे मानते हैं कि प्रतिष्ठा ही सब कुछ है। यदि प्रतिष्ठा है तो सम्मान ख़ुद ब ख़ुद मिलने लगता है।

फिक्स्ड माइण्डसेट -

फिक्स्ड माइण्डसेट वाला व्यक्ति सम्मान (Respect) को ज़्यादा महत्व देता है। उसका मानना होता है कि Respect है तभी Reputation आती है। अपनी झूठी Respect के चक्कर में वह छोटे-मोटे कार्य या व्यवसाय में हाथ नहीं लगाना चाहता।

विशेष-

आप कोई भी कार्य कर रहे हों। किसी भी व्यवसाय में हों। यदि आप अपने कस्टमर को अच्छी सर्विस देते हैं तो यक़ीनन आपकी मार्केट में अच्छी Reputation (प्रतिष्ठा) बनेगी। यही प्रतिष्ठा (Reputation) आपको सम्मान (Respect) भी दिलायेगी।

उदाहरण/सलाह -

- एक अच्छा ट्रेनी अपने ट्रेनर से बिना सम्मान की परवाह किए अपनी स्किल को विकसित करता है। यही स्किल भविष्य में उसे प्रतिष्ठा और बाद में सम्मान दिलाती है।

- एक अच्छा स्टूडेण्ट टीचर से झिड़के जाने के बाद भी उससे ही सीखता है।

- एक सेल्स एग्जेक्यूटिव हज़ारों बार न सुनने के बाद भी अपनी Respect की परवाह किए बगैर अपने कार्य में लगा रहेगा। यही आदत भविष्य में उसे Reputation और Respect दोनों दिलायेगी।

- एक ग्रोथ माइण्डसेट वाला व्यक्ति Respect के चक्कर में कभी नहीं पड़ेगा। वह छोटे से छोटा समझा जाने वाला कार्य बूट पॉलिश, फेरी लगाना जैसे कार्य कर लेगा किन्तु चोरी, अपराध या भ्रष्टाचार जैसे कुकृत्य नहीं करेगा और यही बातें भविष्य में उसे Reputation और Respect दोनों दिलवायेगी

- ज़्यादातर शिक्षक समुदाय ग़रीब ही होता है। उसे अपनी इज़्ज़त की बड़ी परवाह होती है। वह कोई भी कार्य करने से कतराता है। भले ही प्राइवेट स्कूल में छोटी सैलरी पर पढ़ाए और भुखमरी का शिकार हो जाए।

- दुनिया में सबसे अधिक पैसा सेल्स के प्रोफेशन में है। किन्तु आज भी ज़्यादातर युवा MBA तो करते हैं लेकिन HR, Finance ही उनकी प्राथमिकता होती है। वे मार्केटिंग से दूरी बनाना चाहते हैं।

- तमाम बड़े पंच सितारा और सप्त सितारा होटलों में उच्च पदों पर कार्यरत लोग, जिनके पास होटल मैनेजमेण्ट की बड़ी डिग्रियाँ होती हैं, वे भी अपनी शुरुआत बिना सम्मान की परवाह किए एक वेटर के रूप में करते हैं। बाद में वे प्रतिष्ठा और सम्मान दोनों के हक़दार बन जाते हैं।

- फिल्मी दुनिया के तमाम ऐसे बड़े नाम हैं जिन्होंने अपने सम्मान की परवाह किए बग़ैर थियेटर से शुरुआत की थी किन्तु आज प्रतिष्ठा और सम्मान दोनों ही उनके पास है।

37.
Madness
(पाग़लपन)

ग्रोथ माइण्डसेट -

ग्रोथ माइण्डसेट वाले लोग बहुत सोच समझकर गोल सेट करते हैं। किन्तु गोल सेट कर लेने के बाद उसे प्राप्त करने के लिए पाग़लपन पर उतारू हो जाते हैं।

फिक्स्ड माइण्डसेट -

फिक्स्ड माइण्डसेट वाले लोग तो गोल ही सेट नहीं करते हैं। यदि कोई कार्य प्रारम्भ भी करते हैं तो विघ्न बाधाओं के आने पर शीघ्र ही विचलित हो जाते हैं।

विशेष -

इस दुनिया में तीन तरह के लोग होते हैं। पहले वे जो असफलता, संघर्ष या लोगों द्वारा मज़ाक बनाये जाने के भय से कार्य शुरु ही नहीं करते। दूसरे वे जो कार्य तो शुरु कर देते हैं किन्तु असफलता, संघर्ष या लोगों द्वारा मज़ाक बनाए जाने के भय से कार्य को बीच में ही छोड़कर भाग खड़े होते हैं। तीसरे वे जो कार्य को प्रारम्भ करते हैं। असफलता, संघर्ष या लोगों द्वारा मज़ाक बनाए जाने जैसी स्थितियाँ उनके पाग़लपन (जुनून) के सामने बहुत छोटी होती हैं।

उदाहरण/सलाह -

- एक पुरानी कहानी कही जाती है। कहते हैं कि एक शास्त्रीय संगीतज्ञ था, जिसके गाने पर बारिश होने लगती थी। चार युवा

गायक उसकी परीक्षा लेना चाहते थे। वे उस शास्त्रीय संगीतज्ञ के पास पहुँचे। उन्होंने उससे गाने का आग्रह किया। शास्त्रीय संगीतज्ञ ने कहा कि पहले तुम लोग गाओ फिर मैं गाऊँगा। एक-एक करके चारो युवा गायकों ने गाया किन्तु उनके गाने से बारिश नहीं हुई। अब शास्त्रीय संगीतज्ञ की बारी थी। उसने गाना शुरु किया । बारिश नहीं हुई। वह गाता ही रहा। थक जाता तो थोड़ा विश्राम कर लेता। फिर गाता । नींद महसूस होती तो थोड़ा आराम कर लेता। फिर गाता। अन्ततोगत्वा आकाश में बादल उमड़ने लगे। घनघोर बारिश हुई। चारो युवा गायक उस शास्त्रीय संगीतज्ञ के क़दमों में गिर पड़े और उन्होंने बारिश होने की वजह पूछी। शास्त्रीय संगीतज्ञ ने बताया कि मैं नहीं जानता कि मेरे गाने से बारिश होगी या नहीं। लेकिन एक बात मैं अवश्य ही जानता हूँ कि मैं तब तक गाता रहूँगा जब तक कि बारिश न हो। बारिश का होना मेरा गाना नहीं पाग़लपन था।

- महाभारत में अर्जुन के पाग़लपन का एक उदाहरण मिलता है। रात्रिकाल में अर्जुन धनुर्विद्या का अभ्यास कर रहे थे। आचार्य द्रोण वहाँ पहुँचते हैं। उन्होंने इस प्रकार रात्रिकाल में अर्जुन से धनुर्विद्या का अभ्यास करने की वजह पूछी। अर्जुन ने उत्तर दिया कि विश्व का सर्वश्रेष्ठ धनुर्धर बनने के लिए मुझे रात और दिन के बीच का अन्तर भूलना ही होगा।

- एक बार स्वामी विवेकानन्द ने कहा था कि लक्ष्य को ही अपना जीवन कार्य समझो। लक्ष्य के लिए ही जीवित रहो। जब तक लक्ष्य प्राप्त न हो जाए किसी अन्य वस्तु के बारे में मत सोचो। जो लक्ष्य के लिए पाग़ल हो गया है, उसी को प्रकाश के दर्शन होते हैं। अन्य लोगों का जोश तो सोडा वॉटर के उफान की तरह ठण्डा पड़ जाता है।

38.
Sales
(बिक्री)

ग्रोथ माइण्डसेट -

ग्रोथ माइण्डसेट वाला व्यक्ति बेचने की कला जानता है। उसे पता होता है कि बेचना ही कामयाबी और अमीरी की ओर ले जाने वाला सबसे सशक्त माध्यम है।

फिक्स्ड माइण्डसेट -

फिक्स्ड माइण्डसेट वाला व्यक्ति अपने जीवन में अत्यधिक सुरक्षा और स्वतंत्रता के प्रति सावधान होता है। बेचना उसे हमेशा ख़तरनाक प्रतीत होता है।

विशेष -

- यदि आपको अमीर बनना है तो बेचना ही पड़ेगा। फिक्स्ड माइण्डसेट वाला व्यक्ति अपना समय बेचता है। ग्रोथ माइण्डसेट वाला व्यक्ति दो चीज़ें बेचता है। यदि उसके पास पैसा भौतिक रूप में उपलब्ध है तो वह किसी उत्पाद को बेचता है। चाहे इसके लिए वह किसी फैक्ट्री को खोले। कम्पनी बनाए। दुकान या शोरुम खोले। एजेन्सी ले या फ्रेन्चाइज़ी ले। यदि उसके पास पैसा भौतिक रूप में उपलब्ध नहीं है तो वह अपनी सेवाओं को बेचता है। सेवाओं में वह दो प्रकार की सेवाएं बेचता है। या तो वह पेशेवर डिग्री जैसे डॉक्टर इंजीनियर, एडवोकेट, चार्टेड अकाउंटेण्ट, संगीताचार्य आदि जैसी बड़ी डिग्रियाँ हासिल करता है और अपनी सेवाएं बेचता है। या फिर किसी स्किल को विकसित करके अपनी सेवाएं

बेचता है। जैसे ऐक्टिंग, सोशल मीडिया मैनेजर, आर्टिस्ट, काउंसलर, कुक, गार्डनर, ब्यूटीशियन, मेकअप आर्टिस्ट, इलेक्ट्रीशियन जैसे हज़ारों शॉर्ट टर्म स्किल कोर्सेज हैं, जिसमें पारंगत होकर अपनी सेवाएं बेचकर कामयाब और अमीर बनता है।

- आज इण्टरनेट का युग है। इण्टरनेट पर आपको ढ़ेर सारे ऐसे कोर्सेज़ मिल जायेंगे जिनमें दक्ष होकर आप अपनी शुरुआत कर सकते हैं। लेकिन किसी भी शुरुआत को करने से पहले आपको तय करना होगा कि आप चाहते क्या हैं? आपको समय बेचना है, उत्पाद बेचना है या सेवाएं बेचना है?

- यदि आप कामयाब और अमीर बनना चाहते हैं और आपके पास न तो पैसा भौतिक रूप में है और न ही कोई पेशेवर डिग्री। तो फिर आपको अपने अन्दर खोजना होगा कि वह कौन सा कार्य है जिसे कि आप कर सकते हैं। जिसमें आपको रुचि है। फिर उसके लिए ज़रूरी सभी स्किल को सीखने की कोशिश कीजिए।

उदाहरण/सलाह -

दुनिया में जितने भी अमीर हैं उनमें 50% प्रॉडक्ट या सर्विस को बेचकर अमीर बने हैं। 20% स्टॉक मार्केट में निवेश करके अमीर बने हैं। 15% अमीर या तो रियल स्टेट में निवेश करते हैं या फिर सेल करते हैं। 5% अमीर ऊंची डिग्रियों के पेशेवर लोग हैं। 5% अमीर ऐसे हैं जिन्होंने अपनी किसी एक स्किल या हुनर को आगे बढ़ाया और अमीर बने। समय बेचकर भी 5% लोग अमीर बने हैं। लेकिन ध्यान रहे कि ये वे लोग हैं जिनका समय महज़ इसलिए क़ीमती हो गया है क्योंकि उन्होंने किसी स्किल में पराकाष्ठा पा ली है।

39.
Saying 'No'
('न' कहना सीखें)

ग्रोथ माइण्डसेट -

ग्रोथ माइण्डसेट वाले न कहना भी जानते हैं। वे जानते हैं कि कई बार न कहना अपने और दूसरों के लिए कितना लाभकारी होता है।

फिक्स्ड माइण्डसेट -

फिक्स्ड माइण्डसेट वाले किसी कार्य को कर पाएं या न कर पाएं, इससे उनका कोई लाभ होगा या नुकसान ये बिना सोचे हाँ या न कह बैठते हैं।

विशेष -

न कहना भी ज़रूरी है। कई बार न नहीं कहने की वजह से अपना नुकसान उठा बैठते हैं। किसी की नाराज़गी की इतनी भी परवाह न करें कि आप हानि उठाते रहें।

उदाहरण/सलाह -

- अनावश्यक की पार्टियों में दोस्तों के बुलाए जाने पर हम न नहीं कह पाते और हमारी रूटीन डिस्टर्ब हो जाती है। हम अपना नुकसान कर बैठते हैं।
- न नहीं कह पाने की वजह से हम अपने ऊपर कार्य का अतिरिक्त बोझ डाल लेते हैं।
- न नहीं कह पाने की वजह से हमारे समय का नुकसान होता है और हमारी उत्पादकता कम हो जाती है।

- कई बार न नहीं कह पाने की वजह से हमारे कार्य की गुणवत्ता भी प्रभावित हो जाती है।
- न नहीं कह पाने की वजह से कई बार आर्थिक नुकसान भी उठाना पड़ जाता है।
- जब आप आर्डर पर आर्डर लेते जाते हैं और न नहीं कह पाते तो उत्पाद या सेवाओं की गुणवत्ता अथवा समय से आपूर्ति में समस्या आ जाती है।
- दोस्तों की नाराज़गी का भय होता है और स्टूडेण्ट न नहीं कह पाते तो अपनी पढ़ाई का नुकसान कर बैठते हैं।
- न नहीं कह पाने की वजह से कई बार औक़ात से बाहर के कार्यों के किए लोग वचनबद्ध हो जाते हैं।
- स्पष्ट न नहीं कह पाने की वजह से कई बार ग़लत संस्थाओं, दलों, संगठनों या पार्टियों से जुड़ जाते हैं और अपनी छवि को ख़राब कर लेते हैं।
- तत्काल में न नहीं कहना और दिए गए वचन का निर्वाहन न कर पाने की दशा में कई बार शर्मसार भी होना पड़ सकता है।
- कम्पनियों में नियुक्ति के समय किसी भी शर्त के सदर्भ में स्पष्ट न नहीं कह पाना कालान्तर में परेशानी का कारण बन जाता है।
- पेरेंटिंग के सन्दर्भ में न नहीं कह पाना बच्चों के भविष्य के साथ खिलवाड़ करना बन जाता है।
- प्रेम सम्बन्धों में स्पष्ट न नहीं कह पाना भविष्य के कमज़ोर रिश्तों की नींव रखना होता है।
- अधीनस्थ कर्मचारियों से स्पष्ट न नहीं कहना उनके अन्दर झूठी आस को जगाए रखना होता है।

40.
Introspection
(आत्मनिरीक्षण)

ग्रोथ माइण्डसेट –

ग्रोथ माइण्डसेट वाला व्यक्ति अपने गोल को प्राप्त करने हेतु निरन्तर अपने कार्यों एवं प्रणाली के साथ ही साथ यदा कदा आत्मनिरीक्षण भी करता रहता है। वह सफल व्यक्तियों के साथ तुलनात्मक अध्ययन कर अपनी ख़ामियों को दूर करने का प्रयास करता है।

फिक्स्ड माइण्डसेट –

जब कोई व्यक्ति देश, काल एवम् परिस्थितियों के अनुरुप अपने विचारों का उन्नयन नहीं करता तो उसके चिन्तन का स्तर स्वत: ही न्यून हो जाता है और वह फिक्स्ड माइण्डसेट हो जाता है। फिर उसे किसी भी प्रकार के आत्मचिन्तन या आत्मनिरीक्षण की आवश्यकता नहीं रह जाती।

विशेष –

समान व्यवस्थाओं तथा संसाधनों पर यदि समान कार्यक्षेत्र में कोई व्यक्ति सफलता के शिखर पर है अथवा व्यवस्थाएं एवम् संसाधन समान न भी हों तो भी समान कार्यक्षेत्र के सफलतम व्यक्ति की सफलता के राज़ जानना ज़रूरी है। उन सभी सकारात्मक पहलुओं को अपने कार्यक्षेत्र में उतारा जाना ज़रूरी है।

उदाहरण/सलाह-

आत्मविश्लेषण करने हेतु निम्न प्रश्न ख़ुद से पूछे जा सकते हैं-
- क्या मैं वैसा कर रहा हूँ जैसा कि मेरे कार्यक्षेत्र के सबसे ज़्यादा सफलतम लोग कर रहे हैं?
- क्या मैं अपने आपको अपने कार्यक्षेत्र में उतना समर्पित करता हूँ जितना कि मेरी फील्ड के सफलतम लोग करते हैं?
- क्या मेरी उत्पादकता का स्तर मेरे कार्यक्षेत्र के सफलतम लोगों के बराबर या क़रीब है?
- क्या मेरे कार्य, सेवा या उत्पाद की गुणवत्ता मेरे कार्यक्षेत्र के सफलतम लोगों के समान है?
- क्या मैं अपने कार्यक्षेत्र के सफलतम व्यक्तियों के समान अद्यतनीकरण कर रहा हूँ?
- क्या मैं अपने कार्यक्षेत्र के सफलतम व्यक्तियों के समान ही प्रयोग कर रहा हूँ?
- क्या मैं अपने कार्यक्षेत्र के सफलतम लोगों के समान अध्ययन कर रहा हूँ?
- क्या मैंने अपने कार्यक्षेत्र के सफलतम लोगों के समान ही तार्किक, प्राप्ति योग्य और समयबद्ध गोल सेट किया है?
- क्या मैं अपने कार्य क्षेत्र के सफलतम व्यक्तियों के समान ही लक्ष्य प्राप्ति प्रक्रिया (Goal Achieving Process) का पालन करता हूँ?
- क्या मैं अपने कार्यक्षेत्र के सफलतम लोगों की तरह ही रिस्क उठाने के लिए तैयार हूँ?
- क्या मैं उन पुस्तकों और ट्रेनिंग की मदद ले रहा हूँ जो कि मेरे कार्यक्षेत्र के सफलतम व्यक्तियों द्वारा ली गई है?
- क्या मेरी योजनाएं उतनी ही तार्किक और दीर्घकालीन हैं, जितनी कि मेरे कार्यक्षेत्र के सफलतम व्यक्तियों द्वारा बनाई जाती हैं?
- क्या मैं अपने कार्यक्षेत्र के सफलतम व्यक्तियों के समान ही संभावनाओं और अवसरों के प्रति जागरूक हूँ?

41.

Productive Vs Busy
(उत्पादक बनाम व्यस्त)

ग्रोथ माइण्डसेट -

ग्रोथ माइण्डसेट वाला व्यक्ति उत्पादकता पर ज़्यादा ज़ोर देता है। वह कार्य करने के दौरान अपने समय के प्रत्येक क्षण को उत्पादक बना देता है। जिससे कि बचे हुए समय को अन्य कार्यों, योजनाओं, व्यक्तिगत, सामाजिक एवम् पारिवारिक उद्देश्यों की पूर्ति में लगाता है।

फिक्स्ड माइण्डसेट -

फिक्स्ड माइण्डसेट वाला व्यक्ति बहुत ही व्यस्त होता है। उसके पास सुबह से लेकर शाम तक काम ही काम होता है। उसकी व्यस्तता का आलम इस क़दर होता है कि वह ब्रेक भी नहीं ले पाता। उसके पास समय की बहुत ही कमी होती है। उसके पास अन्य कार्यों, योजनाओं, व्यक्तिगत, सामाजिक एवम् पारिवारिक उद्देश्यों की पूर्ति के लिए बिल्कुल भी समय नहीं होता।

विशेष-

यदि कोई व्यक्ति यह शिकायत करते हुए मिल जाए कि वह अपने जीवन में बहुत ज़्यादा व्यस्त है तो यक़ीन मानिए कि वह व्यस्त नहीं अपितु अस्त-व्यस्त है।

- फिक्स्ड माइण्डसेट वाले यह कोशिश करते रहते हैं कि एक दिन में ज़्यादा से ज़्यादा कार्य कर पाएं। वह अपनी लिस्ट में ढेर सारे कार्य लिख लेते हैं और जब कार्य पूरा नहीं हो पाता तो

उसे अगले दिन पर टाल देते हैं। ग्रोथ माइण्डसेट वाले 50% उन कार्यों को अपनी लिस्ट में ही नहीं लिखते जो कि अनावश्यक हैं। वे अपनी लिस्ट में महत्वपूर्ण कार्यों को ही लिखते हैं।

- फिक्स्ड माइण्डसेट वाले प्रायः अति आवश्यक एवम् महत्त्वपूर्ण कार्यों में भेद नहीं कर पाते और हमेशा व्यस्त बने रहते हैं। ग्रोथ माइण्डसेट वाले लोग अति आवश्यक एवं महत्वपूर्ण कार्यों के बीच अन्तर को भली-भांति समझकर अपनी लिस्ट बनाते हैं।

- फिक्स्ड माइण्डसेट वाले व्यक्ति बार बार अपना ई-मेल, व्हाट्सएप चेक करते रहते हैं। एक शोध के अनुसार ऐसे लोगों का फ़ोकस 10% तक कम हो जाता है। यह उनकी व्यस्तता को और भी बढ़ा देता है। जबकि ग्रोथ माइण्डसेट वाले ऐसे तमाम छोटे छोटे कार्यों का समय नियत कर देते हैं। इससे उनकी उत्पादकता अधिक होती है।

- फिक्स्ड माइण्डसेट वाले लोग मल्टी टास्किंग करते हैं। इसकी वजह से वे बहुत व्यस्त तो होते हैं किन्तु अपने कार्यों पर फ़ोकस नहीं कर पाते। जबकि ग्रोथ माइण्डसेट वाले भी मल्टीटास्किंग करते हैं किन्तु वे एक अति महत्वपूर्ण कार्य के साथ एक कम महत्वपूर्ण कार्य को समायोजित कर देते हैं जैसे कि किसी का इन्तज़ार करने के दौरान कोई अन्य कार्य कर लेना।

उदाहरण/सलाह -
- यदि आपके पास कोई आइडिया है तो उसे स्पष्ट रूप से लिखित रखिए। उसमें कार्य को शुरु करने की तिथि भी अंकित करिए।
- आप जो भी कार्य करते हैं उस पर पूरा फ़ोकस करना सीखिए।

- अपने आस-पास के माहौल और व्यवस्थाओं को अपने कार्य के सापेक्ष रखिए।
- अपने कार्यों की प्राथमिकताओं को तय कीजिए।
- आवश्यक, अति आवश्यक, महत्वपूर्ण एवं कम महत्वपूर्ण कार्यों की सूची बनाइए ।
- अपनी To do list को मेन्टेन करते रहिए।
- अपने कार्यों के लिए रिमाइण्डर सेट करिए। अधूरे कार्य ध्यान भटकाते हैं।
- आपके ऑफिस में भले ही आपकी अपनी टेबल हो किन्तु घर पर भी अपनी टेबल सेट कीजिए ताकि वहाँ भी आप अपने कार्य और गोल का रिमाइण्डर लगा सकें।
- ऐसे कार्यों को दूसरों को सुपुर्द करिए जिससे कि आपका समय और संसाधन बच सके ताकि आप अपनी एकाग्रता अन्य महत्त्वपूर्ण कार्यों में लगा सकें।
- कार्य को टालने की प्रवृत्ति से तौबा कीजिए। कार्य को अधूरा मत छोड़िए।
- जिस कार्य को पूरा करने में एक से अधिक स्टेप की ज़रूरत हो, उसे प्रोजेक्ट की श्रेणी में रखिए।
- अलग-अलग कार्यों के लिए अलग-अलग फोल्डर बनाइए।
- सुबह एक निश्चित समय पर उठिए। अपनी रूटीन में व्यायाम और मेडिटेशन शामिल करें।
- अपने कार्य के बीच में ब्रेक लेते रहें। जिसमें आप मेडिटेशन कर सकते हैं या म्यूज़िक सुन सकते हैं।
- अपने हर क़दम को पहले से सुनिश्चित करें। अपना गोल सेट करें।

42.
Time Vs Service
(समय बनाम सेवा)

ग्रोथ माइण्डसेट -

ग्रोथ माइण्डसेट वाला व्यक्ति अपने कार्य की गुणवत्ता और परिणामों के आधार पर अपना मूल्य निर्धारित करता है। उसे विश्वास होता है कि कार्य की गुणवत्ता और परिणाम श्रेष्ठ मूल्य निर्धारक हैं।

फिक्स्ड माइण्डसेट -

फिक्स्ड माइण्डसेट वाला व्यक्ति अपने समय के आधार पर अपना मूल्य निर्धारित करता है। फिक्स्ड माइण्डसेट वाला व्यक्ति जितने घण्टे, दिन, सप्ताह या महीने कार्य किया होता है, उसे उसी के अनुरूप पैसा चाहिए होता है। वह अपना समय बेचकर ही पैसा कमाता है।

विशेष -

- पैसे के लिए हर कोई कार्य कर रहा होता है। पैसे के बदले में आपको बेचना पड़ता है। यह आप पर निर्भर करता है कि आप क्या बेच रहे हैं। या तो आप अपना समय बेचेंगे और यह कहेंगे कि मैंने इतने घण्टे, दिन, सप्ताह या महीने कार्य किया है और इसके बदले मुझे इतना पैसा चाहिए। या फिर आप अपनी सर्विस बेचेंगे और दावा करेंगे कि आपने किसी के जीवन या कार्यक्षेत्र में यथोचित बदलाव किया है।
- दुनिया भर के बड़े CEO भी अपना समय ही बेचते हैं। लेकिन याद रखें कि उनका समय सामान्य व्यक्तियों के समय की भांति नहीं होता। उनका हर एक क्षण प्रॉडक्टिव होता है और वे बड़ी कम्पनियाँ सारा कलकुलेशन करने के बाद उनकी

प्रॉडक्टिविटी को ही ख़रीदती हैं, जो कि हमें समय के रूप में दिखाई देता है।

उदाहरण/सलाह -

- एक डॉक्टर अपनी सर्विस को बेच रहा होता है। जो कि कुछ ही देर की ओ. पी. डी. या ऑपरेशन्स की अच्छी कीमत लेता है।
- एक ट्रेनर या कोच कुछ ही घण्टों के वर्कशॉप या ट्रेनिंग की भारी-भरकम फीस वसूलता है।
- एक सॉफ्टवेयर डिज़ाइनर, आर्टिस्ट, सिंगर, म्यूज़िशियन कुछ ही घण्टों के लिए चार्ज़ करता है। वह अपनी सेवाओं को बेचता है लेकिन इसके बदले नौकरी पेशा वाले व्यक्ति या अन्य महज़ अपने समय को बेचते हैं।
- अपने कार्य की गुणवत्ता और परिणाम के आधार पर अपना मूल्य निर्धारित करना कामयाबी और अमीरी की दिशा में एक मज़बूत क़दम है।

43.
Problem Facing
(मुश्किलों से सामना)

ग्रोथ माइण्डसेट -

ग्रोथ माइण्डसेट वाला व्यक्ति निरन्तर अभ्यास से अपनी प्रतिभा, क्षमता, योग्यता, चिन्तन, अध्ययन आदि के द्वारा अपने व्यक्तित्व को इतना विराट बना लेता है कि हर तरह की कठिनाई उसे अपने लक्ष्य के सामने बहुत ही छोटी प्रतीत होने लगती है। उसे विश्वास होता है कि वह अपनी सभी प्रकार की समस्याओं के समाधान आसानी से ढूँढ़ लेगा। समस्त समस्याएं उसके व्यक्तित्व के सामने बौनी प्रतीत होती हैं।

फिक्स्ड माइण्डसेट -

फिक्स्ड माइण्डसेट वाला व्यक्ति किसी भी छोटी या बड़ी समस्या के आने पर शीघ्र ही भयभीत हो जाता है। वह हमेशा समस्याओं को ख़ुद से बड़ा समझता है। समस्याओं के आने पर वह चिन्तन के बजाय चिन्ता करने लगता है और यही चिन्ता उसे अवसाद ग्रसित कर देती है। समस्याओं के बारे में ज़्यादा चिन्ता करने से उसकी समस्याएं और भी बढ़ने लगती हैं। फिक्स्ड माइण्डसेट वाले व्यक्ति समस्याओं से हमेशा भागते हैं।

विशेष-

समस्याएं सबके जीवन में आती हैं। किन्तु समस्याओं के साथ आप कैसी प्रतिक्रिया करते हैं, यह बात ज़्यादा महत्वपूर्ण है। फिक्स्ड माइण्डसेट वाला व्यक्ति छोटी सी सफलता मिल जाने पर आत्मनियन्त्रण खो बैठता है और जब उसे छोटी सी असफलता मिलती है तब भी वह सन्तुलन खो बैठता है।

उदाहरण/सलाह -

- एक डॉक्टर को अपनी ओ. पी. डी. में ढ़ेरों मरीज़ रोज़ाना देखने होते हैं। उनमें से तमाम मरीज़ उदण्डता पर उतारू हो जाते हैं। किन्तु डॉक्टर अपना धैर्य कभी नहीं खोता। वह अपने क्रोध का प्रदर्शन नहीं करता।

- सेल्स एग्जेक्यूटिव को सैकड़ों बार न सुननी होती है। लेकिन वह सभी समस्याओं का डटकर मुकाबला करता है।

- एक बार स्वामी विवेकानन्द वाराणसी गये। उन्हें बन्दरों ने दौड़ा लिया। वे भागने लगे। तभी एक साधू जो दूर से सारी गतिविधियों को देख रहा था। वह चिल्लाकर बोला कि खड़े हो जाओ और सामना करो। स्वामी विवेकानन्द ने ऐसा ही किया और बन्दर भाग खड़े हुए।

- एक बार डोनाल्ड ट्रम्प के ऊपर कर्ज़ का बोझ बढ़ गया और व्यवसाय में काफ़ी नुकसान हुआ। वे सड़क पर भिखारियों को देखते और सोचते कि ये भी मुझसे अच्छे हैं। कम से कम इनके ऊपर कर्ज़ का इतना बड़ा बोझ तो नहीं है। वे एक भिखारी को देख ही रहे थे कि अचानक उनके दिमाग़ में बिजली कौंध गई और विचार आया कि ये अपनी ज़िन्दगी में समस्याओं का सामना नहीं कर पाया, वजह कुछ भी रही हो तभी तो भिखारी है। फिर उन्होंने समस्याओं का सामना करने की ठानी और अपने व्यवसाय को पुनः खड़ा किया और अपनी खोई हुई दौलत पुनः प्राप्त कर लिया।

44.
Communication Skill
(कम्यूनिकेशन स्किल)

ग्रोथ माइण्डसेट –

ग्रोथ माइण्डसेट वाला अपनी सभी स्किल्स में कम्यूनीकेशन स्किल को सर्वोपरि मानता है। इसके निरन्तर विकास हेतु प्रयत्न भी करता है। वह शब्दों का चयन बहुत ही सोच- समझ कर करता है। उसकी सबसे बड़ी फ़ितरत यह होती है कि वह एक अच्छा श्रोता होता है और लोगों की बातों को ध्यानपूर्वक सुनता है। यदि हम समय की कमी की बात को नज़रअन्दाज़ कर दें तो भी वह जितनी देर तक भी आपके साथ होगा सिर्फ़ आपके साथ होगा।

फिक्स्ड माइण्डसेट –

फिक्स्ड माइण्डसेट वाला व्यक्ति अपने आप को बहुत ही क़ाबिल समझता है। यही वजह है कि कम्यूनीकेशन स्किल जो कि सर्वोपरि स्किल है, उसे वह नज़रअन्दाज़ करता है। दूसरों से बातचीत के दौरान आवश्यक न होने पर भी मोबाइल चलाने लगता है। वह दूसरों की बातों को ध्यानपूर्वक नहीं सुनता। उसका मन इधर - उधर भटकने लगता है। वह अपनी ही बात कहना चाहता है। यहाँ तक कि दूसरों की बातों को काटकर अपनी वाली हाँकना शुरू कर देता है।

विशेष –

33% कम्पनीज़ का मानना है कि कम्यूनीकेशन स्किल टॉप मोस्ट स्किल है। यह स्किल एक अच्छी पहचान बनाने में, अच्छे रिश्ते बनाने में महत्वपूर्ण है। इसको आपको ज़रूर विकसित करना चाहिए।

उदाहरण/सलाह –

- दुनिया भर में जितने भी कामयाब और अमीर व्यक्ति हैं, इनमें से एक बड़ा भाग शानदार कम्यूनीकेशन स्किल की वजह से ही है।
- सेल्स में बिना अच्छी कम्यूनीकेशन स्किल के कुछ हो ही नहीं सकता।
- कॉल सेन्टर इण्डस्ट्री पूरी तरह से कम्यूनीकेशन स्किल पर ही आधारित है।
- एजुकेशनल इण्डस्ट्री का आधार कम्यूनीकेशन स्किल ही है।
- इन्श्योरेंस इण्डस्ट्री में बिना अच्छी कम्यूनीकेशन स्किल के एक भी पॉलिसी नहीं बेची जा सकती।
- एक कामयाब अधिवक्ता के कोर्ट में अच्छी ज़िरह के पीछे उसकी अच्छी कम्यूनीकेशन स्किल ही है।
- जितने भी कामयाब पब्लिक स्पीकर हैं, वे कम्यूनीकेशन स्किल की ही बदौलत हैं।
- नेटवर्क मार्केटिंग का पूरा का पूरा सिस्टम ही कम्यूनीकेशन स्किल पर है।
- उसी रेस्टोरेण्ट में डिनर करने में मज़ा आता है, जहाँ वेटर से लेकर मैनेजर तक अच्छी कम्यूनीकेशन स्किल वाले हों।
- आप उसी सैलून या पार्लर में जाना पसंद करते हैं जहाँ अच्छी सर्विस के साथ ही साथ सेवा प्रदाता अच्छी कम्यूनीकेशन स्किल वाले हों।
- किसी भी कम्यूनीकेशन में 7% हमारे शब्दों का, 55% हमारे बॉडी लैंग्वेज का और 38% हमारे टोन का प्रभाव होता है। अतएव आपको अपनी कम्यूनीकेशन स्किल पर अच्छे अभ्यास की ज़रूरत है।

- हम तीन तरह का कम्यूनीकेशन करते हैं। समाज से, अपने आप से और ब्रह्माण्ड से। यदि ख़ुद से सकारात्मक कम्यूनीकेशन शुरू कर दें तो कम्यूनीकेशन का पूरा सिस्टम सही हो जाएगा।

45.
Controlling Emotional Quotient
(भावनात्मक लब्धि नियन्त्रण)

ग्रोथ माइण्डसेट –

ग्रोथ माइण्डसेट वाला व्यक्ति एक संतुलित जीवन जीना जानता है। उसका ख़ुद पर नियन्त्रण होता है। छोटी-छोटी बातों पर वह आत्मनियन्त्रण नहीं खोता। वह अपने मन और विचारों को शान्त तथा स्थिर रखता है। वह असीमित धैर्य का मालिक होता है। समस्याओं के आने पर या असफल हो जाने पर वह न तो कभी असहज होता है और न ही घबराहट का शिकार होता है। वह अपनी वाणी और कार्यों पर नियन्त्रण करना जानता है।

फिक्स्ड माइण्डसेट –

फिक्स्ड माइण्डसेट वाला व्यक्ति अपने जीवन में असंतुलित और असहज होता है। वह अपने विचारों को शान्त तथा स्थिर रखने में असक्षम होता है। वह छोटी छोटी बातों पर घबरा जाता है। फिक्स माइण्डसेट वाला शीघ्र ही आपा खो देता है। वह अपने वाणी तथा कर्म में सहजता एवं सन्तुलन बना पाने में सक्षम नहीं होता।

विशेष-

किसी भी व्यक्ति के अन्दर 150 से भी अधिक भावनाएं होती हैं। जिनमें काम, क्रोध, लोभ, मोह और मद (अहंकार) ये पंच महाविकार हैं। जो इन पर नियन्त्रण कर ले गया उसे कामयाब और अमीर बनने से कोई नहीं रोक सकता। इमोशनल कोशण्ट (E.Q) को मनोवैज्ञानिक इंटेलीजेण्ट कोशण्ट (I.Q.) और सोशल

कोशण्ट (S.Q.) से भी ज़्यादा महत्वपूर्ण मानते हैं। एडवरसिटी कोशण्ट(A.Q.) का आधार इमोशनल कोशण्ट (E.Q.) ही है। यदि किसी व्यक्ति का इन्टेलीजेण्ट कोशण्ट या सोशल कोशण्ट कम है तो भी उसके सफल होने की उम्मीदें हैं। लेकिन यदि किसी व्यक्ति का इमोशनल कोशण्ट कम है तो न केवल उसके असफल होने की संभावनाएं ज़्यादा हैं अपितु उसके रोग और बीमारियों से ग्रसित होने की भी संभावनाएं ज़्यादा हैं। जिसका इमोशनल कोशण्ट(E.Q.) नियन्त्रण में है, उसे कामयाब और अमीर बनने से कोई नहीं रोक सकता। किसी भी व्यक्ति की कामयाबी में 20% इंटेलिजेंट कोशण्ट की और 80% इमोशनल कोशण्ट की हिस्सेदारी होती है।

उदाहरण/सलाह-

- फेसबुक के संस्थापक मार्क जुकरबर्ग ने प्रेम में असफल होने पर अपने भावनात्मक लब्धि को नियन्त्रण में रखा और दुनिया के सबसे कामयाब और अमीर लोगों में शुमार हुए।
- सरदार बल्लभ भाई पटेल कोर्ट में मुकदमा लड़ रहे थे। तभी उन्हें एक पत्र मिला जिसमें उनकी पत्नी की मृत्यु की ख़बर थी। उन्होंने भी अपनी भावनात्मक लब्धि को नियन्त्रण में रखा। मुकदमा लड़ना जारी रखा और दुनिया के सामने एक मिशाल पेश की।

46.
Inner Management
(अन्तः प्रबन्धन)

ग्रोथ माइण्डसेट -

ग्रोथ माइण्डसेट वाला व्यक्ति यह जानता है कि अंतःप्रबन्धन ही जीवन की सर्वोच्च क्रिया एवं साधना है। जाने अनजाने में वह वाह्य जगत में अनुकूलन स्थापित करने हेतु सबसे पहले अन्तः जगत में अनुकूलन स्थापित करता है। परिस्थिति कुछ भी हो। सुख-दुःख, लाभ-हानि, जय-पराजय, यश-अपयश या किसी भी प्रकार की मनोदशा उसे उसके लक्ष्य तक बढ़ने से रोक नहीं पाती है। वह हर परिस्थिति, हर अवस्था में समभाव और सहज रहता है।

फिक्स्ड माइण्डसेट -

फिक्स्ड माइण्डसेट वाला व्यक्ति वाह्य जगत की हलचलों से ज़्यादा प्रभावित होता है। जबकि वाह्य जगत की समस्त हलचलें उसके अन्तः जगत से ही बल पाती हैं। फिक्स्ड माइण्डसेट वाला व्यक्ति अन्तः जगत को प्रबन्धित करने के बजाय वाह्य जगत को प्रबन्धित करने में अपनी ऊर्जा का अनावश्यक क्षरण करने लगता है। वह अपने जीवन में सहज नहीं हो पाता और छोटी छोटी बातें उसे दुःखी, हताश, निराश और परेशान करने लगती हैं।

विशेष -

जब अन्दर सब कुछ अस्त-व्यस्त होता है तो बाहर भी अस्त-व्यस्त प्रतीत होता है। क्रोध, अनिद्रा, घबराहट, रक्तचाप जैसी

बीमारियाँ वाह्य कारणों से नहीं होती। इसके लिए हमारी मनोदशा ही ज़िम्मेदार है। ज़रूरी है कि सबसे पहले अंतः प्रबन्धन किया जाए। अंतः प्रबन्धन की शुरुआत मन को शान्त रखने से होती है। यदि मन शान्त हो गया तो तमाम मानसिक क्षमताएं जैसे एकाग्रता, स्मरणशक्ति, विवेकशीलता, सम्प्रेषण कौशल, धैर्य एवं विचारशीलता स्वतः ही विकसित होने लगती है।

उदाहरण/सलाह -

- आप मधुमक्खी के छत्ते में से आसानी से शहद निकाल सकते हैं। कोई भी मधुमक्खी आपको डंक नहीं मारेगी। शर्त यह है कि आप सहज रहें। जब भी आप असहज होते हैं, उस समय आपके शरीर से स्रावित होने वाले हार्मोन की गंध को मधुमक्खियाँ महसूस कर लेती है और वे आप पर हमला कर देती हैं।

- सड़क पर जा रहे लोगों में कुत्ते अक्सर उन्हीं पर ज़्यादा भौंकते हैं जो अन्दर से डरे हुए होते हैं।

47.
Visualization
(दृश्यावलोकन)

ग्रोथ माइण्डसेट –

ग्रोथ माइण्डसेट वाला व्यक्ति यह जानता है कि उसे अपनी ज़िन्दगी में क्या चाहिए। वह अपने जीवन के लक्ष्य, जीवन शैली और तमाम हसरतों के लिए दृढ़ संकल्पित होता है। जो कि उसे चाहिए ही चाहिए। उसके जीवन का लक्ष्य पूरी तरह स्पष्ट होता है। वह बारम्बार अपने लक्ष्य और अपनी जीवन शैली को महसूस करता है। वह दृश्यावलोकन करता है कि उसकी वांछित वस्तुएं और जीवनशैली प्राप्त हो जाने के बाद वह कैसा महसूस करेगा। इस तरह वह अपने सबकॉन्सियस माइण्ड(अवचेतन मस्तिष्क) की शक्तियों को जागृत कर सब कुछ पा लेता है।

फिक्स्ड माइण्डसेट –

फिक्स्ड माइण्डसेट वाला व्यक्ति न तो अपने लक्ष्य और न ही अपनी जीवनशैली के प्रति निश्चित होता है। उसमें दृढ़ता का अभाव होता है। स्पष्टता और दृढ़ता के अभाव के कारण वह सुनिश्चित ही नहीं कर पाता कि उसे क्या चाहिए। उसके लक्ष्य और संकल्प परिस्थितिजन्य होते हैं। साथ ही साथ लक्ष्य और संकल्प बार बार बदलते रहते हैं। यही वह वजह है कि फिक्स्ड माइण्डसेट वाला व्यक्ति कभी कुछ और कभी कुछ दृश्यावलोकन करता है। बार बार अलग अलग दृश्यावलोकन से वह अपने अवचेतन मस्तिष्क को भी भ्रमित कर डालता है। यह भी एक मुख्य वजह बन जाती है कि तमाम प्रयास के बाद भी वह खाली हाथ ही रहता है।

विशेष-

आपको नियमित रूप से कम से कम 5 मिनट का समय अपने मेडिटेशन के दौरान देना होगा, जिसमें कि आप स्पष्ट रूप से देख सकें कि आप अपनी उस ज़िन्दगी को जी रहे हैं, जिसे कि आप जीना चाहते हैं। आपका अपना घर, अपनी कार, अपना व्यवसाय, अपने लोग, इनके साथ आप पूरा इन्ज्वाय कर रहे हैं। तस्वीर जितनी ज़्यादा स्पष्ट होगी, उसे पाने की उम्मीदें भी उतनी ही पक्की होंगी। अतएव पूरे मन से, पूरी खुशी के साथ स्पष्ट तस्वीर देखिए और महसूस करिए।

उदाहरण/सलाह –

- विक्टर फ्रैंक जर्मनी के महान मनोवैज्ञानिक और लेखक थे। उनके माता-पिता, भाई और पत्नी की हत्या कर दी गई और उन्हें नाज़ियों ने बहुत यातनाएं दीं। भूखा रखा गया। लेकिन उन्होंने मानसिक सन्तुलन नहीं खोया। वे आज़ादी के दृश्यावलोकन करते रहे कि वे अपने विद्यार्थियों को इन सभी घटनाओं के बारे में बता रहे हैं। कालान्तर में यही सब कुछ उनके साथ हुआ भी।

- दृश्यावलोकन का सबसे बड़ा और सटीक प्रयोग स्वयं को एक कामयाब और अमीर व्यक्ति के रूप में देखना है। अपनी आँखें बन्द करके स्वयं को एक कामयाब और अमीर व्यक्ति के रूप में देखिए। कुछ देर तक देखते रहिए।

A. क्या आप दृश्यावलोकन में धुँधली तस्वीरों के बजाय अपना चेहरा स्पष्ट रूप से देख पा रहे हैं?

B. क्या आपकी तस्वीर श्वेत या श्याम होने की बजाय रंगीन है?

C. क्या आपकी तस्वीर क़ैद होने की बजाय या किसी फ्रेम में होने की बजाय स्वतंत्र है?

D. क्या आपकी तस्वीर आपसे दूर होने की बजाय आपके निकट है ?

E. क्या आपकी तस्वीर आधी अधूरी होने के बजाय पूर्ण है?

F. क्या आपकी तस्वीर में आपका अपना ही चेहरा और शरीर है?

G. क्या आप जिस इमेज़ की कल्पना कर रहें हैं वह इमेज़ आपके दायें - बाएं, ऊपर-नीचे होने की बजाय आपके ठीक सामने है?

H. क्या आपकी तस्वीर एक चित्र होने के बजाय 3D है?

यदि सभी प्रश्नों के उत्तर हाँ में हैं तो आपका अवचेतन मस्तिष्क कामयाब और अमीर बनने के लिए पूरी तरह तैयार है। यदि किसी भी प्रश्न का उत्तर न में है तो आपको तब तक अभ्यास करने की ज़रूरत है जब तक कि सभी प्रश्नों के उत्तर हाँ में न हो जाएं।

48.
Gratitude
(कृतज्ञता)

ग्रोथ माइण्डसेट –

ग्रोथ माइण्डसेट वाला व्यक्ति उन तमाम चीज़ों लिए ईश्वर का आभारी होता है जो कि उसे अपने जीवन में प्राप्त है। वह अपनी प्रार्थनाओं में और सामान्य रूप से ईश्वर को बारम्बार धन्यवाद देता है। वह सच्चे मन से ईश्वर के प्रति कृतज्ञता व्यक्त करता है। ग्रोथ माइण्डसेट वाला व्यक्ति ईश्वर द्वारा प्रदत्त जीवन, परिवार, मित्र, प्रकृति, अवसर आदि तमाम चीज़ों के लिए शुक्रगुज़ार होता है।

फिक्स्ड माइण्डसेट –

फिक्स्ड माइण्डसेट वाला व्यक्ति हमेशा शिकायत करता रहता है। उसे लगता है कि उसकी क़िस्मत ही ख़राब है। ईश्वर ने उसके साथ अन्याय किया है। ईश्वर कभी भी उसकी प्रार्थना नहीं सुनता। जो उपलब्धियाँ उसे प्राप्त होती हैं उसके लिए कृतघ्न होता है। फिक्स्ड माइण्डसेट वाला व्यक्ति निःशुल्क प्राप्त चीज़ें या जो कुछ भी उसके पास होता है, उसे वह महत्वहीन समझता है।

विशेष-

आप अपने जीवन में बहुत कुछ प्राप्त कर सकते हैं। किन्तु इसके लिए पुरुषार्थ के साथ ही साथ यह भी है कि आपके पास जो कुछ भी है उसके लिए आभारी होना होगा। प्रायः यह देखने को मिलता है कि लोग उन बातों या वस्तुओं के लिए अधिक चिन्तित दिखते हैं जो कि उनके पास नहीं है। अपनी इस चिन्ता में वे उन चीज़ों से प्रेम करना और सम्मान करना भूल जाते हैं जो

कि उनके पास है। जो कुछ भी आपके पास है उसका सम्मान करिए। उससे प्रेम करिए। उन तमाम चीज़ों के लिए प्रेम और सम्मान प्रकट करने का सबसे सरल उपाय यह है कि उसके लिए ईश्वर को धन्यवाद दीजिए। जीवन में जो कुछ भी प्राप्त है उसके लिए ईश्वर को धन्यवाद देना और ईश्वर के प्रति कृतज्ञ होना ही सच्ची प्रार्थना है। हर उस बात के लिए ईश्वर को धन्यवाद दीजिए जो आपकी खुशी का कारण है। कृतज्ञता प्रार्थना की एकमात्र ऐसी विधा है जो कि धार्मिक, वैज्ञानिक, सामाजिक रूप से प्रमाणिक एवं स्वीकार्य है। ईश्वर के प्रति कृतज्ञता व्यक्त करने से मानसिक शान्ति, आनन्द एवं उत्साह की अनुभूति होती है।

उदाहरण/सलाह –

- आप अपने जीवन में प्राप्त तमाम चीज़ों के लिए ईश्वर को धन्यवाद दें। यदि आपके पास कार है तो उसके लिए ईश्वर को धन्यवाद दीजिए। यदि कार नहीं है बाइक है तो उसी के लिए ईश्वर को धन्यवाद दीजिए। यदि बाइक भी नहीं है केवल साइकिल है तो उसके लिए धन्यवाद दीजिए। यदि साइकिल भी नहीं है और दोनों पैर तो सलामत हैं, उसी के लिए धन्यवाद दीजिए। सुबह उठते ही ईश्वर को धन्यवाद देने की सबसे बड़ी वजह यह भी है कि आज रात जितने भी लोग सोए, हर कोई नहीं उठा। जबकि आप ज़िन्दा हैं।

- आपको एक अच्छा आदाता बनना होगा। यदि आपके विचारों की बाइब्रेशन सकारात्मक अर्थात् सफलता, शान्ति, प्रेम, प्रसन्नता, आनन्द, कृतज्ञता की फ्रीक्वेन्सी (Frequency) पर होगी तो आप सफलता शान्ति, प्रेम, प्रसन्नता आनन्द और कृतज्ञता के आदाता (Receiver) बनेंगे। यदि इसके विपरीत आपकी वाइब्रेशन असफलता, डर, शंका, घृणा, द्वेष आदि की फ्रीक्वेन्सी पर होगी तो आप असफलता, डर, शंका, घृणा, द्वेष,

ग़रीबी, बीमारी के आदाता बन जायेंगे। अपनी वाइब्रेशन को सकारात्मकता की फ्रीक्वेंसी पर लाने के लिए आप कृतज्ञ बनें। जिसके लिए आप रोज़ाना 5 ऐसी बातों को लिखें जिसके लिए आप कृतज्ञ हैं। यह प्रक्रिया नियमित रूप से 66 दिनों तक चलती रहे। फिर आप महसूस करेंगे कि आपके वाइब्रेशन की फ्रीक्वेन्सी सकारात्मक होने लगी है।

49.
Circle of Concern and Influence
(चिन्ता और प्रभाव का दायरा)

ग्रोथ माइण्डसेट –

ग्रोथ माइण्डसेट वाला व्यक्ति Circle of Influence के प्रति सावधान होता है। वह अपने स्वभाव, आदतों, व्यवहार, सीखने की प्रक्रिया, दोस्तों के साथ व्यतीत किया जाने वाला समय, समय प्रबन्धन, आर्थिक प्रबन्धन, लोक व्यवहार, स्वास्थ्य, सम्बन्ध आदि तमाम चीज़ों में उत्तरोत्तर सुधार करता है। जिसे कि वह कर सकता है। वह जानता है कि ये समस्त बातें उसके नियन्त्रण में हैं। ग्रोथ माइण्डसेट वाला उन सभी चीज़ों की जिम्मेदारी लेता है जिसे कि वह बदल सकता है।

फिक्स्ड माइण्डसेट –

फिक्स्ड माइण्डसेट वाला व्यक्ति Circle of Influence में अमूल चूल परिवर्तन या सुधार करने की बजाय Circle of Concern को लेकर ज़्यादा परेशान होता है। वह जानता है कि Circle of Concern जैसी बारिश, आँधी, बाढ़, राजनैतिक उथल-पुथल, असाध्य रोग, महामारी जैसी तमाम बातें उसके नियन्त्रण से बाहर हैं। फिर भी वह इन विषयों पर चिन्ता एवं कुतर्क करके अपने समय और ऊर्जा को नष्ट करता है। फिक्स्ड माइण्डसेट वाला व्यक्ति उन सभी चीज़ों से शिकायत करता है या दुःखी रहता है जिसे कि वह बदल नहीं सकता।

विशेष –

ग्रोथ माइण्डसेट वाला व्यक्ति हमेशा Proactive होता है। वह भली भांति जानता है कि वह Circle of Concern को नियन्त्रित नहीं कर सकता। जबकि फिक्स्ड माइण्डसेट वाला व्यक्ति Reactive होता है। उसकी फ़ितरत "आ बैल मुझे मार" की होती है। वह Circle of Concern से परेशान होता है। उसके विरुद्ध प्रतिक्रिया देना चाहता है। एक Proactive व्यक्ति हालातों को अच्छी तरह समझकर समाधान निकालने की कोशिश करता है।

उदाहरण/सलाह -

- समय और हालातों को दोष देने की बजाय हमें यह देखना होगा कि हम क्या कर सकते हैं। विश्व की तमाम बड़ी कम्पनियों का अभ्युदय उस समय हुआ जब सारी दुनिया मन्दी की मार झेल रही थी। जिसमें फेसबुक जैसी नामचीन कम्पनियाँ शामिल हैं।

- जॉन मिल्टन आंखों से अन्धे थे। वह चाहते तो अपने अन्धेपन की सारी उम्र शिकायत करते। लेकिन उन्होंने अपने अन्धेपन को आड़े नहीं आने दिया और महान कवि के रूप में इतिहास में अमर हो गये।

- दुनिया भर के तमाम अरबपतियों या करोड़पतियों की कहानियां पढ़िए जो कि स्वनिर्मित अरबपति या करोड़पति रहे। आपको यक़ीन हो जायेगा कि उनके जीवन में भी Circle of Concern की कत्तई कमी नहीं थी। उन्हें भी तमाम बद से बदतर हालातों से रूबरू होना पड़ा। लेकिन उन्होंने Circle of Concern को महत्त्व नहीं दिया। वे भली-भांति जानते थे कि वे इसे बदल नहीं सकते। उन्होंने अपना सारा फ़ोकस Circle of Influence की तरफ लगाया। ख़ुद को बदला। ख़ुद में सुधार किया और दुनिया के सामने मिशाल पेश की।

50.
Optional Thought
(वैकल्पिक विचार)

ग्रोथ माइण्डसेट -

ग्रोथ माइण्डसेट वाला व्यक्ति यह जानता भी है और मानता भी है कि वह अपने जीवन में सब कुछ प्राप्त कर सकता है। उसे ब्रह्माण्डीय नियमों में अटूट विश्वास होता है। जो कि यह कहता है कि ब्रह्माण्ड में सबको सब कुछ देने के लिए पर्याप्त से भी अधिक है। ग्रोथ माइण्डसेट वाला व्यक्ति नींद और बिस्तर, भूख और भोजन, पैसा और प्यार जैसे युग्मों में से दोनों के दोनों पाना चाहता है और अपने दृढ़ संकल्प के द्वारा इन्हें पा भी लेता है।

फिक्स्ड माइण्डसेट -

फिक्स्ड माइण्डसेट वाला व्यक्ति संतोष आदि जैसे नकारात्मक शब्दों के प्रवाह से स्वयं के निकम्मेपन को पोषित करता है। वह मानता है कि जीवन में हर व्यक्ति को हर वस्तु नहीं मिलती। पैसा और शान्ति में से केवल एक ही मिल सकता है। नींद और बिस्तर, भूख और भोजन, पैसा और प्यार जैसी तमाम चीज़ों के युग्मों में से केवल एक ही चीज़ प्राप्त की जा सकती है। फिक्स्ड माइण्डसेट वाला व्यक्ति इन युग्मों में से केवल एक ही चीज़ का चुनाव करना चाहता है जो कि उसके निकम्मेपन से भी प्राप्त की जा सके।

विशेष-

ब्रह्माण्ड में सब कुछ पर्याप्त से भी अधिक है। आपको यह सोचने की ज़रूरत नहीं है कि ब्रह्माण्ड के पास से साधन और

संसाधन समाप्त हो जायेंगे। ये असीमित हैं। आप कुछ भी प्राप्त कर सकते हैं। बस आपके अन्दर दृढ़ निश्चय होना चाहिए। आप वैकल्पिक विचारों के दायरे में न फंसे। पैसा और शान्ति, नींद और बिस्तर, भूख और भोजन ये वैकल्पिक चीजें नहीं अपितु एक दूसरे की पूरक हैं। ये एक युग्म हैं। आपको दोनों को प्राप्त करने का पूरा अधिकार है और आप उसे प्राप्त कर सकते हैं। शर्त बस वही है कि आपको वैकल्पिक विचारों के दायरे से बाहर निकलना होगा। यदि आप दोनों में से एक पर विश्वास करते हैं तो यह महज़ आपकी हीनभावना के प्रमाण से अधिक और कुछ भी नहीं है।

उदाहरण/सलाह -

बार्न्स एडीसन का पार्टनर बनना चाहते थे। लेकिन न तो वह उन्हें जानते थे और न ही उनके पास एडीसन तक पहुँचने के लिए किराया था। किन्तु उनके मन में एडीसन का पार्टनर बनने का दृढ़ और एक मात्र विचार था। वे एडीसन के पास पहुंचे। एडीसन उनसे ज़रा भी प्रभावित नहीं हुए। किन्तु एडीसन ने बार्न्स को अपने कार्यालय में सहायक के रूप में अति कम वेतन पर नियुक्त कर लिया। फिर भी बार्न्स के मन में दूसरा कार्य करने का विचार नहीं आया। किसी अन्य विकल्प के लिए उनके जीवन में स्थान था ही नहीं। वे अडिग रहे और अन्ततोगत्वा एक ऐसा अवसर आया कि वे एडीसन के पार्टनर बने।

51.
Fear Controlling
(भय नियन्त्रण)

ग्रोथ माइण्डसेट –

ग्रोथ माइण्डसेट वाला व्यक्ति अपने डर पर काबू करना जानता है। वह जानता है कि कार्य करने के दौरान धीरे धीरे उसका यह अनजाना डर स्वतः ही समाप्त हो जायेगा। वह अपने कार्यक्षेत्र में अधिक से अधिक जानकारी प्राप्त करना, अपनी कुशलता को बढ़ाना जैसे कारगर उपाय भी करता है, जिससे कि वह अपने डर पर काबू कर सके।

फिक्स्ड माइण्डसेट –

फिक्स्ड माइण्डसेट वाला व्यक्ति कार्य की कठिनता, निवेश, लोगों की टिप्पणी, कुशलता की कमी, जोख़िम आदि जैसे नकारात्मक विचारों और उनके डर से कार्य को प्रारम्भ ही नहीं करता। यदि किस तरह वह कार्य शुरू भी कर देता है तो थोड़ी सी मुश्किलें या असफलता मिल जाने पर वह भाग खड़ा होता है।

विशेष –

- फिक्स्ड माइण्डसेट वाले अपने जीवन में तमाम डर से भयभीत रहते हैं। जिसमें आलोचना का डर सबसे पहला और बड़ा डर है। सबसे बड़ा रोग, क्या कहेंगे लोग। इस वजह से कार्य करना उनके लिए कठिन होता है। साथ ही साथ ग़रीबी का डर। यह डर उन्हें और भी ग़रीब और लाचार बना देता है। प्रेम के विछोह का डर भी उन्हें परेशान करता है। जीवन से जुड़े हुए

डरों में ख़राब स्वास्थ्य का डर, बुढ़ापे का डर और मौत का डर उन्हें आगे बढ़ने से रोकता है। ऐसा नहीं है कि ग्रोथ माइण्डसेट वाले व्यक्तियों में यह डर नहीं होता। किन्तु वे अपने डर का सही तरीक़े से विश्लेषण करके उस पर काबू पाना जानते हैं।

- इस दुनिया में तीन तरह के लोग होते हैं। पहले वे जो डर के डर से कार्य शुरु ही नहीं करते। दूसरे वे जो कार्य को शुरू तो कर देते हैं लेकिन मुश्किलों के आने पर भाग खड़े होते हैं। तीसरे वे जो कि अपने डर पर काबू करना जानते हैं। वे कार्य को शुरू भी करते हैं। मुश्किल दौर का सामना भी करते हैं और अन्ततोगत्वा कामयाब भी होते हैं।

- ग़रीबों के लिए ग़रीबी का डर ही सबसे ख़तरनाक है। जब यह डर मन में बस जाता है तो वह व्यक्ति हमेशा व्यक्तियों और वस्तुओं पर शंका करता है। इस वजह से अति सावधानी भी बरतता है और टाल-मटोल भी करता है। एक सही निर्णय लेना असके लिए काफ़ी कठिन हो जाता है।

- किसी डर को दूर करने के 7 उपाय हैं। 1. डर का सामना करें। 2. डर से होने वाले फ़ायदे और नुकसान के बारे में जानिए। 3. डर का कारण जानकर उसे दूर करिए। 4.यदि डर बहुत ज़्यादा है तो Imagination Therapy का प्रयोग करें। 5. नये कार्य को करते रहिए। 6. अपने विचारों को हमेशा स्वस्थ और सकारात्मक रखिए। 7. डर को दूर करने के लिए अपने मनपसन्द कार्यों को करिए।

उदाहरण/सलाह –

- जब पहली बार सचिन तेंदुलकर मैदान में उतरे थे तो उन्हें भी डर लगा था। किन्तु उन्होंने अपने डर पर काबू किया।

- शेयर मार्केट में पहली बार उतरने पर राकेश झुनझुनवाला को भी डर लगा था।

- पहली फिल्म की शूटिंग के दौरान अमिताभ बच्चन को भी डर लगा था।
- दुनिया के सभी कामयाब और अमीर लोग अपने डर पर काबू करते हैं।

52.
Self-Controlling
(स्व-नियन्त्रण)

ग्रोथ माइण्डसेट –

ग्रोथ माइण्डसेट वाला व्यक्ति अपने सम्पूर्ण जीवन लक्ष्य, अपनी योजनाओं एवं समस्त योजनाओं के क्रियान्वन का नियन्त्रण अपने हाथ में रखता है। वह अपने अध्ययन, अनुभव एवं दूरदृष्टि से अपने जीवन को अपने नियत लक्ष्य पर ले जाने में सक्षम होता है।

फिक्स्ड माइण्डसेट –

फिक्स्ड माइण्डसेट वाले व्यक्ति का अपने जीवन पर कोई नियन्त्रण या अनुशासन नहीं होता है। वह धारा के बहाव के साथ बहता चला जाता है। आत्मनियन्त्रण न होने की वजह से फिक्स्ड माइण्डसेट वालों की बागडोर औरों के हाथ में होती है। ये हमेशा दूसरों के द्वारा संचालित और नियन्त्रित किए जाते हैं।

विशेष –

दो वाक्य हैं। पहला 'मैं तुमसे नाराज़ हूँ।' दूसरा 'तुम मुझे नाराज़ करते हो।' दोनों दिखने में एक से लगते हैं। लेकिन ख़ुद में बहुत बड़ा अन्तर समेटे हुए हैं। पहले वाक्य में वक्ता आत्मनियन्त्रित है। किन्तु दूसरे वाक्य में परनियन्त्रित।

उदाहरण/सलाह –

- आत्मनियन्त्रण का एक बहुत ही मज़ेदार उदाहरण छोटी नौकरी पेशा वाले लोगों में देखा जा सकता है। वे वास्तव में अपनी कम्पनी के नियमों द्वारा अथवा अपने बॉस द्वारा

नियन्त्रित किये जाते हैं। जब वे छुट्टियों पर होते हैं तो उनकी रूटीन अस्त-व्यस्त हो जाती है। उनके सोने-जागने का कोई समय नहीं होता। यहाँ तक कि उनके नहाने और सेविंग का भी समय नियत नहीं रहता। उनके पास तर्क होता है कि वे छुट्टियों पर हैं। वास्तव में वे छुट्टियों पर नहीं होते। उनका ख़ुद पर नियन्त्रण नहीं होता। आत्मनियन्त्रण रखने वाले कुशल लीडर होते हैं, जबकि दूसरे उनके अनुयायी।

- शेयर मार्केट में जल्दी नुकसान उठाने वाले वही लोग होते हैं जो किसी कम्पनी का अचानक बढ़ता हुआ ग्राफ देखकर आत्मनियन्त्रण नहीं रख पाते। यहाँ तक कि उस कम्पनी के बारे में कोई भी जानकारी लेना ज़रूरी नहीं समझते। बाद में उन्हें पछताना पड़ता है।

- आत्मनियन्त्रण का एक महान उदाहरण गौतम बुद्ध के जीवन से मिलता है। एक व्यक्ति ने उन्हें खूब ग़ालियाँ दीं। वह ग़ाली देता रहा, बुद्ध मुस्कुराते रहे। थक हारकर उसने बुद्ध से पूछा कि तुम्हें क्रोध नहीं आता ? बुद्ध ने कहा कि तुम्हारे घर कोई मेहमान आ जाए और तुम उसके सामने ढेर सारे पकवान खाने को रख दो और वह न खाए तो तुम क्या करोगे? उस व्यक्ति ने कहा कि समस्त पकवान मेरे घर ही रह जाएगा। बुद्ध ने कहा कि ठीक उसी प्रकार मैंने तुम्हारी ग़ालियाँ स्वीकार नहीं कीं।

53.
Attitude towards Rich
(अमीरों के प्रति नज़रिया)

ग्रोथ माइण्डसेट –

ग्रोथ माइण्डसेट वाला व्यक्ति कामयाब और अमीर लोगों के प्रति सकारात्मक दृष्टिकोण रखता है। वह कामयाब और अमीर व्यक्तियों के संघर्षों से प्रभावित होता है और उनसे प्रेरणा लेता है। कामयाब और अमीर व्यक्तियों के प्रति प्रेम और आदर की भावना उसे भी कामयाब और अमीर बनने के लिए प्रोत्साहित करती है। ग्रोथ माइण्डसेट वाला व्यक्ति कामयाबी और अमीरी को हासिल करना अपना अधिकार समझता है। वह ईश्वर के उन शाश्वत नियमों को जानता है जिसके अन्तर्गत ईश्वर प्रत्येक व्यक्ति को कामयाब और अमीर देखना चाहता है।

फिक्स्ड माइण्डसेट-

फिक्स्ड माइण्डसेट वाले व्यक्ति के मन में कामयाब और अमीर लोगों के प्रति बहुत ही गुस्सा, घृणा और नकारात्मकता भरी होती हैं। उसे लगता है कि प्रत्येक अमीर व्यक्ति भ्रष्ट और बेईमान है। वह ग़रीबों का हक़ मारकर ही अमीर बना है। उसके ग़रीबी की वजह भी वे अमीर लोग ही हैं। उसे अमीरों की ज़िन्दगी में सुख, शान्ति और प्रेम नहीं दिखाई देता । फिक्स्ड माइण्डसेट वाले व्यक्ति को लगता है कि कोई भी अमीर केवल भ्रष्टता, बेईमानी, गरीबों का हक़ मारकर और क़िस्मत के सहारे ही अमीर बना है। उसे लगता है कि अमीर व्यक्ति घमण्डी और असामाजिक होते हैं। फिक्स्ड माइण्डसेट वाले व्यक्ति के अनुसार अमीरों का नज़रिया और रवैया दोनों ही गरीबों के प्रति बदसलूक़ी भरा और निराशाप्रद होता है। यदि समान व्यवसाय

करने वाला व्यक्ति ज़्यादा कामयाब होने लगे तो फिक्स्ड माइण्डसेट वालों को वह ठग दिखाई देने लगता है।

विशेष -

कामयाब और अमीरों के प्रति नकारात्मक नज़रिया रखने वाले लोग ता उम्र नाकामयाब और ग़रीब ही रह जाते हैं। कामयाब और अमीरों के प्रति नकारात्मकता की एकमात्र वजह अवसाद और कुंठा से ग्रसित होना ही है। जिस दिन अवसाद और कुंठा से मुक्ति मिल जायेगी उसी क्षण से कामयाब और अमीरों के प्रति नज़रिया बदल जायेगा।

उदाहरण/सलाह –

- कामयाब और अमीर व्यक्तियों के प्रति घृणा का सबसे ज्वलंत उदाहरण भारत में देखा जा सकता है। अधिकांश भारतीय Jio का सिम और डेटा प्रयोग करते हैं लेकिन उन्हें मुकेश अम्बानी से घृणा है।
- कोई बड़ा सरकारी टेण्डर यदि किसी विदेशी कम्पनी को मिले तो उन्हें कोई फ़र्क नहीं पड़ता। टेण्डर यदि कोई भारतीय उद्योगपति ले ले तो बहुत ज़्यादा तकलीफ होती है।

54.
Convert Your Anger into Promises
(अपने क्रोध को संकल्प में बदलें)

ग्रोथ माइण्डसेट –

ग्रोथ माइण्डसेट वाले व्यक्ति कभी भी अपमानित किये जाने पर, असफल होने पर या विषम परिस्थितियों में उत्पन्न क्रोध को पालना जानते हैं। वे अपने क्रोध को ऊर्जा में परिवर्तित करना जानते हैं और यह अतिरिक्त ऊर्जा उनके कार्य के लिए एक प्रेरणा बन जाती है, जो कि उन्हें कामयाब और अमीर बनाकर ही दम लेती है।

फिक्स्ड माइण्डसेट -

फिक्स्ड माइण्डसेट वाले व्यक्तियों का अपमानित होने पर, असफल होने या विषम परिस्थितियों में उत्पन्न क्रोध विध्वंसकारी होता है। उनका मन प्रतिशोध की भावना से भर जाता है। यह प्रतिशोध की भावना उनके सम्पूर्ण विवेक को नष्ट कर देती है। जिससे कि हमेशा नकारात्मक, विनाशकारी एवं घातक परिणाम उत्पन्न होते हैं।

विशेष-

क्रोध पर पूरी तरह विजय पा लेना संभव नहीं है। किन्तु अपनी इच्छाशक्ति और नियमित मेडिटेशन, अध्ययन, गहरी नींद आदि के द्वारा एक ऐसी क्षमता का विकास करना होगा कि जब कहीं भी अपमान या असफलता आदि के द्वारा क्रोध उत्पन्न हो तो वह हमारी शारीरिक, मानसिक और मनोवैज्ञानिक शक्तियों का क्षरण करने वाला कत्तई न हो। क्रोध रूपी उस ऊर्जा को हमें एक प्रेरणा के रूप में लेना होगा। गुस्से को संकल्प में परिवर्तित करना होगा।

उदाहरण/सलाह -

- जब सचिन तेंदुलकर 16 साल की उम्र में पहली बार पाकिस्तान के ख़िलाफ़ मैदान में उतरे तो पाकिस्तानी खिलाड़ियों द्वारा उनका ख़ूब अपमान किया गया। उनसे कहा गया कि बच्चे दूध पीकर आओ। उन्हें खूब क्रोध आया। किन्तु उन्होंने उस क्रोध का प्रदर्शन नहीं किया। सचिन ने सचमुच एक गिलास दूध मंगाकर पिया और फिर मैदान में उतरे। उन्होंने अपने क्रोध को संकल्प में बदला। उस दिन क्रिकेट के मैदान में जो कुछ भी हुआ, वह अविस्मरणीय बन गया।

- एक बार महान उद्योगपति रतन टाटा बिल फोर्ड के हेड क्वार्टर गये। उन्होंने बिल फोर्ड के सामने अपनी कम्पनी टाटा मोटर वेहिकल को बेचने का प्रस्ताव रखा। क्योंकि कम्पनी चल नहीं रही थी। फोर्ड ने उनका खूब अपमान किया और कहा कि वह टाटा के ऊपर एहसान कर रहे हैं। उन्होंने यहाँ तक कह दिया कि जब कम्पनी चलानी नहीं आती तो शुरू क्यों किया? इसको सुनकर टाटा को बहुत क्रोध आया और उन्होंने कम्पनी बेचने का इरादा त्याग दिया। वह भारत लौट आये और अपने क्रोध को संकल्प में परिवर्तित कर दिया। अपनी कम्पनी पर पूरा फ़ोकस किया। ज़िद्दी बन गए। कुछ ही दिनों बाद फोर्ड की कम्पनी को नुकसान होने लगा और कम्पनी घाटे में आ गई। बिल फोर्ड अपनी कम्पनी को रतन टाटा को बेचने पहुँचे और कहा कि आप मेरी कम्पनी को ख़रीदकर मुझ पर एहसान कर रहे हैं और फिर रतन टाटा ने बिल फोर्ड की कम्पनी खरीद ली।

55.
Wish and Desire
(इच्छा एवम् दृढ़ इच्छा)

ग्रोथ माइण्डसेट –

ग्रोथ माइण्डसेट वाला व्यक्ति किसी लक्ष्य की प्राप्ति के लिए सबसे पहले अपने अन्दर इच्छा को उत्पन्न करता है और फिर उस इच्छा को दृढ़ इच्छा में परिवर्तित कर देता है। वह किसी मनचाही चीज़ को पाने और पा लेने में पूरा यक़ीन रखता है। यही यक़ीन उसकी इच्छा को दृढ़ इच्छा में बदल देता है।

फिक्स्ड माइण्डसेट –

फिक्स्ड माइण्डसेट वाला व्यक्ति भी अपने अन्दर इच्छा को उत्पन्न करता है। किन्तु अमूमन फिक्स्ड माइण्डसेट वाले पहले ही अपनी औक़ात का मूल्यांकन कर लेते हैं कि यह कार, मकान, व्यवसाय उनकी क्षमता से बाहर का है। इस वजह से उनकी इच्छाएं या तो उत्पन्न ही नहीं होती। यदि उत्पन्न भी हो तो बदलती रहती हैं और दृढ़ इच्छा में कभी परिवर्तित ही नहीं हो पाती।

विशेष –

- इच्छा ही किसी लक्ष्य की प्राप्ति का शुरूआती क़दम है और अपनी मनचाही चीज़ को पा लेने की इच्छा करनी ही होगी।
- यदि आप एक मकान चाहते हैं तो यह कहना काफ़ी नहीं होगा कि आपको एक मकान चाहिए। यह एक सामान्य इच्छा है। जब आप यह तय कर लेंगे कि आपको कितने वर्ग फुट का मकान चाहिए। आपको किस शहर में मकान चाहिए। आपको किस वर्ष तक मकान चाहिए। यदि मुमकिन हो तो यह भी तय करें कि आपको उस शहर की किस एरिया में मकान चाहिए।

यदि आप अपनी इच्छा के साथ इन तमान बातों को जोड़ सकें तो आपकी इच्छा एक दृढ़ इच्छा बन जाती है।

- यदि आप अपनी इच्छा के तमाम तर्कों के साथ 'क्योंकि' जोड़ दें, जैसे आपको वह मकान चाहिए क्योंकि.....और ढेर सारे 'क्योंकि' की लिस्ट बना लें। तब आपकी इच्छा दृढ़ इच्छा में परिवर्तित हो जाती है और यह दृढ़ इच्छा आपको योजना बनाने के लिए प्रेरित करती है और वह योजना आपको क्रियान्वन की शक्ति प्रदान करती है।

- आपको अपनी मनचाही वस्तु को पाने की इच्छा करनी ही होगी और जब इच्छा उत्पन्न हो जाये तो दृढ़ इच्छा में बदलने हेतु बताई गई प्रक्रियाओं को लिखित रूप से आकार दीजिए। वरना आपकी इच्छा महज़ इच्छा ही रह जायेगी और यह समय के साथ धूमिल हो जायेगी।

- हमारे मस्तिष्क में प्रतिदिन लगभग 60 हज़ार विचार आते हैं। यदि विचार रूपी इच्छा को दृढ़ इच्छा में न बदला जाए तो ये इच्छाएं समय के साथ मर जाती हैं।

उदाहरण/सलाह –

- लोहे को साकार रूप देकर आकाश में उड़ाने की राइट ब्रदर्स के मन में इच्छा ही तो उत्पन्न हुई थी। उस इच्छा को उन्होंने दृढ़ इच्छा में बदला।

- बिजली के द्वारा प्रकाश देने की बेंजामिन फ्रैंकलिन के मन में इच्छा ही तो पैदा हुई थी।

- अमेरिका का महान सिने स्टार बनना, ब्रूस ली की इच्छा ही थी।

- मारकोनी के मन में इच्छा उत्पन्न हुई कि लोग सुदूर बैठे अपनों से बात कर सकें।

- एक बार एक व्यक्ति अपने घोड़े को लेकर कहीं जा रहा था। घोड़ा दलदल में गिर पड़ा। व्यक्ति ने घोड़े को बचाने की काफ़ी

कोशिश की, किन्तु वह असफल रहा। उसके मन में इच्छा हुई कि दलदल में और अधिक मिट्टी डालकर घोड़े को वहीं दफन कर दिया जाए। वह ज्यों ज्यों मिट्टी डालता गया। घोड़ा मिट्टी को खिसकाकर थोड़ा ऊपर आ जाता। ऐसा करते करते घोड़ा बाहर निकल गया। व्यक्ति की घोड़े को मारने की इच्छा थी। किन्तु घोड़े को बच निकलने की दृढ़ इच्छा ।

56.
Big Thinking
(बड़ी सोच)

ग्रोथ माइण्डसेट –

ग्रोथ माइण्डसेट वाला व्यक्ति बड़ा सोचता है। वह दूरदर्शी सोच रखता है। वह लॉन्ग टर्म के प्लान बनाता है। ग्रोथ माइण्डसेट वाले व्यक्ति का लक्ष्य कामयाब और अमीर बनना होता है। यही वह वजह है कि आगे चलकर वह बेहतरीन ज़िन्दगी जी पाता है। ग्रोथ माइण्डसेट वाला व्यक्ति अपने वर्तमान को अपनी मेहनत और संघर्षों से भर देता है।

फिक्स्ड माइण्डसेट –

फिक्स्ड माइण्डसेट वाले व्यक्ति हमेशा छोटा सोचते हैं। वे अक्सर अपने कम्फर्ट ज़ोन में जीते हैं। जिस व्यक्ति का रवैया कम्फर्ट ज़ोन में जीना होता है, वह कभी भी कामयाब और अमीर नहीं बन सकता। फिक्स्ड माइण्डसेट वाले की सोच छोटी होने की वजह से वह अपने वर्तमान में शानदार प्रदर्शन नहीं कर पाता और इस वजह से उसका भविष्य भी अन्धकारमय हो जाता है।

विशेष –

- बड़ी सोच के मायने हर व्यक्ति के लिए अलग अलग हो सकते हैं। अपने बच्चों को शिक्षा दिला पाना एक रिक्शा चालक के लिए बहुत बड़ी सोच है। आप जहाँ भी हैं, हमेशा उस स्तर से बड़ा सोचिए। थोड़ा ही सही किन्तु बड़ा।

- हमें अपने जीवन के विकास के लिए अपनी सोच के विकास की ज़रूरत है। इससे पहले कि हम बड़ी चीज़ों को हासिल करें, हमें ज़रूरत है बड़ी चीज़ों के बारे में सोचने की।
- कामयाबी और अमीरी किसी व्यक्ति के दिमाग़ के आकार पर नहीं बल्कि उसकी सोच के आकार पर निर्भर करती है।
- किसी व्यक्ति के बैंक अकाउण्ट का आकार तथा उसकी ख़ुशी एवं संतुष्टि का आकार उसकी सोच के आकार पर निर्भर करता है।
-

उदाहरण/सलाह -

- बड़ी सोच के लिए शुरुआत में अगले मील तक का सफ़र (The Next Mile) सिद्धान्त अपनाना होगा। यदि आप हमेशा यह सोचते रहेंगे कि आप अपने लक्ष्य से कितना दूर हैं तो अवसाद ग्रस्त हो जायेंगे। आपको यह देखना होगा कि अब अगले पड़ाव से कितना दूर हैं। अपनी पूरी ऊर्जा अपने अगले क़दम पर लगाइए।
- द्वितीय विश्वयुद्ध के दौरान एरिक सेवारीड (Eric Sevareid) के साथ एक बड़ा हादसा हुआ और उनका प्लेन एक जंगल में क्रैश हो गया। उन्हें 140 मील पहुँचना था। भीषण गर्मी और बारिश का महीना था। उनके तमाम साथी घायल भी थे। फिर भी उन्होंने आगे बढ़ना शुरू किया। 140 मील पहुँचना उनका लक्ष्य था। किन्तु अगली जो भी मंजिल होती थी, उसे ध्यान में रखकर आगे बढ़ते गये। अपने पूरे लक्ष्य को छोटे छोटे भागों में बांट देने से, हर छोटा लक्ष्य पूरा होने पर उन्हें ख़ुशी मिलती और उनका मनोबल भी बढ़ जाता। इस प्रकार उन्होंने अपना लक्ष्य प्राप्त कर लिया।

57.
Belief and Excuses
(विश्वास और बहाने)

ग्रोथ माइण्डसेट –

ग्रोथ माइण्डसेट वाला दृढ़ विश्वास की बुनियाद पर स्वयं को हमेशा उत्साहित रखने की कोशिश करता है। वह काम को कल पर टालने की बजाय आज करना पसंद करता है। वह हमेशा अपनी स्किल को भी बढ़ाने पर ज़ोर देता है। वह दूसरों के अनुभवों से भी सीखता है। उसके पास विश्वास की महानतम आधारशिला होती है। जिसमें वह मानता है कि वह अपने भाग्य का निर्माता स्वयं है। वह उन सभी कार्यों को कर सकता है जिसे कि वह करना चाहता है। उसके इसी विश्वास की वजह से दुर्भाग्य, अनुभवहीनता काम को टालने की आदत, स्मार्टनेस की कमी, पैसों की कमी, मार्गदर्शन की कमी, लीडरशिप, क्वालिटी का कम होना, जिम्मेदारियाँ जैसे शब्द उसके बाधक नहीं बनते। वह अपने मस्तिष्क को सदैव सकारात्मक विचारों और ऊर्जा से पोषित करता है। कठिन से कठिन परिस्थितियों में भी वह अपने विश्वास को नहीं खोता।

फिक्स्ड माइण्डसेट –

फिक्स्ड माइण्डसेट वाले व्यक्ति के पास बहानों की लम्बी लिस्ट होती है। जैसे मैं आज बहुत थक गया हूँ। इसलिए इस काम को कल करूँगा। मैं किसी कार्य को करने के लिए अपरिपक्व हूँ। मेरे पास अनुभव की कमी है। मेरी आयु का बड़ा हिस्सा निकल चुका है। अब शायद मैं यह कार्य न कर सकूँ। मैंने पहले यह कार्य नहीं किया है। मैं औरों जितना भाग्यशाली नहीं

हूँ। मेरा आज काम करने का मूड नहीं है। मैं औरों, जितना स्मार्ट नहीं हूँ। यह काम तो बहुत ही ज़्यादा कठिन है। मेरे पास पैसों की बहुत ही किल्लत है। मेरी कमाई कम है। मुझे बचपन में सही मार्गदर्शन नहीं मिला। मेरे पास अच्छी टीम नहीं है। मेरे पास लीडरशिप क्वालिटी नहीं है। मेरे पास बहुत सारी ज़िम्मेदारियाँ हैं। मैं इस तरह की पृष्ठभूमि से नहीं हूँ। ऐसे हज़ारों बहानों से उसका मस्तिष्क भरा होता है।

विशेष –

यदि हम किसी ऐसे व्यक्ति का अध्ययन करें जो कि कामयाब और अमीर है, जिसे दुनिया भाग्यशाली कहती है तो उस व्यक्ति के अन्दर हमें योजनाएं, तैयारी, बड़ी सोच जैसी तमाम मूलभूत बातें दिखाई पड़ेंगी। जिसने उसे कामयाब और अमीर बनाया। एक कामयाब और अमीर व्यक्ति अपने विश्वास (Belief System) की वजह से ही कामयाब और अमीर बनता है। जबकि एक असफल और ग़रीब के पास बहानों का अम्बार होता है।

उदाहरण/सलाह –

- लिंडा लाइटमेन पेनसिल्वेनिया के फिलाडेल्फिया की रहने वाली हैं। वे ईबे के ढाई करोड़ सेलर्स में से बेस्ट सेलर्स मानी जाती हैं। एक कमरे से शुरुआत करने वाली गृहणी जो कि दो बच्चों की माँ भी हैं, हर बहानेबाज़ी से बचते हुए अपने विश्वास के दम पर प्रतिदिन 5000 चीजें बेच लेती हैं।
- लियोनार्डो डिलवैकियो ने 1958 में चश्मों का फ्रेम बेचने की दूकान खोली। आज उनकी कम्पनी लेक्सोटिका दुनिया की सबसे बड़ी ब्राण्ड है। इस ग्रुप के दुनिया भर में 7000 से ज़्यादा स्टोर हैं। इस कम्पनी में 78000 से ज़्यादा कर्मचारी और 10 बिलियन से ज़्यादा की सेल है। जबकि नियोनार्डो डिलवैकियो

का जन्म एक ग़रीब परिवार में हुआ था। इनके पिता सड़कों पर सब्जी बेचते थे। ग़रीबी की वजह से इनकी मां ने उन्हें अनाथ आश्रम में दे दिया था। किन्तु उन्होंने अपने बहानों को दरक़िनार कर अपने बिलीफ सिस्टम के द्वारा विशाल साम्राज्य खड़ा किया।

58.
Making Excuses
(बहाने बनाना)

ग्रोथ माइण्डसेट -

ग्रोथ माइण्डसेट वाले लोगों के पास अपने कार्यों को पूरा करने के लिए क्या, क्यों और कैसे के रूप में तीन ठोस वजह होती है।

फिक्स्ड माइण्डसेट -

फिक्स्ड माइण्डसेट वाले लोगों के पास अपने कार्यों को न करने के लिए कोई न कोई बहाना ज़रूर होता है। वे इन बहानों से ख़ुद के जीवन में एक कम्फर्ट ज़ोन बना लेते हैं।

विशेष -

हममें से ज़्यादातर लोग जिन समस्याओं का रोना रोते हैं, उन समस्याओं के होते हुए भी तमाम लोगों ने कामयाबी और अमीरी के शिखर छुआ है। उन समस्याओं का उन्होंने बहाना नहीं अपितु उसे अपनी ताक़त बनाया।

उदाहरण/सलाह-

फिक्स्ड माइण्डसेट वालों ने जिन चीज़ों का बहाना बनाया, ग्रोथ माइण्डसेट वालों ने उसे अपने ऊपर हावी नहीं होने दिया।

- **पारिवारिक जिम्मेदारियों का बहाना** - ज़्यादातर लोग पारिवारिक ज़िम्मेदारियों का बहाना बनाते हैं कि इसी वजह से वे कुछ नया नहीं कर पा रहे हैं। जबकि लता मंगेशकर जैसी बड़ी हस्तियों ने कम उम्र से ही पारिवारिक ज़िम्मेदारियों को उठाया है।

- **ज़्यादा उम्र हो जाने का बहाना** - ज़्यादा उम्र हो जाने का बहाना भी बड़े बहानों में से एक है। जबकि रे क्रॉक ने 52 साल की उम्र में, चार्ल्स डार्विन ने 50 साल की उम्र में, कर्नल सैंडर्स ने 65 साल की उम्र में शुरुआत की।

- **शिक्षा कम होने का बहाना** - यह भी तीसरे नम्बर का सबसे बड़ा बहाना है। धीरू भाई अम्बानी, टोनी रॉबिन्स, हेनरी फोर्ड आदि तमाम महान उद्योगपतियों की शिक्षा कम थी।

- **नौकरी में फंसे होने का बहाना** - करसन भाई पटेल, अम्बानी आदि नौकरी ही करते थे। किन्तु नौकरी में फंसे होने का बहाना ख़ुद पर हावी नहीं होने दिया।

- **ग़रीब परिवार में पैदा होने का बहाना**- टोनी रॉबिन्स, वारेन बफेट, डा० कलाम, धीरुभाई अम्बानी आदि सभी ग़रीब परिवार में ही पैदा हुए थे।

- **शारीरिक अक्षमता का बहाना** - अरुणिमा सिन्हा एक पैर से एवरेस्ट विजेता बन गई। सूरदास और जॉन मिल्टन अन्धे होते हुए भी महान कवि बन गये।

- **कई बार असफल होने का बहाना** - ज़्यादातर लोगों का यही बहाना होता है कि वे कई बार असफल हो चुके हैं। अब हिम्मत नहीं है उनमें। KFC के मालिक कर्नल सैंडर्स 1009 बार, जेम्स डायसन 5126 बार, जे. के. रोलिंग 12 बार, मेलानी पार्किंस 100 बार असफल हुए थे। लेकिन ये लोग फिर उठ खड़े हुए।

- **उम्र कम होने का बहाना** - ज़्यादा उम्र होने के बहानों की भांति कम उम्र होने का बहाना भी काफ़ी प्रचलन में है। जबकि सचिन तेंदुलकर, सानिया मिर्जा, तिलक मेहता आदि ने कम उम्र में ही शुरुआत की।

59.
Be Dump
(बहरा बनो)

ग्रोथ माइण्डसेट –

ग्रोथ माइण्डसेट वाला व्यक्ति एक बार गोल सेट कर लेने के बाद अपने कार्य में पूरी तरह तल्लीन हो जाता है। उसे इस बात का कत्तई फ़र्क नहीं पड़ता कि लोग उसके बारे में क्या कहेंगे। वह लोगों की टीका टिप्पणियाँ सुनना ही नहीं चाहता। उसके महान लक्ष्य के सामने लोगों की टीका टिप्पणियाँ कोई मायने नहीं रखती।

फिक्स्ड माइण्डसेट –

फिक्स्ड माइण्डसेट वाला व्यक्ति सारी ज़िन्दगी इसी बात से बेचैन रहता है कि लोग उसके बारे में क्या सोचते हैं। वह कोई कार्य महज़ इस वजह से नहीं शुरु कर पाता कि लोग उसके बारे में क्या कहेंगे। कई बार तो ऐसा भी होता है कि लोगों की टीका-टिप्पणियाँ उसे इतना विचलित कर देती हैं कि वह कार्य बीच में ही छोड़ देता है।

विशेष –

'सबसे बड़ा रोग, क्या कहेंगे लोग'। लोग क्या कहते हैं या फिर क्या कहेंगे, यह बात कोई मायने नहीं रखती। यदि आप लोगों की बातों को लेकर चलेंगे तो तनाव के सिवा आपके हाथ कुछ भी नहीं लगेगा। इसलिए बहरा बनना सीखिए।

उदाहरण/विशेष –

- एडीसन ने जब बल्ब द्वारा प्रकाश देने की बात कही तो सारी दुनिया ने उनका मज़ाक उड़ाया किन्तु वे बहरे बने रहे ।
- विश्व के महानतम योग गुरु एवं उद्योगपति रामदेव पर सबसे अधिक कार्टून
  बनाए जाते हैं। लेकिन वे इसे मज़ाक में उड़ा देते हैं।
- भारतीय उद्योगपति अडानी का विरोध और मज़ाक सारी सीमाओं को लांघ गया। किन्तु वे विचलित नहीं हुए।
- जब धीरूभाई अम्बानी ने हर हाथ में मोबाइल का सपना देखा तो लोगों को यह पाग़लपन लगा और उनका खूब मज़ाक बनाया गया।
- हेनरी फोर्ड तो दुनिया के लिए एक मज़ाक ही थे।
- जब राइट ब्रदर्स ने एरोप्लेन का सपना देखा तो उनका भी खूब मज़ाक बनाया गया।
- भारतीय वैज्ञानिक जगदीश चंद्र बसु ने जब घोषणा की कि पौधों में भी जीवन है तो सत्यापित होने तक उनका खूब मज़ाक बना।
- हर उद्योगपति, वैज्ञानिक, विचारक का मज़ाक बना है।
- भारतीय दर्शन में एक कहानी कही जाती है। एक बार मेंढकों के बीच एक प्रतियोगिता आयोजित की गई। जिसमें एक खम्भे के शिखर तक पहुँचना था। जो सबसे पहले पहुँचेगा, उसे पुरस्कृत किया जायेगा। तमाम मेंढकों ने इसमें भाग लेने से महज़ इस वजह से इंकार कर दिया कि लोग क्या कहेंगे। कुछ मेंढकों ने साहस करके इस प्रतियोगिता में भाग लिया। दर्शक मेंढकों की भारी भीड़ जमा हो गई। कुछ मेंढक खम्भे पर चढ़ने लगे। लेकिन दर्शकों ने चिल्लाना शुरू कर दिया। मेंढक निराश होकर वापस उतरने लगे या डर और घबराहट में गिरने लगे। किन्तु फ़्रैगी नाम का एक मेंढक बड़े जोश ख़रोश से ऊपर

चढ़ता ही गया। नीचे हतोत्साहित करने वालों की भारी भीड़ जमा थी। जब फ्रैगी विजेता बनकर नीचे उतरा तो लोगों ने उसके जीत की वजह पूछी। किन्तु फ्रैगी कुछ नहीं बोला। जवाब उसकी माँ ने दिया। उसने बताया कि फ्रैगी बहरा है, वह सुन नहीं सकता। जब लोग चिल्ला चिल्लाकर उसे हतोत्साहित कर रहे थे, उस समय उसे लग रहा था कि लोग तालियाँ बजाकर उसका मनोबल बढ़ा रहे हैं।

60.

Conceptual Prejudice
(वैचारिक पूर्वाग्रह)

ग्रोथ माइण्डसेट –

ग्रोथ माइण्डसेट वाला व्यक्ति उन समस्त वस्तुओं, अवसरों और परिवर्तनों का स्वागत करता है जो कि तार्किक, समयानुकूल, लाभकारी और दीर्घकालिक हो सके।

फिक्स्ड माइण्डसेट –

फिक्स्ड माइण्डसेट वाला व्यक्ति अक्सर लकीर का फ़कीर होता है। वह परिवर्तन से डरता है। परिवर्तन को स्वीकार करना उसे बड़ा ही कठिन और ख़तरनाक लगता है।

विशेष-

आपको सदैव नई वस्तुओं, अवसरों और परिवर्तनों के पक्ष में खड़ा होना होगा। किसी भी पूर्वाग्रह से ग्रसित होकर नए और लाभकारी अवसरों को छोड़ना किसी भी प्रकार से बुद्धिमानी नहीं कही जा सकती।

उदाहरण/सलाह –

- हाथी का बच्चा जब छोटा होता है तो उसे मज़बूत ज़ंजीरों से बांधा जाता है। किन्तु जब वह एक वयस्क हाथी बन जाता है तो उसे महज़ एक मामूली रस्सी से ही बांधा जाता है। क्योंकि वयस्क होने तक वह पूर्वाग्रहों से ग्रसित हो चुका होता है कि उसने पहले भी इन ज़ंजीरों को तोड़ने की कोशिश की है, किन्तु असफल रहा है। अब चाहकर भी वह इन ज़ंजीरों को नहीं तोड़ सकता।

- पूर्वाग्रह के परिप्रेक्ष्य में ग़फ़ूर और उसके चार ऊँटों की कहानी काफ़ी प्रचलित है। ग़फ़ूर एक चरवाहा था। अपने चार ऊँटों के साथ किसी यात्रा पर निकला। शाम हो गई थी। यह ज़रूरी था कि उन ऊँटों को रस्सियों से बांध दिया जाए। अन्यथा वे कहीं भाग सकते थे। ग़फ़ूर ने जब अपना बैग खोला तो उसमें मात्र तीन रस्सियाँ ही थीं। ग़फ़ूर चिन्तित हो गया कि चौथे ऊँट को कैसे बांधे? तभी एक आदमी उधर से गुज़रा। ग़फ़ूर की बातें सुनने के बाद उसने ग़फ़ूर से तीनों रस्सियाँ ले ली।। तीनों ऊँटों को रस्सियों से बांध दिया और उसने चौथे ऊँट के पास जाकर बिल्कुल वैसे ही प्रक्रम किया जैसे कि ऊँट को रस्सी से बांधा जाता है। इसके बाद उसने ग़फ़ूर से शान्ति पूर्वक रात्रि व्यतीत करने को कहा। ग़फ़ूर सो गया। जब सुबह ग़फ़ूर उठा तो उसने देखा कि चारो ऊँट अपनी अपनी जगह पर ही थे। अब पुनः वह अपनी यात्रा पर निकलने को तैयार हुआ। उसने तीन ऊँटों की रस्सियाँ खोल दीं। तीनों ऊँट उसके साथ चलने लगे। किन्तु चौथा ऊँट टस से मस न हुआ। ग़फ़ूर ने सारी कोशिश कर ली। अन्त में वह व्यक्ति आया जिसने ऊंटों को रस्सियों से बांधा था। उसने चौथे ऊँट के सामने बिल्कुल वैसे ही प्रक्रम किया जैसे कि रस्सियों को खोलते समय किया जाता है। अब चौथा ऊँट भी ग़फ़ूर के साथ चलने लगा। चौथे ऊँट को भ्रम था कि उसकी रस्सियां खोली ही नहीं गई है। इसी तरह के तमाम अनजाने बंधन या पूर्वाग्रह में हम ताउम्र फंसे रह जाते हैं।

- यदि कोई व्यक्ति बीमार है और अस्पताल में भर्ती है और ग्रोथ माइण्डसेट वाले जब उससे मिलने जाते हैं तो बीमार व्यक्ति का मनोबल बढ़ाते हैं और उसके शीघ्र स्वस्थ होने की कामना करते हैं। जबकि फिक्स्ड माइण्डसेट वाला व्यक्ति पूर्वाग्रहों से इतना ग्रसित और कुण्ठित होता है कि तीमारदारों के सामने उन तमाम उदाहरणों को दे डालता है जिन लोगों ने उस बीमारी से नुकसान उठाया था।

61.
Level of Thinking
(सोच का स्तर)

ग्रोथ माइण्डसेट –

ग्रोथ माइण्डसेट वाला व्यक्ति किसी विषय, सन्दर्भ अथवा परिस्थिति को सकारात्मक एवं व्यापक रूप से सोचने और देखने का प्रयत्न करता है।

फिक्स्ड माइण्डसेट –

फिक्स्ड माइण्डसेट वाला व्यक्ति किसी विषय, सन्दर्भ अथवा परिस्थिति को नकारात्मक एवं निम्न स्तर पर मूल्यांकन करके खारिज़ कर देता है।

विशेष –

किसी भी विषय, सन्दर्भ, अवसर अथवा परिस्थिति के सकारात्मक एवं नकारात्मक दोनों पहलुओं का अध्ययन करना ज़रूरी है। यदि आप में यह दक्षता है कि आप नकारात्मक पहलू के निम्नतम स्तर तक सोच सकते हैं तो सकारात्मक पहलू के उच्चतम स्तर तक भी सोचने का साहस करिए।

उदाहरण/सलाह -

- एक बार उच्च पेशेवर, व्यवसायियों एवं निवेशकों की एक सभा में एक पत्रकार ने प्रश्न किया कि उन लोगों को BMW कार ख़रीदने में कितना समय लगेगा। उन उच्च वर्गीय लोगों ने अपनी आय के अनुरूप जवाब देना शुरु किया। किसी ने एक माह, किसी ने तीन माह, किसी ने अधिकतम छ: माह का समय

बताया। महान उद्योगपति रतन टाटा भी उस सभा में उपस्थित थे। जब उनसे यह प्रश्न किया गया तो उन्होंने दो वर्ष का समय बताया। सब आश्चर्य में थे कि इतना बड़ा उद्योगपति पल भर में न जाने कितनी BMW खरीद सकता है। अन्ततोगत्वा रतन टाटा ने स्पष्टीकरण देते हुए कहा कि BMW एक बड़ी कम्पनी है। इतनी बड़ी कम्पनी को ख़रीदने में दो वर्ष का समय लग ही जायेगा। फ़र्क सोच का है। कोर्ड BMW कार ख़रीदने की बात सोच रहा था तो कोई BMW कार की कम्पनी को।

- यदि सोना शब्द की बात की जाए तो किसी को स्वर्ण, किसी को निद्रा, किसी को बाबू सोना समझ में आता है।

- छत्रपति शिवा जी बचपन में पहाड़ियों पर चढ़ जाया करते थे। उनके सभी मित्रों के लिए यह एक ख़तरनाक पहलू था। किन्तु उनकी माता जीजाबाई के नज़रिए से यह एक महान योद्धा के अभ्यास की प्रक्रिया थी।

- दो सगे भाई, जिनमें एक शराब पीता था और दूसरा शराब नहीं पीता था। शराब पीने वाले से जब यह प्रश्न किया गया कि तुम शराब क्यों पीते हो? तो उसने जवाब दिया कि क्योंकि मेरे पिता शराब पीते थे। जब यही प्रश्न दूसरे से किया गया कि तुम शराब क्यों नहीं पीते हो? तो उसने भी यही जवाब दिया कि क्योंकि मेरे पिता शराब पीते थे। फ़र्क केवल सोच का था। शराब न पीने वाले ने घर परिवार की दुर्दशा देखी थी और उसने शराब न पीने की शपथ ले ली थी।

62.
Set a Reminder
(रिमाइण्डर सेट करें)

ग्रोथ माइण्डसेट -

ग्रोथ माइण्डसेट वाला व्यक्ति अपने विचारों के प्रति पूरी तरह सजग होता है। क्योंकि विचारों की ही वजह से वह ग्रोथ माइण्डसेट वाला व्यक्ति होता है।

फिक्स्ड माइण्डसेट -

फिक्स्ड माइण्डसेट वाले व्यक्ति का अपने विचारों पर कोई नियन्त्रण नहीं होता। विचारों पर नियन्त्रण जैसी चीज़ें उन्हें कोरी बकवास प्रतीत होती हैं।

विशेष -

रिमाइण्डर दोनों लगाते हैं, चाहे फिक्स्ड माइण्डसेट वाले हों या फिर ग्रोथ माइण्डसेट वाले लोग। फिक्स्ड माइण्डसेट वाले व्यक्तियों को घड़ी में रिमाइण्डर लगाने की ज़रूरत होती है। जबकि ग्रोथ माइण्डसेट वाले व्यक्ति स्वस्थ, सकारात्मक एवं समृद्ध विचारों का रिमाइण्डर लगाते हैं। देश, काल या परिस्थितियाँ कुछ भी हों, ग्रोथ माइण्डसेट वाला व्यक्ति स्वयं को बार बार याद दिलाता रहता है कि वह कामयाब और अमीर बनने के लिए पैदा हुआ है। कामयाबी, अमीरी, सुख, शान्ति, सम्मान, स्वास्थ्य और प्रेम प्राप्त करना उसका जन्मसिद्ध अधिकार है। वह हमेशा स्वयं को याद दिलाता रहता है कि वह अवश्य ही कामयाबी, अमीरी, सुख, शान्ति, सम्मान, स्वास्थ्य और प्रेम को प्राप्त करेगा। कामयाबी, अमीरी, सुख, शान्ति, सम्मान,

स्वास्थ्य और प्रेम ब्रह्माण्ड में प्रचुर मात्रा में उपलब्ध है। ग्रोथ माइण्डसेट वाला व्यक्ति स्वयं को रिमाइण्ड कराता रहता है कि कामयाबी, अमीरी, सुख, शान्ति, सम्मान, स्वास्थ्य और प्रेम प्राप्त करना महज़ उसकी अपनी इच्छा या अधिकार नहीं है अपितु यह ईश्वरीय आदेश भी है।

उदाहरण/सलाह -

- ग्रोथ माइण्डसेट वाला व्यक्ति यदि बिज़नेसमैन है तो वह अपनी कल्पनाओं में स्पष्ट रूप से देखता है कि उसका बिज़नेस तेजी से बढ़ रहा है। उसके ग्राहकों की संख्या तेजी से बढ़ रही है। उसके ग्राहक समृद्ध और संतुष्ट हो रहे हैं। उसके पास बेहतरीन टीम और स्टाफ हैं। उसके पास पर्याप्त पैसा और समृद्धि आ रही है। उसकी डील फाइनल हो रही है। उसके पास अवसरों की भरमार है। वह तहे दिल ईश्वर का आभारी होता है। उसके पास जो कुछ भी है, इसके लिए वह आभार व्यक्त करता है।

- ग्रोथ माइण्डसेट वाला व्यक्ति यदि विद्यार्थी है तो वह प्रतिपल स्वयं को याद दिलाता रहता है कि अच्छे मार्क्स लाना या प्रतियोगिताओं में सफल होना उसका अधिकार है। सभी सब्जेक्ट्स उसे आसानी से समझ में आ रहे हैं। वह अपनी कल्पनाओं में स्पष्ट देखने का प्रयास करता है कि वह सफल हो रहा है। वह सार्थक प्रयास करने के साथ ही साथ ईश्वर के प्रति आभार भी व्यक्त करता है।

- ग्रोथ माइण्डसेट वाला व्यक्ति जहाँ कहीं भी होता है, जिस किसी भी परिस्थिति में होता है। वह कभी भी हालातों को ख़ुद पर हावी नहीं होने देता। वह हमेशा ख़ुद को कामयाबी, अमीरी, सुख, शान्ति, सम्मान, स्वास्थ्य और प्रेम के सन्दर्भ में स्वयं के अधिकार और ईश्वरीय आदेश को याद दिलाता रहता है।

63.
Preparation of Subconscious Mind
(अवचेतन मस्तिष्क की तैयारी)

ग्रोथ माइण्डसेट –

ग्रोथ माइण्डसेट वाला व्यक्ति अपने लक्ष्य प्राप्ति की प्रक्रिया प्रारम्भ करने से पूर्व अपने अवचेतन मस्तिष्क को अपने लक्ष्य के लिए पूरी तरह तैयार करता है। इस प्रकार अवचेतन मस्तिष्क तमाम तैयारियों के लिए चेतन मस्तिष्क को स्वत: ही प्रेरित करने लगता है।

फिक्स्ड माइण्डसेट –

फिक्स्ड माइण्डसेट वाले व्यक्तियों में प्राय: कार्य के दौरान समर्पण या प्रेरणा का अभाव हो जाता है। वे कार्य को उत्साह से शुरु तो करते हैं किन्तु बीच में उत्साह, प्रेरणा की कमी, विश्वास की कमी जैसी समस्याएं आ जाती हैं। जिसका मुख्य कारण कार्य शुरू करने के दौरान अवचेतन मस्तिष्क का तैयार न होना होता है।

विशेष –

अपने गोल (लक्ष्य) की प्राप्ति हेतु अपने अवचेतन मस्तिष्क को तैयार करना अति आवश्यक है। पाँच ऐसी सशक्त प्रक्रियाएं हैं जिनके द्वारा आप अपने अवचेतन मस्तिष्क को बेहतरीन ढंग से तैयार कर सकते हैं।

- **Write it down** - आप अपने गोल को विस्तृत रूप से लिख डालिए। अपने गोल को बहुत स्पष्ट और विस्तार से लिखिए। आप क्या पाना चाहते हैं और क्या-क्या पाना चाहते हैं? या कब तक पाना चाहते हैं? सब लिखिए और बारम्बार लिखिए।

- **Sketch it** - यह सुनने में थोड़ा अटपटा लग सकता है। हर किसी को चित्र बनाने नहीं आता। किन्तु आप कोशिश करिए। अपने गोल को सादे काग़ज़ पर बनाने की कोशिश करिए। ऐसा करके आप अपने सबकान्सियस माइण्ड को शीघ्र ही तैयार कर सकेंगे।

- **Paste it** - आपके जो भी गोल हैं, उसका नेट से प्रिंट आउट निकाल लीजिए। सबकी कटिंग करके एक बड़े पेपर पर सबको चस्पा कर दीजिए। फिर इसे ऐसी जगह पर लगाइए जहाँ अक्सर आपकी निगाह पड़ती रहे। याद रखें कि हर वह चीज़ भूलने लगती है जो कि आपसे दूर हो जाए।

- **Create a Video** - इण्टरनेट से निकाले गए चित्रों के माध्यम से आप एक वीडियो या स्लाइड शो भी बना सकते हैं। इण्टरनेट पर तमाम ऐसे ऐप मौजूद हैं जिनकी मदद से आप स्लाइड शो या वीडियो बना सकते हैं। इसमें अपने किसी मनपसन्द मोटिवेशनल सांग या म्यूज़िक का प्रयोग कीजिए। इसे आप अपनी मोबाइल या कम्प्यूटर में कहीं पर रख लीजिए। जिसे कि आप अक्सर सुना करिए। यह आपके अवचेतन मस्तिष्क की तैयारी में मील का पत्थर साबित होगा।

- **Visualization** - आपका जो भी गोल है उसे विजुलाइज करिए। आप आंखें बन्द करके या खुली आँखों से अपने गोल को देखिए। यदि स्पष्ट नहीं देख पा रहे हैं तो बार-बार कोशिश करिए । आप जितना स्पष्ट अपना गोल देख सकते हैं, सबकान्सियस माइण्ड उस गोल के लिए उतना ही तैयार हो चुका होता है।

उदाहरण/सलाह -

विश्व के सभी कामयाब और अमीर लोगों ने उपर्युक्त पाँच में से पहली और आख़िरी को अवश्य ही अपनाया है। तमाम अन्य कामयाब और अमीरों ने दो से अधिक स्टेप का अनुसरण किया है।

64.

Programming of Your Subconscious Mind

(अपने अवचेतन मस्तिष्क की प्रोग्रामिंग करना)

ग्रोथ माइण्डसेट –

ग्रोथ माइण्डसेट वाला व्यक्ति अपने उद्देश्यों की पूर्ति हेतु सबसे पहले जाने अनजाने में अपने लक्ष्य, उद्देश्य, महत्वाकांक्षा को आत्मसात करता है। परिणाम स्वरूप उसका अवचेतन मस्तिष्क उसे प्राप्ति के तमाम तौर तरीकों और रणनीतियों के लिए प्रेरित करना शुरु कर देता है।

फिक्स्ड माइण्डसेट –

फिक्स्ड माइण्डसेट वाले व्यक्ति अमूमन अपने लक्ष्य, उद्देश्य या महत्त्वाकांक्षा को सही तरीक़े से आत्मसात किए बिना ही उसका क्रियान्वन प्रारम्भ कर देते हैं। अतएव नए विचार एवं रणनीतियाँ उनके मस्तिष्क में नहीं आ पाती।

विशेष –

पाँच वर्ष की आयु तक हमारे चेतन मस्तिष्क में जो कुछ भी पहुँचता है, वह सीधे अवचेतन मस्तिष्क तक पहुँच जाता है। किन्तु पाँच वर्ष की आयु के पश्चात हमारे चेतन मस्तिष्क में तमाम तरह के तर्क और विश्वास बन चुके होते हैं जो कि किसी भी सूचना या विश्वास को आसानी से अवचेतन मस्तिष्क तक नहीं पहुँचने देते। यदि आप अपने मस्तिष्क को प्रोग्राम करना चाहते

हैं तो ऐसे भी तरीक़े हैं जिनके द्वारा चेतन मस्तिष्क में सूचनाएं भेजकर उसे प्रोग्राम किया जा सकता है।

- **Logics** - जब भी आपसे कोई व्यक्ति तमाम तरह के तर्क देकर अपनी बात आपके सामने रखता है तो आप उसे शीघ्र ही स्वीकार कर लेते हैं और वह बात आसानी से आपके अवचेतन मस्तिष्क में चली जाती है। इस प्रक्रिया को आपको अपनी महत्वाकांक्षाओं या किसी भी चीज़ के लिए प्रयोग कर सकते हैं जिसे कि आप अपने अवचेतन मस्तिष्क में प्रोग्राम करना चाहते हैं।

- **Repetition** - जब भी कोई बात आप बार बार सुनते, बोलते या सोचते हैं अथवा किसी भी घटना की बार बार पुनरावृत्ति होती है। कोई अनुभव बार बार होता है तो वह भी आपके अवचेतन मस्तिष्क में आसानी से पहुँच जाता है।

- **Significant** - जब कोई व्यक्ति, वस्तु, स्थान, घटना, परिस्थिति या कार्य अति महत्वपूर्ण हो तो वह भी अवचेतन मस्तिष्क में आसानी से पहुँच जाती है।

- **Emotions** - जब कोई बात जो कि आपकी भावनाओं से जुड़ी हो चाहे वह दुःखद हो, प्रेमपूर्ण हो, आश्चर्यजनक हो, व्यंगात्मक हो, प्रशंसापूर्ण हो, अपमानपूर्ण हो, उत्साहवर्धक हो या अन्य किसी भी भावना से पूर्ण हो, वह शीघ्र ही आपके अवचेतन मस्तिष्क में पहुँच जाती है।

- **Hypnosis** - आप जो कुछ भी करना चाहते हैं, बनना चाहते हैं या पाना चाहते हैं, उसके बारे में लगातार सोचिए। धीरे धीरे आपका अवचेतन मस्तिष्क उसके लिए प्रोग्रामिंग कर लेगा। यदि कोई अस्वस्थ है और स्वस्थ होना चाहता है तो वह बार बार अपने अच्छे स्वास्थ्य के बारे में सोचे। धीरे धीरे उसका अवचेतन मस्तिष्क अच्छे स्वास्थ्य के लिए प्रोग्राम हो जायेगा। किन्तु यह हमेशा Present Continuous में ही हो। जैसे कि वह यह सोचे कि मैं स्वस्थ हो रहा हूँ। यदि वह यह कहता है

कि मैं स्वस्थ हूँ तो अवचेतन मस्तिष्क इसे इंकार कर देगा। यदि वह यह सोचता है कि मैं स्वस्थ बनूँगा तो अवचेतन मस्तिष्क इसे भविष्य के लिए टाल देगा और कोई भी परिणाम हाथ नहीं लगेगा।

- **Sensory Rich Language** - कोई बात या घटना कुछ इस तरीक़े से पेश की जाए कि उसे आप चित्रात्मक रूप में देखने लगें तो वह बहुत ही आसानी से आपके अवचेतन मस्तिष्क में पहुँच जाती है।

उदाहरण/सलाह –

यदि आप अपने अवचेतन मस्तिष्क को प्रोग्राम करना चाहते हैं तो सबसे आसान तरीक़ा Hypnosis का है। आप Present Continuous से कुछ वाक्यों को बना लीजिए और लगातार सोचिए। जैसे "मैं स्वस्थ हो रहा हूँ। मुझे मेरे कार्यों में सफलता मिल रही है। मेरे रिश्तों में मधुरता आ रही है।" शीघ्र ही आप इसका परिणाम प्राप्त करने लगेंगे।

65.
Peace of Mind
(मन की शान्ति)

ग्रोथ माइण्डसेट –

ग्रोथ माइण्डसेट वाले अपने मन को शान्त रखना जानते हैं। मन को शान्त रखने की यही कला उनके अन्दर अनेकों गुणों का विकास भी करती है।

फिक्स्ड माइण्डसेट –

फिक्स्ड माइण्डसेट वाले व्यक्तियों की पहचान उनके अशान्त मन से ही होती है। जो कि प्राय: उनके व्यवहार में झलकता है। मन की अशान्ति तमाम गुणों को भी दुर्गुणों में बदलने की ताक़त रखती है।

विशेष –

हर बार अशान्ति की वजह कोई बड़ी घटना या दुर्घटना ही नहीं होती। अक्सर लोग छोटी छोटी बातों से तनाव ले लेते हैं। पहले तो वे यह कहते हैं कि इसी वजह से थोड़ा मूड ख़राब हो गया। बाद में यही ख़राब मूड स्वभाव और फिर डिप्रेशन की वजह बनने लगता है।

उदाहरण/सलाह –

तमाम ऐसी छोटी छोटी बातें जिन्हें आपको नज़रअन्दाज़ करना होगा।

- कस्टमर आज आने वाला था। नहीं आया, मूड ख़राब हो गया।
- आज पार्टी का पेमेण्ट होने वाला था। नहीं हुआ, मूड ख़राब हो गया।

- डेमो/ट्रायल देखने के बाद भी कस्टमर भाग गया। मूड ख़राब हो गया।
- सोचा था आज जल्दी पहुँचूँगा। फिर लेट हो गया। मूड ख़राब हो गया।
- ऑफिस पहुँचा, चपरासी ने टेबल ही साफ नहीं किया था। मूड ख़राब हो गया।
- आज फिर ट्रैफिक में फंस जाना पड़ा। मूड......
- आज एक अपरिचित ने तुम कहकर बात कर दिया। मूड ख़राब करके रख दिया।
- आज लंच में फिर वही। मूड.....
- सेक्रेटरी ने टाइपिंग में फिर मिस्टेक कर दिया। मूड ख़राब हो गया। ऐसे तो मैं पागल हो जाऊँगा।
- ओह नो ! बिल्ली ने रास्ता काट दिया। मूड....
- आज मीटिंग में फिर लोगों की उपस्थिति कम रही। मूड......
- जब कभी ज़रूरी मीटिंग में होता हूँ। उसी समय अनावश्यक के फोन। मूड...
- लोग पानी की टोटी अक्सर खुला छोड़ देते हैं। देखकर मूड ख़राब हो जाता है।
- कार्य में किसी का हस्तक्षेप देखकर मूड ख़राब हो गया।
- समय से पूर्व रिपोर्टिंग मांगे जाने से मूड ख़राब हो गया।
- जूनियर सलाह देने लगा, वह भी बिना मतलब की। मूड ख़राब हो गया।
- परिस्थितियाँ अनुकूल नहीं रही। मूड ख़राब हो गया।
- जबकि मेरा तर्क सही था। लोग कुतर्क करने लगे। मेरा तो मूड ही ख़राब हो गया।
- जिनका मुझसे कोई सरोकार नहीं है, वे भी मेरा मूल्यांकन करने लगते हैं। मूड ख़राब हो जाता है।
- नाई ने हेअर कटिंग सही नहीं किया, मूड ख़राब हो गया।

- टेलर ने सिलाई वैसी नहीं किया, जैसा कि मैंने सोचा था। मूड ख़राब हो गया।
- पोस्ट पर लाइक और कमेन्ट नहीं आया। मूड ख़राब हो गया।
- मेरा फ़ोन ही नहीं उठाया। इसका मतलब मुझे महत्त्व नहीं दे रहा है। मूड ख़राब हो गया।

66.
Mind Balancing Process
(मन सन्तुलन प्रक्रिया)

ग्रोथ माइण्डसेट –

ग्रोथ माइण्डसेट वाला व्यक्ति किसी भी असफलता के वास्तविक कारण की खोज ज़रूर करता है। फिर वह दार्शनिक भाव में अपने मस्तिष्क को संतुलित करता है।

फिक्स्ड माइण्डसेट –

फिक्स्ड माइण्डसेट वाला व्यक्ति असफलता के बाद किसी भी प्रकार से अपने मस्तिष्क को संतुलित कर लेना चाहता है।

विशेष –

किसी भी असफलता के बाद अपने मस्तिष्क को संतुलित करना परम आवश्यक है। मनोविज्ञान के अनुसार मस्तिष्क को संतुलित करने की चार विधाएं हैं। ये चार विधाएं चार प्रवृत्तियाँ है।

- पहली प्रवृत्ति संतोषी प्रवृत्ति है। ये वे लोग होते हैं जो असफलता मिल जाने के बाद संतोष कर लेने वाले होते हैं। ये उसे ईश्वर की इच्छा, प्रारब्ध या सही प्रयास का न होना मानते हैं।
- दूसरी प्रवृत्ति समायोजन प्रवृति होती है। ये वे लोग होते हैं जो बड़ा लक्ष्य लेकर चलते हैं। किन्तु छोटा भी मिल जाए तो भी मानसिक सन्तुलन बना लेते हैं। जैसे डी.एम. बनना चाहते थे और तहसीलदार बन गये। डॉक्टर बनना चाहते थे, BPharm कर लिया। ये लोग ख़ुद को यह कहकर समझा लेते हैं कि चलो उसी फील्ड में तो हैं।

- तीसरी दोषारोपण प्रवृत्ति है। ये वे लोग होते हैं जो कि असफल हो जाने पर व्यक्तियों, वस्तुओं या परिस्थितियों को दोष देते हैं और अपना मानसिक सन्तुलन बनाते हैं।
- चौथी प्रवृत्ति द्रष्टा भाव प्रवृत्ति है। ये वे लोग होते हैं जो कि असफलता के कारणों का निष्पक्ष अध्ययन करते हैं। ग़ल्तियों अथवा कमियों को स्वीकार करके अपना मानसिक सन्तुलन बनाते हैं। इन लोगों में पुन: उठ खड़े होने या प्रयास करने की क्षमता होती है।
- असफलता के बाद मानसिक सन्तुलन बनाना अनिवार्य होता है। हर कोई मानसिक सन्तुलन बनाता है। जब मानसिक सन्तुलन बनाना ही है तो क्यों न द्रष्टा बनकर बनाया जाए।

उदाहरण/सलाह-

- नैनो कार की मार्केट डिमांड कम हो जाने पर रतन टाटा द्रष्टा भाव ले आए। उन्होंने स्वीकार किया कि हमें नैनो कार का प्रमोशन देश की सबसे सस्ती कार के बज़ाय सबसे आरामदायक कार के रूप में करना चाहिए था।
- मिसाइल परीक्षण असफल होने के बाद डॉ ए.पी.जे.अब्दुल कलाम ने द्रष्टा भाव में कमियों को स्वीकार किया और फिर पोखरण में इतिहास रच दिया।
- एक के बाद एक ग़ल्तियों को करने के बाद भी किंग फिशर कम्पनी के मालिक विजय माल्या द्रष्टा भाव न ला सके और देश छोड़कर भागना पड़ा।

67.

Pay Yourself at First
(सबसे पहले स्वयं को भुगतान करें)

ग्रोथ माइण्डसेट-

ग्रोथ माइण्डसेट वाला व्यक्ति Pay Yourself at First (पहले स्वयं को भुगतान करें) के सिद्धान्त में अटूट विश्वास रखता है। जिसमें अपनी आमदनी होते ही सबसे पहले 10% की बचत करता है। शेष 90% में वह उधारी, बकाया बिल, EMI, ज़रूरी ख़र्चे, कपड़े, दवाइयाँ, किराया, बच्चों की फीस आदि निपटाता है। इस 10% सेविंग का उद्देश्य भविष्य में निवेश करना होता है।

फिक्स्ड माइण्डसेट -

फिक्स्ड माइण्डसेट वाला व्यक्ति आमदनी होने के बाद सबसे पहले अपने शौक को पूरा करना चाहता है। वह उधारी निपटाता है। बकाया बिल, EMI, ज़रूरी ख़र्चे, कपड़े, दवाइयाँ, किराया आदि सब कुछ कर लेने के बाद उसके पास कुछ भी नहीं बच पाता। सेविंग न कर पाने की वजह से वह ताउम्र ग़रीब का ग़रीब ही रह जाता है। सेविंग न कर पाने के पक्ष में वह अमूमन दो तरह के ही तर्क देता है। पहला यह कि उसकी आमदनी इतनी कम है कि ख़र्चे ही पूरे नहीं पड़ते। दूसरा तर्क होता है कि उसे बचत करने की ज़रूरत ही क्या है?

विशेष –

परिस्थितियाँ कैसी भी क्यों न हों। आय कम हो या ज़्यादा, सबसे पहले आय का 10% बचत खाते में डालने के बाद ही शेष 90% में तमाम ख़र्चे, राशन, उधारी, बिल, EMI, दवाइयां, कपड़े,

बच्चों की फीस आदि का स्टीमेट बनाना चाहिए। इस दुनिया में तीन तरह के लोग होते हैं। पहले वे जो अपनी आय का 10% पहले स्वयं को भुगतान करते हैं। अर्थात् सुरक्षित कर लेते हैं। दूसरे वे लोग होते हैं जो कि तमाम तर्क देते हैं कि उनकी आय इतनी कम है कि वे बचत कर ही नहीं सकते। तीसरा महामूर्खों का एक बड़ा समुदाय है जो यह सोचता है कि उन्हें बचत करने की ज़रूरत ही नहीं है। जिस ईश्वर ने उन्हें आज तक पाला है, वही उन्हें आगे भी पालेगा। सेविंग के लिए एक अलग सेविंग अकाउण्ट जरूर खोलें। जिसमें अपने सभी स्रोतों से होने वाली आय का 10% ज़रूर जमा करें।

सलाह/उदाहरण –

दुनिया के सबसे बड़े निवेशक और अमीर वारेन बफेट ने अपने कैरियर की शुरुआत एक सामान्य व्यक्ति की तरह ही की थी। किन्तु बचत करने की उनकी आदत ने उनके पास एक बड़ी राशि संचित की। जिसे बाद में उन्होंने निवेश करना शुरू कर दिया। परिणाम दुनिया के सामने है। दुनिया भर के सभी अमीरों ने अमीरी की शुरुआत सेविंग से ही की है। सेविंग महज़ सेविंग के लिए ही नहीं की जाती। यह आर्थिक प्रबन्धन (Financial Management) का पहला क़दम भी है।

68.

Saving Thought
(बचत अवधारणा)

ग्रोथ माइण्डसेट-

ग्रोथ माइण्डसेट वाला व्यक्ति सबसे पहले ख़ुद को भुगतान करता है। वह जो कुछ भी आय करता है, उसका 10% बचत करता है। उसकी आय कम है या ज़्यादा इस बात से कोई फ़र्क नहीं पड़ता। इस बचत के पीछे उसकी सशक्त अवधारणा होती है कि वह इन पैसों को निवेश करेगा। ये निवेश ऐसी जगहों पर होंगे जिससे ये पैसे, उसके लिए और पैसे बनायेंगे। पैसों की बचत के पीछे अमीरी, समृद्धि, नये व्यापार, निवेश आदि उसकी प्रबल मानसिकता होते हैं।

फिक्स्ड माइण्डसेट –

फिक्स्ड माइण्डसेट वाला व्यक्ति बचत न करने के पीछे ढेर सारे तर्क देता है। उसका पहला तर्क होता है कि उसकी इन्कम इतनी कम है कि कमाई ज़रूरतों में ही खर्च हो जाती है। इस वज़ह से वह बचत नहीं कर पाता। फिक्स्ड माइण्डसेट वाला व्यक्ति यदि बचत करता भी है तो उसके पीछे उसकी मानसिकता बहुत ही नकारात्मक होती है। जैसे कि बुरे वक्त में यह पैसा काम आयेगा। अचानक आने वाली किसी बीमारी या दुर्घटना में यह पैसा मददगार होगा। उसके न रहने पर यह पैसा उसके परिवार का सहारा बनेगा और उसके साथ ऐसा होता भी है।

विशेष -

पैसों की सेविंग हमेशा स्वस्थ और प्रगतिवादी सोच के साथ की जानी चाहिए। हमारी शक्तिशाली सोच ही बचत किए गए पैसों को काम पर लगाती है और हमारे लिए और भी पैसे बनाती है। यदि आप पैसों को काम पर नहीं लगाते हैं तो जब तक ये बड़ी राशि बनेंगे, आप उसका उपयोग करने लायक ही नहीं रहेंगे।

उदाहरण/सलाह -

बचत अवधारणा का सबसे सटीक उदाहरण यह है कि एक साधारण सी नौकरी करने वाला रोनाल्ड रीड नामक व्यक्ति 56 करोड़ इकट्ठा कर लेता है। जबकि रिचर्ड फसकोन जिन्होंने हावर्ड यूनिवर्सिटी में अपनी पढ़ाई पूरी की थी। वे ऐशो आराम की ज़िन्दगी जीते थे। उनकी दावतों में जाना लोगों के लिए फ़क्र की बात थी। लेकिन 2008 की मन्दी के दौर में वे पूरी तरह बर्बाद हो गये और उनका घर तक बिक गया। जब शोधकर्ताओं ने ऐसे तमाम लोगों पर शोध किया तो पाया कि रोनाल्ड रीड जैसे लोग सेविंग थॉट की अवधारणा के पक्ष में थे। सेविंग को लेकर उनकी सोच सदैव सकारात्मक तथा आशावादी थी। जबकि दूसरे लोगों ने या तो सेविंग नहीं की या फिर उनकी सेविंग भविष्य की किसी बीमारी, दुर्घटना या नकारात्मक एवं अप्रत्याशित कारणों के लिए थी। निरन्तर बचत के प्रति सकारात्मक सोच के साथ रोनाल्ड रीड ने एक बेहतरीन उदाहरण पेश किया। जबकि रिचर्ड फसकोन की सेविंग और पैसों के प्रति घटिया सोच ने उन्हें ख़त्म कर दिया।

69.
Financial Stage
(आर्थिक स्तर)

ग्रोथ माइण्डसेट –

ग्रोथ माइण्डसेट वाला व्यक्ति Net Worth (कुल सम्पत्ति) को महत्त्व देता है। ग्रोथ माइण्डसेट वाला व्यक्ति किसी की कामयाबी और अमीरी का मूल्यांकन उसकी कुल सम्पत्ति द्वारा ही करता है।

फिक्स्ड माइण्डसेट –

फिक्स्ड माइण्डसेट वाला व्यक्ति मासिक आय को महत्व देता है। वह किसी की कामयाबी और अमीरी का मूल्यांकन उसकी मासिक आय के आधार पर करता है।

विशेष-

यदि आप पैसा बना रहे हैं या फिर आपने पैसा बनाया है तो पैसे को तरल रूप (Liquid Form) में रखना कोई बुद्धिमत्ता नहीं है। आप अपने आवश्यक ख़र्चे, तत्कालिक फण्ड (Emergency Fund) के अतिरिक्त पैसे को ज़्यादा तरल मात्रा में रखने की कोशिश न करें। पैसे को या तो निवेश करें या फिर अचल सम्पत्ति बनाएं। इस प्रकार अचल संपत्ति तो तैयार होती ही है, साथ ही साथ अधिक पैसा बनाने की इच्छा, प्रेरणा और संकल्प भी उत्पन्न होता है।

- तमाम ऐसे लोग देखने को मिल जाते हैं जो यह भाषणबाजी करते हुए देखे जा सकते हैं कि उन्होंने अपने जीवन में बहुत पैसा कमाया। लेकिन उनकी यह भाषणबाजी बिल्कुल मिथ्या और निराधार होती है। क्योंकि उनके पास कोई भी दृश्य संपत्ति नहीं होती। यदि पैसा कमाया तो गया कहाँ? किसी संपत्ति का निर्माण क्यों नहीं किया?
- दुनिया में लोगों के जीने का 6 तरह का आर्थिक स्तर है।
- पहली श्रेणी में वे लोग आते हैं जिनकी आय उनके ख़र्चे से हज़ार से दस हज़ार या लाख गुना ज़्यादा है। ये चार्टेड प्लेन वालों की लाइफ स्टाइल है। इसमें मुकेश अम्बानी, अडानी, लक्ष्मी मित्तल, रतन टाटा, कुमार बिरला, आदि गोदरेज, सुनील मित्तल, अज़ीम प्रेमजी, नारायण मूर्ति, सचिन तेंदुलकर, रजनीकान्त, इन्दिरा नूई, शिव नादर, अमिताभ बच्चन आदि आते हैं। ये राजयोग जीवन जीने वाले लोग हैं।
- दूसरी श्रेणी में वे लोग आते हैं जिनकी आय उनके ख़र्चे से सौ गुनी या अधिक होती है। ये हेलीकॉप्टर वालों की लाइफ स्टाइल है। इसमें राहुल द्रविण, सौरव गांगुली, सुनील गावस्कर, ब्रह्मानन्दम्, माधुरी दीक्षित आदि आते हैं। ये आरामदायक जीवन जीने वाले लोग हैं।
- तीसरी श्रेणी में वे लोग आते हैं जिनकी आय उनके ख़र्चे से दस गुना या अधिक होती है। ये प्रीमियम कार वालों की लाइफ स्टाइल है। इसमें असरानी, पी.वी. सिन्धू, सैना नेहवाल, मनोज तिवारी, कपिल शर्मा आदि आते हैं। ये ज़रूरतमन्द जीवन जीने वाले लोग हैं।
- चौथी श्रेणी में वे लोग आते हैं जिनकी आय उनके ख़र्चे के अधिकतम दो से तीन गुना अधिक होती है। ये छोटी कार वालों की लाइफ स्टाइल है। इसमें छोटे व्यापारी, नौकरी पेशा वाले लोग आते हैं। ये सामान्य अस्तित्व जीने वाले लोग हैं।

- पाँचवी श्रेणी में वे लोग आते हैं जिनकी आय उनके ख़र्चे के बराबर अथवा कम ही होती है। ये बाइक वालों की लाइफस्टाइल है। इसमें छोटे व्यापारी, नौकरी पेशा आदि लोग आते हैं। ये ग़रीब अथवा निर्धन लोगों का वर्ग है।

- छठी श्रेणी में वे लोग आते हैं जिनकी आय न के बराबर होती है। ये दान, अनुदान, भिक्षा पर जीने वाले लोग हैं। इनका ख़र्च इनकी आय से ढाई से तीन गुना होता है। ये साइकिल वालों की लाइफ स्टाइल है।

इन सब का आर्थिक स्तर उनकी सम्पत्ति से आंका गया है। अब तय आपको करना है कि आप किस आर्थिक स्तर में जाना चाहते हैं।

70.
Multiple Source of Income
(आय के अनेकानेक स्रोत)

ग्रोथ माइण्डसेट –

ग्रोथ माइण्डसेट वाला व्यक्ति यह जानता है कि एकाकी व्यवसाय या नौकरी जीवन यापन के लिए तो ठीक है। किन्तु कामयाब और अमीर बनने के लिए एक से अधिक आय के स्रोत का होना ज़रूरी है। आवश्यकतानुसार ये व्यवसाय एक दूसरे के सहायक सिद्ध हो जाते हैं। ग्रोथ माइण्डसेट वाला व्यक्ति यदि नौकरी में होता है तो भी अपनी आय बढ़ाने हेतु हमेशा प्रयत्नशील रहता है। किन्तु वह रिश्वतख़ोरी अथवा भ्रष्टता के कुमार्ग पर कभी नहीं जाता।

फिक्स्ड माइण्डसेट –

फिक्स्ड माइण्डसेट वाला व्यक्ति ताउम्र एक नौकरी को लेकर पड़ा रहता है। जबकि उससे अपनी ज़रूरतों के साथ ही साथ अपनी इच्छा को भी पूरा कर सके, यह संभव नहीं है। यदि वह व्यवसाय कर रहा होता है तो व्यवसाय में आवश्यक ट्रेनिंग आदि प्राप्त नहीं करता। जिससे न तो वह अपने व्यवसाय को आटो पायलट मोड पर ला पाता है और न ही दूसरे व्यवसाय की शुरुआत कर पाता है। अतिरिक्त आय के नाम पर अवसर मिलते ही रिश्वतख़ोरी अथवा भ्रष्टता के कुमार्ग पर चला जाता है।

विशेष –

- एकाकी नौकरी यदि बड़े पैकेज की है या हाई प्रोफेशनल जॉब जैसे डॉक्टर आदि है तो फिर वह स्वयं में पूर्ण है। उसी में ग्रोथ की अपार सभावनाएं हैं।

- एक से अधिक आय का स्रोत होना अति आवश्यक है। यह कामयाबी और अमीरी की ओर ले जाने वाला एक सशक्त क़दम है। दूसरा व्यवसाय तभी शुरू किया जाना चाहिए जबकि पहला व्यवसाय आटो पायलट मोड पर आ जाये। इसके लिए आपको तीन चरणों से गुजरना होगा। जो कि प्रक्रिया (Process), लोग (People) तथा निरीक्षण (Monitoring) है।
- अब वह दौर जा चुका है जबकि केवल पूँजीपति ही व्यवसाय प्रारम्भ कर सकते थे। आज व्यवसाय प्रारम्भ करने के लिए आपका किसी एक कला(Skill) में दक्ष होना ज़रूरी है। इस कला को आपको डिजिटल करने की ज़रूरत होगी। ग्लोबलाइज़ेशन के इस दौर में दुनिया काफ़ी छोटी हो गई है और आपका दायरा काफ़ी बड़ा।
- Multiple Source of Income के कई फ़ायदे हैं। जैसे-
    1. इससे आपको आर्थिक आज़ादी मिल सकती है।
    2. इससे आपको स्थिरता और सुरक्षा मिल जाती है।
    3. इससे आपकी स्केलिंग ज़्यादा तेज़ हो जाती है।

उदाहरण/सलाह –
- कोई व्यक्ति महज़ व्यायाम करके या ख़ान पान सही करके अथवा सही समय पर सोने-जागने की आदत से स्वस्थ नहीं बनता। जैसे शारीरिक स्वास्थ्य के लिए समय पर सोना-जागना, सही ख़ान-पान, व्यायाम आदि तमाम बातें ज़रूरी हैं, उसी तरह आर्थिक स्वास्थ्य के लिए आय के कई स्रोत होना ज़रूरी है।
- बरगद का वृक्ष इतना विशाल और दीर्घकालिक इसी वजह से होता है क्योंकि उसके तनों से भी निकली हर जड़ उसके तने को सहारा देती है।

- अधिकांश यूट्यूबर केवल यूट्यूब पर वीडियो बनाकर कामयाब और अमीर नहीं बनते। यह उनकी आय का एक छोटा माध्यम होता है। यूट्यूब के द्वारा जब वे अपनी या अपने प्रॉडक्ट/सर्विस की ब्राण्डिंग कर ले जाते हैं, फिर आय के ढेर सारे स्रोत बना लेते हैं।

71.

Leverage Income Vs Passive Income

(लेवरेज इन्कम बनाम निष्क्रिय इन्कम)

ग्रोथ माइण्डसेट –

ग्रोथ माइण्डसेट वाले व्यक्ति जो कि कामयाब और अमीर हैं, वे अपनी सक्रिय आय (Active Income) को बनाने के लिए प्रयत्नशील रहते ही हैं। साथ ही साथ लेवरेज इन्कम की दिशा में भी सक्रिय होते हैं। लेवरेज इन्कम वह इन्कम होती है जिसमें हम दूसरों के साधन, संसाधन और श्रम का सही तरीक़े से प्रयोग कर सकते हैं।

फिक्स्ड माइण्डसेट –

फिक्स्ड माइण्डसेट वाले व्यक्ति अक्सर इसी अन्धेरे और दबाव में रहते हैं कि यदि उनके पास पूँजी हो जाए तो वे निष्क्रिय आय (Passive Income) के कुछ स्रोत बना सकें। जिससे कि बिना श्रम किए ही आय आती रहे। निष्क्रिय आय (Passive Income) के छलावे में वे तमाम लोगों के द्वारा ठगे हुए भी देखे जा सकते हैं।

विशेष -

* अभी तक जब भी निष्क्रिय आय (Passive Income) की बात की जाती थी तो केवल मकान की किरायेदारी, क़िताबों की रॉयल्टी से अधिक सोच पाना सम्भव नहीं था। किन्तु आज के दौर में तमाम तरह के निवेश और रॉयल्टी सिस्टम पैदा हो चुके हैं। जिसके द्वारा आप अपनी Passive Income के स्रोत को

पैदा कर सकते हैं। बस ज़रूरत है उसके बारे में अधिकाधिक जानने की।

- निष्क्रिय आय को महज़ आर्थिक संबल (Financial Support) के रूप में ही लिया जा सकता है। ऐसा न होने पाए कि निष्क्रिय आय किसी के निकम्मेपन की वजह बन जाए।
- दुनिया भर के सभी कामयाब और अमीर लोग सुबह की रूटीन फॉलो करते हैं और नियमित रूप से अपनी ऑफिस जाते हैं। वे अपने कार्य को पूर्ण समर्पण और मनोयोग से करते हैं। वे कभी भी किसी निष्क्रिय आय के भरोसे नहीं बैठते।
- Leverage Income वह आय है जिसमें हम अपनी योजनाओं के द्वारा अपने उद्देश्यों की पूर्ति हेतु औरों के साधन, संसाधन और श्रम का सही तरीक़े से प्रयोग करते हैं।

उदाहरण/सलाह –

- यदि हम Leverage का उदाहरण देखें तो एमेज़ॉन, फेसबुक, ट्विटर, व्हाट्सएप के लिए इन्टरनेट Leverage है।
- जोमैटो जैसी कम्पनियों के लिए डिलेवरी ब्वॉयज Leverage हैं।
- ओला और ऊबर जैसी कम्पनियों के लिए दूसरों के वाहन Leverage हैं।

72.
High Income Skill
(उच्च आय कुशलता)

ग्रोथ माइण्डसेट -

ग्रोथ माइण्डसेट वाले व्यक्ति उच्च आय कुशलता (High Income Skill) विकसित करने का पूरा प्रयास करते हैं। ग्रोथ माइण्डसेट वाले महज़ डिग्री, डिप्लोमा या सर्टिफिकेट इकट्ठा करने में यक़ीन नहीं रखते हैं। वे अपनी रुचि का कोई एक कोर्स करना पसंद करते हैं। जिसमें पूर्ण समर्पण के साथ अपनी उच्च आय कुशलता (High Income Skill) को विकसित कर सकें।

फिक्स्ड माइण्डसेट -

फिक्स्ड माइण्डसेट वालों को उच्च कुशलता विकसित करने की बज़ाय काग़ज़ की डिग्रियाँ बटोरते देखा जा सकता है। कई विषयों में परास्नातक की उपाधि लिए हुए ये लोग अपनी विशेषज्ञता पूछे जाने पर बगलें झांकते नज़र आते हैं। फिक्स्ड माइण्डसेट वाले कागज़ के टुकड़ों में ज़्यादा यक़ीन करने वाले होते हैं। इनके पास कई डिग्री, डिप्लोमा और सर्टिफिकेट कोर्सेज होते हैं। किन्तु उच्च आय कुशलता (High Income Skill) के नाम पर इनके पास कुछ नहीं होता।

विशेष-

आजकल तमाम कम्पनीज़ अपने कर्मचारियों से कार्य करवाने की बज़ाय अपने कार्य को आउटसोर्स करने लगी हैं। इसकी एकमात्र वजह कार्य की गुणवत्ता हेतु उच्च कुशलता की आवश्यकता (Need of High Skill) है। मार्केट स्किल चाहती

है। काग़ज़ की डिग्रियाँ नहीं। अब Job Economy पूरी तरह से Skill Economy में तब्दील हो रही है। यदि आप किसी व्यवसाय की शुरुआत करने जा रहे हैं तो ठहर जाएं। व्यवसाय शुरु करने से पहले उच्च आय कुशलता (High Income Skill) को अपने अन्दर विकसित करिए। आप जितना अधिक Value हस्तांतरित करेंगे उतना ही ज़्यादा पैसे बनायेंगे।

उदाहरण/सलाह -

- आप मार्केट में देख सकते हैं कि कुछ स्पीकर्स या कंसलटेण्ट के कुछ घण्टों की फीस अन्य नौकरी पेशा लोगों के साल भर की सैलरी के बराबर होती है। इसकी वजह अब तक आप जान चुके होंगे कि वह कंसलटेण्ट अपनी स्किल की बदौलत कुछ ही घण्टों में इतनी Value हस्तांतरित करके इतना मुनाफ़ा करवा सकता है जितना नौकरी पेशेवरों का पूरा का पूरा समूह साल भर में नहीं कर सकता।

- एक ही कॉलेज से B.Tech. की डिग्री लिए हुए युवाओं के बीच अन्तर देखा जा सकता है। उनमें से एक किसी कम्पनी में जॉब कर रहा होता है, जूनियर इंजीनियर की उपाधि के साथ। दूसरा, जिसने कोई भी स्किल विकसित नहीं की वह किसी अन्य इण्डस्ट्री में काम कर रहा होता है। तीसरा ऐसे युवाओं का वर्ग होता है जो B.Tech. के बाद SSC, B.Ed., D.El.Ed करते हुए देखे जा सकते हैं। चौथा, उन्हीं B.Tech. धारकों में जिसने उच्च आय कुशलता (High Income Skill) को विकसित किया, वह अपनी कम्पनी चला रहा होता है और तमाम कर्मचारी उसके अधीनस्थ कार्य कर रहे होते हैं।

- यही कथानक LLB किये हुए युवाओं के साथ होता है। कुछ सारी ज़िन्दगी मुंशी बनकर रह जाते हैं और कुछ महंगी फीस वाले वकील बन जाते हैं।

73.
Law of Money Magnetism
(धन चुम्बकत्व का नियम)

ग्रोथ माइण्डसेट -

ग्रोथ माइण्डसेट वाले व्यक्ति पैसों का सम्मान करते हैं। वे पैसों से प्रेम करते हैं। वे पैसे का अपने जीवन में स्वागत करते हैं।

फिक्स्ड माइण्डसेट -

फिक्स्ड माइण्डसेट वाले व्यक्ति अपने जीवन के अभावों और तकलीफों की वजह पैसे को ही मानते हैं। वे पैसों को सभी दुःखों की वजह मानते हैं।

विशेष -

शुरुआती दिनों में पैसों की बचत करना एक बड़ा और चुनौतीपूर्ण कार्य होता है। यह तब और भी कठिन होता है जब आपकी आय छोटी हो या निश्चित न हो। पैसों का चुम्बकीय नियम कहता है कि आपको आज से और अभी से कठोर बनना पड़ेगा। किसी भी तरह तमाम गैर ज़रूरी ख़र्चों में कटौती करते हुए आपको अपनी आय का 10% बचाना ही पड़ेगा। आप चाहें तो इसके लिए अलग सेविंग अकाउण्ट भी खुलवा सकते हैं। कुछ ही दिनों बाद आप महसूस करेंगे कि बचत की गई धनराशि और भी धनराशि को अपनी ओर आकर्षित कर रही है। धीरे धीरे आपके जीवन में पैसों का सतत प्रवाह प्रारम्भ हो जायेगा। साथ ही साथ आपको पैसों से प्रेम करना सीखना होगा। पैसों के बीच किया गया भेदभाव सदैव अहितकर होता है। पैसों की एक रुपये

की धनराशि हो या फिर एक लाख की दोनों को समान सम्मान देना होगा। अपने जीवन में आ रहे पैसों का सम्मान करना होगा। पैसों से प्रेम करना होगा। पैसों के साथ सुखद और आनन्दमय अनुभूति करनी होगी। आपको विश्वास करना होगा कि पैसा सुख और आनन्द की वजह है।

उदाहरण/सलाह-

- यदि आपके पास शेयर मार्केट में उतरने की इच्छा अथवा साहस नहीं है तो भी सरल तरीक़े से इन्वेस्टमेण्ट किया जा सकता है। इन्श्योरेन्स सबसे प्राइमरी इन्वेस्टमेण्ट है। आप इन्श्योरेंस का प्लान ज़रूर खरीदिए। चाहे सबसे छोटा प्लान ही क्यों न हो। लेकिन आप शुरुआत कीजिए। म्युच्युअल फण्ड सेकेण्डरी इन्वेस्टमेण्ट है। आप म्युच्युअल फण्ड में निवेश करिए। चाहे यह न्यूनतम निवेश ही क्यों न हो। इन दो प्रकार के निवेश करने से आपके ऊपर कोई बड़ा भार कत्तई नहीं आयेगा। इन निवेश के करते ही Law of Money Magnetism तुरन्त आपके जीवन में सक्रिय और प्रभावी होने लगेगा।

- Law of Money Magnetism के बारे में दुनिया भर के सभी अमीरों ने एकमत से 6 सिद्धान्तों को स्वीकार किया है । पहला यह कि सभी पैसों से प्रेम करते हैं। दूसरा, सभी पैसों का सम्मान करते हैं। तीसरा, सभी पैसों की छोटी राशि या बड़ी राशि में भेद नहीं करते। चौथा, सभी अपने पास पर्याप्त से भी अधिक पैसे के होने को महसूस करते हैं। पाँचवा, सभी पैसों का स्वागत करते हैं। छठा, सभी पैसों के प्रति आभार व्यक्त करते हैं।

74.
Financial Management
(वित्तीय प्रबन्धन)

ग्रोथ माइण्डसेट -

ग्रोथ माइण्डसेट वाला व्यक्ति आर्थिक प्रबन्धन के प्रति जागरूक होता है। यदि उसके अन्दर यह कुशलता नहीं होती है तो वह इससे सम्बन्धित प्रशिक्षण अवश्य प्राप्त करता है। जिससे कि उसका ज्ञान और कुशलता बढ़ सके। आय होते ही सबसे पहले 10% पैसे को भविष्य के निवेश हेतु सुरक्षित करना, अपने ख़र्चों का सही तरीक़े से बजट बनाना, ख़र्चों की प्राथमिकताओं को तय करना, सुरक्षित और लाभकारी निवेश करना, भावनाओं में बहकर किसी भी प्रकार के आर्थिक निर्णय न लेना, अनावश्यक के ख़र्चे से बचना, अनावश्यक के कर्ज़ से बचना जैसी सैकड़ों बातें उसके आर्थिक प्रबन्धन कला की आधारभूत नियमावली होती है।

फिक्स्ड माइण्डसेट -

फिक्स्ड माइण्डसेट वाला व्यक्ति आर्थिक प्रबन्धन की कला के प्रति पूरी तरह लापरवाह होता है। उसके अन्दर न तो यह कला होती है और न ही वह इस कला को विकसित करना चाहता है। यही उसके आर्थिक संकटों और ग़रीबी का मूल कारण होता है। आय होते ही उसका मस्तिष्क शून्य हो जाता है। वह ऊल जुलूल के ख़र्चे शुरु कर देता है। वह Pay Yourself at First (पहले स्वयं को भुगतान करें) के सिद्धान्तों के विपक्ष में तर्क और बहाने ढूँढ़ लेता है। ख़र्चों के लिए उसकी प्राथमिकता बिल्कुल भी तय नहीं होती। वह पैसों की दिखावेबाज़ी,

अनावश्यक के ख़र्च, बिना योजना के ख़र्चे जैसी मूर्खतापूर्ण हरकतों के चलते हमेशा फटेहाल बना रहता है।

विशेष -

फाइनैंशियल मैनेजमेण्ट एक सशक्त, प्रायोगिक और विश्वसनीय प्रक्रिया है। जो किसी भी व्यक्ति को आर्थिक संकटों के दौर से निकालकर सम्पन्नता और आर्थिक स्वतंत्रता की ओर ले जाती है। हर कामयाब और अमीर व्यक्ति की यही सबसे बड़ी कुशलता होती है। जो कि उसे और भी कामयाब और अमीर बनाती है। फाइनेंशियल मैनेजमेण्ट की शुरुआत आप 10% सेविंग और डेबिट - क्रेडिट रजिस्टर को मेन्टेन करने से कर सकते हैं।

उदाहरण/सलाह -

- आपने यह ज़रूर गौर किया होगा कि लॉटरी में पैसे जीतने के बाद वे लोग कुछ समय बाद पुन: ग़रीब और लाचार हो जाते हैं। इसकी केवल एक वजह यही है कि आर्थिक प्रबन्धन न कर पाना। ये फिक्स्ड माइण्डसेट वाले लोग पैसा हाथ में आते ही अपना पागलपन प्रदर्शित करने लगते हैं।
- ऐसे भी लोग हैं जिन्हें पता ही नहीं होता कि उनके बटुए में कितनी राशि है। यह महज़ पैसे के प्रति लापरवाही दर्शाता है।
- जो लोग पैसों की छोटी धनराशि को महत्व नहीं देते, वे भी पैसों के प्रति अपनी उदासीनता दर्शाते हैं। पैसों की छोटी राशि हो या बड़ी बराबर महत्व दीजिए।

75.
Value of Money
(पैसों का महत्व)

ग्रोथ माइण्डसेट -

ग्रोथ माइण्डसेट वाले व्यक्ति पैसे के महत्व को समझते हैं। वे पैसों का सम्मान करते हैं। वे पैसे से प्रेम करते हैं। पैसों की राशि के मध्य वे भेदभाव नहीं करते। वे एक रूपया और एक लाख रुपया दोनों को समान सम्मान और प्रेम देते हैं। वे कभी भी अनावश्यक रूप से पैसा खर्च नहीं करते हैं।

फिक्स्ड माइण्डसेट -

फिक्स्ड माइण्डसेट वालों के लिए पैसों का महत्व न समझ पाना भी उनकी ग़रीबी की वजह होती है। वे पैसों को अक्सर कोसते रहते हैं। पैसों की छोटी राशि का हिसाब न रखना, उसके प्रति लापरवाही बरतना भी एक तरह से पैसों का अपमान ही है।

विशेष -

आपके लिए पैसों का महत्व समझना ज़रूरी है। पैसों से प्रेम करना सीखिए। साथ ही साथ पैसों का सम्मान भी करिए। पैसों की छोटी राशि का भी हिसाब रखना ज़रूरी है। अपने हालात के लिए पैसों को कोसना बन्द करिए। आप पैसों को जितना अधिक कोसते हैं, वह आपसे उतना ही दूर भागता है।

उदाहरण/सलाह -

- विजय माल्या एक अरबपति थे। लेकिन पैसों के दुरुपयोग और फिज़ूल ख़र्ची ने उन्हें देश छुड़वा दिया।

- नारायण मूर्ति के बेटे ने अपनी मां सुधा मूर्ति के सामने पंच सितारा होटल में अपना जन्मदिन मनाने का प्रस्ताव रखा। सुधा मूर्ति के पूछने पर उसने जो कुल खर्च बताया, वह लाखों में था। सुधा मूर्ति ने कहा कि इतने ख़र्चे में किसी घरेलू नौकर के बच्चे की शिक्षा पूरी की जा सकती है। सुधा मूर्ति ने अपने बेटे को कम खर्च पर अपना जन्मदिन मनाने की सलाह दी। बाकी के पैसे अपने घरेलू नौकर की शिक्षा में लगा दिया। नारायण मूर्ति के बेटे के सामने पैसे के महत्व को लेकर जो आदर्श प्रस्तुत किया गया, वही आगे चलकर उनके सफल उद्योगपति बनने में मील का पत्थर साबित हुआ।

- एक बार बिल गेट्स की बेटी ने एक रेस्टोरेण्ट में एक वेटर को 500 डालर की टिप दी। इसी रेस्टोरेण्ट में बिल गेट्स भी गये और उन्होने वेटर को महज़ 5 डालर की टिप दी। वेटर ने बताया कि अभी कुछ देर पहले उनकी बेटी 500 डालर की टिप देकर जा रही है। बिल गेट्स ने कहा कि वह दे सकती है क्योंकि वह दुनिया के सबसे अमीर बाप की बेटी है। मैं नहीं दे सकता क्योंकि मैं एक स्कूल मास्टर का बेटा हूँ।

- पैसों के महत्व को इस एक बहुप्रचलित उदाहरण के द्वारा आसानी से समझा जा सकता है। 1940 में जिस परिवार की मासिक आय दस रुपये के लगभग थी, वह शानदार जीवन जीता था। 1960 में सौ रूपये मासिक आय वाला परिवार बेहतरीन जीवन जी सकता था। 1980 में जिस परिवार की आय एक हज़ार रूपये थी, वह खुशहाल परिवार था। सन् 2000 में दस हज़ार मासिक आय वाले परिवार अच्छा जीवन जी सकते थे। 2020 के दौरान यदि एक लाख रूपये मासिक आय है तभी आप अच्छा जीवन जी सकते हैं। आप इन आंकड़ों से भी पैसों का महत्व समझ सकते हैं।

76.

Science of being Rich
(अमीरी का विज्ञान)

ग्रोथ माइण्डसेट -

ग्रोथ माइण्डसेट वाले लोग हर हाल में कामयाब और अमीर बनना चाहते हैं। भले ही उनका जन्म किसी अमीर घराने में न हुआ हो। वे अपने आप पर जितना विश्वास करते हैं, उतना ही विश्वास अपने व्यवसाय और व्यवसाय की संभावनाओं पर भी करते हैं।

फिक्स्ड माइण्डसेट -

फिक्स्ड माइण्डसेट वाले लोग अक्सर यह सोचते हैं कि कामयाब और अमीर लोगों को या तो विरासत में धन मिलता है या फिर वे अमीरी के माहौल में पले होते हैं।

विशेष -

- आपका कामयाब और अमीर बनना इस बात पर कत्तई निर्भर नहीं करता कि आप कौन सा व्यवसाय करते हैं। हर तरह का व्यवसाय करने वाले कामयाब और अमीर हैं। बस ज़रूरत इस बात की है कि आप अपने व्यवसाय को व्यापक तरीक़े से देखना शुरू करिए। अपने व्यवसाय की सभी संभावनाओं को देखिए।

- हर पेशे में अमीर लोग हैं। अमीर बनना एक सुनियोजित तरीक़े से किए जाने वाले कार्य का परिणाम है। अमीर बनने की शुरुआत हमारे मस्तिष्क से होती है। आपकी कामयाबी या अमीरी इस बात पर निर्भर करती है कि आपकी सोच का स्तर

क्या है। वास्तव में सही सोचना और सही सोचते रहना किसी भी व्यक्ति के लिए सबसे कठिन कार्य है। अमूमन लोग अपने पिछले कार्यों और परिणामों को देखकर अपने मन में ग़लत विचार बैठा लेते हैं। उन्हीं विचारों पर केन्द्रित रहते हैं। आपको उन्हीं परिणामों के बारे में सोचना और कल्पना करना चाहिए जिसे कि आप चाहते हैं। आप जहाँ है, वहीं से शुरुआत कीजिए।

उदाहरण/सलाह -

- धीरू भाई अम्बानी पेट्रोल पम्प पर कार्य करते थे।
- अली बाबा कम्पनी के मालिक और चीनी उद्योगपति जैक मा ने स्पीकिंग ट्रेनर से शुरुआत की थी।
- वारेन बफेट अख़बार बेचा करते थे।
- एप्पल कम्पनी के मालिक स्टीव जॉब्स भी कभी मंदिर का प्रसाद खाकर दोस्त के कमरे में ज़मीन पर सोया करते थे।
- स्वीडन के उद्योगपति इंग्वार न केवल डिस्लेक्सिया की बीमारी से ग्रसित थे अपितु उनका बचपन भी भयंकर ग़रीबी में बीता था।
- KFC के मालिक कर्नल सैण्डर्स ने 1000 बार असफलता देखी थी।
- फोर्ड कम्पनी के मालिक हेनरी फोर्ड ने भी ग़रीबी से अमीरी तक का सफर तय किया था।
- इंफोसिस कम्पनी के मालिक एन. आर. नारायण मूर्ति ने अपने कैरियर की शुरुआत 800/- रुपये महीने के मासिक वेतन से किया। जहाँ वह रोज़ाना 20 घण्टे कार्य करते थे।

77.

Money and Servant
(पैसा और नौकर)

ग्रोथ माइण्डसेट -

ग्रोथ माइण्डसेट वाला व्यक्ति पैसों के लिए कभी कार्य नहीं करता। पैसा उसके लिए प्रतीक मात्र होता है। वह सदैव पैसे का मालिक बनना चाहता है। वह अपने प्रॉडक्ट या सर्विस की गुणवत्ता, समय पर डिलेवरी, कस्टमर सैटिसफैक्शन जैसे महत्वपूर्ण विन्दुओं पर कार्य करता है। पैसा स्वयं ही उसकी ओर खिंचा चला आता है। उसका प्रथम उद्देश्य यही होता है कि वह अपने प्रॉडक्ट या सर्विस के द्वारा अधिक से अधिक लोगों की समस्याओं का समाधान कर सके। वह अपने पैसों को ऐसी जगहों पर निवेश करता है कि पैसा ख़ुद ही पैसे को आकर्षित करे।

फिक्स्ड माइण्डसेट -

फिक्स्ड माइण्डसेट वाला व्यक्ति पैसे के लिए ही कार्य करता है। पैसा ही उसकी प्राथमिकता होती है। वह पैसे का गुलाम बनता चला जाता है। पैसे की यही गुलामी उसे अपने प्रॉडक्ट या सर्विस की गुणवत्ता आदि जैसी तमाम बातों से दूर कर देती है। फिक्स्ड माइण्डसेट वालों की पैसों के प्रति गुलामी कुछ इस तरह की होती है कि वह अपनी सेवाओं में उतनी ही गुणवत्ता देता है जितना कि उसे पैसा मिलता है। वह गुणवत्ता बढ़ाकर अपना मूल्य बढ़ाने की बात सोचने से भी डरता है। पहले पैसा फिर गुणवत्ता का यही सिद्धान्त उसे पैसों का नौकर बनाए रखता है।

विशेष -

यदि आप चाहते हैं कि पैसा आपका नौकर बने और वह आपके लिए कार्य करे तो आपको दो महत्वपूर्ण कार्य करने होंगे। पहला यह कि आपको अपने कार्य, सेवाओं या उत्पाद की गुणवत्ता को उत्कृष्ट बनाना होगा। दूसरा यह कि पैसों को सही जगह पर निवेश करना होगा।

उदाहरण/सलाह -

- जो व्यक्ति ऐसी किसी भी चीज़ को खरीदता है, जिसकी उसे ज़रूरत न हो तो उसे ऐसी चीज़ को बेचना पड़ता है जिसकी उसको बहुत ज़्यादा ज़रूरत होती है। पैसों का नौकर बनने की शुरुआत यहीं से होती है।
- जो व्यक्ति अपनी आय का न्यूनतम 10% बचा नहीं पाता। भविष्य में उसे ब्याज पर पैसे लेकर ज़रूरतें पूरी करनी पड़ सकती हैं। पैसों की गुलामी का यह भी एक चरण है।
- जो व्यक्ति पैसों के निवेश सम्बन्धी बातों में रुचि नहीं लेता, पैसा भी उसका नौकर नहीं बनना चाहता।
- व्यवसाय पैसे को काम पर लगाने का सबसे प्राचीन और बहुप्रचलित विधा है। किन्तु इसमें रिस्क की भी संभावना है।
- रियल स्टेट दूसरे नम्बर पर आता है, जहाँ आप पैसे को काम पर लगा सकते हैं।
- शेयर मार्केट पैसे को काम पर लगाने का सशक्त माध्यम है।
- यदि आप अप्रत्यक्ष रूप से शेयर मार्केट में जाना चाहते हैं तो म्युच्युअल फण्ड के ज़रिये जा सकते हैं। जो कि एक सुरक्षित तरीक़ा है।
- पैसों को काम पर लगाने के सबसे सुरक्षित तरीक़े जीवन बीमा और फिक्स डिपॉजिट हैं।

78.

Financial Prejudice
(वित्तीय पूर्वाग्रह)

ग्रोथ माइण्डसेट -

ग्रोथ माइण्डसेट वाला व्यक्ति पूर्वाग्रहों से मुक्त होने की कोशिश करता है। पुराने विचार मस्तिष्क से आसानी से नहीं निकलते। अतएव वह नए, सकारात्मक, उत्पादक, ऊर्जामय विचारों से अपने मस्तिष्क को पोषित करता है।

फिक्स्ड माइण्डसेट -

फिक्स्ड माइण्डसेट वाला व्यक्ति पूर्वाग्रहों से ग्रसित होता है। वह नए, सकारात्मक, उत्पादक, ऊर्जामय विचारों को अपने मस्तिष्क में प्रवेश नहीं दे पाता है। यदि ऐसी कोई बात सुनना, पढ़ना, देखना या महसूस करना पड़े जो कि उसके पूर्वाग्रहों के पक्ष में न हो तो उसे घुटन महसूस होने लगती है।

विशेष -

दुनिया भर के जितने भी नाकामयाब और ग़रीब हैं उनके मस्तिष्क नकारात्मक विचार रुपी पूर्वाग्रहों से भरे होते हैं। ये पूर्वाग्रह उनके कार्यों को ही नहीं अपितु सम्पूर्ण जीवन को संचालित करते हैं। ये कुछ बहुप्रचलित पूर्वाग्रह निम्न हैं।

1. कामयाबी इतनी आसानी से नहीं मिलती।
2. हर कोई अमीर नहीं बन सकता।
3. पैसा कमाना कठिन काम है।
4. पैसे पेड़ पर नहीं उगते।

5. इतना ही आसान होता तो हर कोई कामयाब और अमीर बन जाता।

6. ईमानदारी से कोई अमीर नहीं बन सकता।

7. बिज़नेस में अक्सर लोग डूब जाते हैं।

8. नया नौ दिन, पुराना सौ दिन।

9. पैसा खुशी नहीं दे सकता।

10. पैसा ही सब कुछ नहीं है।

11. अमीरों को राज रोग हो जाते हैं।

12. अमीर बड़े स्वार्थी होते हैं। वे किसी के सगे नहीं होते।

13. ज़्यादा बड़े सपने मत देखो वरना बर्बाद हो जाओगे।

14. शेयर मार्केट खतरों की घाटी होती है।

15. पैसा भोजन दे सकता है, भूख नहीं।

16. पैसा बिस्तर दे सकता है, नींद नहीं।

17. पैसों से तोहफ़े खरीद सकते हो, प्यार नहीं।

18. पैसा अपनों से दूर कर देता है।

19. बहुत पैसा कमाकर क्या करेंगे। क्या कोई साथ लेकर जायेगा?

20. कामयाबी और अमीरी ज़िन्दगी की सुख, शान्ति छीन लेती है।

21. तुमने तो पहले भी कोशिश की थी, असफल हो गए थे।

22. बिज़नेस में कई बार असफल हो गए, अभी भी तुम्हारी आंख नहीं खुली।

23. बिज़नेस तो किए थे। क्या अमीर बन गए?

24. इतने वर्षों से बिज़नेस ही तो कर रहे हो। कितनी दौलत कमा ली?

25. छोड़ो ये बिज़नेस का चक्कर, कोई छोटी मोटी नौकरी कर लो।

26. तुम्हारे ख़ानदान में कभी किसी ने बिज़नेस किया है?

27. ये बिज़नेस वगैरह सबके बस की बात नहीं है।

28. ये दिन अच्छा नहीं है।

29. ये मुहूर्त अच्छा नहीं है।

30. ये समय अच्छा नहीं है।

31. ये जगह अच्छी नहीं है।

32. ये दिशा अच्छी नहीं है।

33. अगर असफल हो गए तो?

34. बर्बाद हो गए तो?

जब हमारा मस्तिष्क ऐसे नकारात्मक और विनाशकारी विचारों से भर जाता है तो हमारा जीवन भी इन्हीं के द्वारा संचालित होने लगता है। फिर ग़रीबी और नाकामयाबी के दलदल से निकल पाना नामुमकिन हो जाता है।

उदाहरण/सलाह -

पूर्वाग्रहों से मुक्त होने के कुछ उपाय दिए जा रहे हैं। इन्हें अपने जीवन में अपनाइए।

1. सुबह सोकर उठते ही बिस्तर पर ही आपके पास जो कुछ भी है, उसके लिए ईश्वर को धन्यवाद दीजिए।

2. सेल्फ इम्प्रूवमेंट की पुस्तकें 30 मिनट रोज़ाना ज़रूर पढ़िए।

3. पॉजिटिव अफरमेंशंस दिन में एक बार ज़रूर करिए।

4. पॉज़िटिव अफरमेंशंस सुनते- सुनते रात को सोइए।

5. नियमित व्यायाम और मेडिटेशन करिए।

6. अमीर और कामयाब लोगों के सम्पर्क में रहिए।

7. नकारात्मक लोगों से दूर रहिए।

8. किसी से अनावश्यक की बहस मत करिए।

79.
Financial Root
(वित्तीय आधार)

ग्रोथ माइण्डसेट –

ग्रोथ माइण्डसेट वाला व्यक्ति अपने जीवन में कभी भी आर्थिक मन्दी आने पर अथवा धनाभाव की स्थिति में आत्मविश्लेषण अवश्य करता है। वह निष्पक्ष रूप से सभी पहलुओं का अध्ययन करता है।

फिक्स्ड माइण्डसेट –

फिक्स्ड माइण्डसेट वाला व्यक्ति धनाभाव की स्थिति में पूँजीवाद को दोष देता है। वह इसे अपना भाग्य मानकर स्वीकार कर लेता है। उसे लगता प्रभाव है कि यह या तो ग्रह-नक्षत्रों का या फिर पूर्वजन्म के कर्मों का फल है जिसे कि वह भुगत रहा है।

विशेष –

कुल 5 प्रकार की आर्थिक स्थिति के लोग हैं। पहले वे जिनकी कुल संख्या 20% के लगभग है। ये लोग Financially Dead (आर्थिक मृत) होते हैं। इन्हें अपने जीवन यापन हेतु दूसरों पर आश्रित होना होता है। दूसरे वे लोग जिनकी संख्या 60% के लगभग है। ये लोग Financially Struggle (आर्थिक संघर्ष) कर रहे होते हैं। इनका तनिक भी बजट बिगड़ जाए तो ये लोग परेशान हो जाते हैं। तीसरे वे लोग जिनकी संख्या 15% के लगभग है। ये Financially Stable होते हैं। अर्थात इनके तनाव की वजह आर्थिक समस्या तो कत्तई नहीं है। चौथे वे लोग हैं जिनकी संख्या 4% के लगभग है। ये अमीर लोग हैं। आख़िरी बचते है 1% लोग जो कि Wealthy (समृद्ध) हैं। आपको यह तय करना होगा कि आपकी वर्तमान स्थिति (Current Stage) क्या है? और आप जाना (Desired Stage) कहाँ चाहते हैं?

उदाहरण/सलाह –

यदि आपके जीवन में धन का सही प्रवाह नहीं हो रहा है तो इसके पीछे महज़ तीन प्रमुख कारण हैं।

(A) The Element Neuro Chemistry की एक बड़ी भूमिका है। जिसे Money Miss Management भी कहा जा सकता है। बचत की आदत न होना या निवेश को अनावश्यक समझना अथवा फ़िज़ूलख़र्ची भी ग़रीबी के दलदल में धकेल देती है। तमाम लोगों में खासकर महिलाओं में यह फ़ितरत होती है कि जब तक वे ढ़ेर सारी ख़रीददारी न कर लें उनके शरीर से कार्टीसोल का स्रावण ही नहीं होता।

(B) Skill and Strategy दूसरा सबसे महत्वपूर्ण कारण है। अपनी स्किल को अपडेट न करना, उत्पाद, विक्रय, विज्ञापन आदि के लिए सही योजनाएं न बनाना पैसों के प्रवाह को प्रभावित कर देता है। Low Pay Skill (कम आमदनी वाला हुनर) से Low Income (कम आय) ही होगी।

(C) Subconscious Associations भी लगभग 20 से 25 प्रतिशत तक जिम्मेदार होता है हमारे जीवन में पैसों के प्रवाह का। इसे Prejudice (पूर्वाग्रह) भी कहते हैं। जिसे हमारा समाज पैसों के संदर्भ में नकारात्मक विचारों से भर देता है।1. कामयाबी इतनी आसानी से नहीं मिलती। 2. हर कोई अमीर नहीं बन सकता। 3. पैसा कमाना कठिन काम है। 4. पैसे पेड़ पर नहीं उगते। 5. इतना ही आसान होता तो हर कोई अमीर बन जाता। इस तरह के हज़ारों वाक्य बचपन से ही हमारे मस्तिष्क में हमारे परिवार, मित्रों और समाज के द्वारा भर दिए जाते हैं। कालान्तर में ये नकारात्मक वाक्य हमारे सम्पूर्ण आर्थिक जीवन को संचालित करने लगते हैं। जिसका परिणाम बहुत ही घातक होता है।

80.
Company
(संगति)

ग्रोथ माइण्डसेट –

ग्रोथ माइण्डसेट वाला व्यक्ति हमेशा अपनी फील्ड के लीडर्स, कामयाब, अमीर और उत्साही लोगों की संगति करना पसंद करता है। ऐसे लोगों की संगति हमेशा उसे उत्साहित करती है और उसके मनोबल को बढ़ाती है। वह हमेशा कामयाब और अमीर लोगों से प्रेरणा लेता है। ग्रोथ माइण्डसेट वाला व्यक्ति कामयाब और अमीर लोगों को अपना आदर्श मानता है।

फिक्स्ड माइण्डसेट –

फिक्स्ड माइण्डसेट वालों की संगति अक्सर ऐसे लोगों की होती है जिनका उनकी फील्ड से दूर-दूर तक का कोई वास्ता नहीं होता। फिक्स्ड माइण्डसेट वाला व्यक्ति अक्सर निराश, असफल, दुःखी, दूसरों की निन्दा करने वाले लोगों की कम्पनी पसंद करता है। क्योंकि उसकी सोच ऐसे लोगों से काफ़ी मिलती है।

विशेष –

किसी भी व्यक्ति के मित्रों को जानकर उसके व्यक्तित्व को परिभाषित किया जा सकता है। कोई भी व्यक्ति बिल्कुल उसी प्रकार के मित्र चुनता है, जैसा कि वह ख़ुद होता है। आप कौन हैं? आपकी वास्तविकता क्या है? आप अपने पाँच मित्रों का औसत हैं। यदि आपके पाँच मित्र कामयाब और अमीर हैं तो यक़ीन मानिए कि अगले कामयाब और अमीर आप हैं। यदि आपके पाँच मित्र नकारात्मक और निराशावादी हैं तो छठे नकारात्मक और निराशावादी आप होंगे। सकारात्मकता हो या

नकारात्मकता दोनों ही संक्रामक होती है। जब आप कामयाब और अमीर लोगों की संगति में रहते हैं तो यह ऊर्जा आपमें भी संचरित होने लगती है। ग्रोथ माइण्डसेट वाले लोग नेटवर्किंग को बहुत ही ज़्यादा महत्व देते हैं। 79% कामयाब और अमीर लोग महीने में 8 से 10 घण्टे का वक्त महज़ नेटवर्किंग में बिताते हैं।

उदाहरण/सलाह –

- रिलायंस इण्डस्ट्रीज के संस्थापक धीरू भाई अम्बानी अपने संघर्ष के दिनों में भी पंचसितारा होटल में जाया करते थे। उसके पीछे उनका उद्देश्य यही होता था कि वह कामयाब और अमीर लोगों के सम्पर्क में आ सकें।

- बिल गेट्स और वारेन बफेट जैसे कामयाब और अमीर लोगों की अपने ही जैसे लोगों की फ्रेण्ड सर्किल है।

- आप जिस भी फील्ड में हों उसके वर्कशॉप और सेमिनार जरूर अटेण्ड करें। यह अच्छा और बड़ा नेटवर्क बनाने में मददगार होगा।

81.
Compound Effect
(यौगिक प्रभाव)

ग्रोथ माइण्डसेट -

ग्रोथ माइण्डसेट वाला व्यक्ति यौगिक प्रभाव का प्रयोग भली भांति जानता है। और वह इसे अमल में भी लाता है। दुनिया का हर कामयाब और अमीर व्यक्ति यौगिक प्रभाव के इस शाश्वत नियम का अनुसरण करता है।

फिक्स्ड माइण्डसेट -

फिक्स्ड माइण्डसेट वाले व्यक्ति विश्वास और स्थिरता की कमी की वजह से यौगिक प्रभाव के महान नियमों की उपेक्षा करते हुए देखे जा सकते हैं।

विशेष -

यौगिक प्रभाव के नियम अद्वितीय, अचूक और शाश्वत हैं। देश, काल और परिस्थितियाँ इन्हें प्रभावित नहीं कर सकती। इन नियमों का पालन करने हेतु मन की स्थिरता और शरीर की सक्रियता नितान्त आवश्यक है।

उदाहरण/ सलाह-

- यदि कोई व्यक्ति महज़ 10 पेज प्रतिदिन पढ़ना शुरू कर दे और नियमित रूप से पढ़े तो महीने भर में 300 पेज और साल भर में 3650 पेज पढ़ लेगा। इस प्रकार वह कई क़िताबों का अध्ययन कर लेगा। उसका विशुद्ध ज्ञान और स्किल कई गुना तक बढ़ सकेगा।

- यदि आप महज़ 20 मिनट प्रतिदिन व्यायाम करना शुरु कर दें तो तो महीने भर में 600 मिनट और साल भर में 120 घण्टे व्यायाम हो चुका होगा। जो कि आपको शारीरिक, मानसिक और मनोवैज्ञानिक रूप से स्वस्थ बनाने के लिए पर्याप्त होगा। यह 20 मिनट का व्यायाम महीने भर में भले ही कोई असर न दिखाए किन्तु एक साल बाद आप कई गुना स्वस्थ, स्थिर, प्रसन्न, शान्त और एकाग्र हो चुके होंगे।

- यदि हम प्रतिदिन एक डालर जैसी छोटी राशि की बचत करें तो यह महीने भर में 30 डालर और साल भर में 365 डालर होगी और 5 साल में 1825 डालर होगी।

- इसके विपरीत हम प्रतिदिन केवल दो सिगरेट पिएं तो महीने भर में 60 और साल भर में 730 सिगरेट होगी और अगले एक-दो साल में पूरे श्वसन तंत्र को बर्बाद करने के लिए यह धुंआ पर्याप्त होगा। न केवल श्वसन तंत्र अपितु पाचनतंत्र और परिसंचरण तंत्र भी पूरी तरह ध्वस्त हो चुका होगा। कैंसर जैसी घातक बीमारियां दस्तक दे चुकी होंगी।

- यदि आप सेल्स में हैं तो प्रतिदिन महज़ दो गुणवत्तापूर्ण अतिरिक्त कॉल्स कीजिए। महीने भर में 60 और साल भर में 730 अतिरिक्त कॉल्स हो सकेंगी। जिसका परिणाम आश्चर्यचकित कर देने वाला होगा।

- यदि आप सोशल मीडिया के विभिन्न प्लेटफार्म पर अपने प्रॉडक्ट या सर्विस को लेकर महज़ एक बेहतरीन पोस्ट प्रतिदिन करें तो महीने के तीस और साल भर में 365 पोस्ट हो सकेंगी। जिसका परिणाम बहुत ही सुखद होगा।

82.
Mentor
(सलाहकार)

ग्रोथ माइण्डसेट –

ग्रोथ माइण्डसेट वाले लोग अपने व्यक्तिगत, सामाजिक, आर्थिक, व्यवसायिक, राजनैतिक उन्नयन हेतु एक सलाहकार अवश्य रखते हैं। ये सलाहकार क्षेत्र विशेष के सफल अथवा विशेषज्ञ लोग होते हैं। ये सलाहकार लाइफ कोच, विधि सलाहकार (Legal Advisor), वित्तीय सलाहकार (Financial Advisor), व्यावसायिक सलाहकार (Business Consultant), विपणन सलाहकार (Sales Advisor), विज्ञापन सलाहकार (Advertising consultant) आदि के रूप में हो सकते हैं। अपने जीवन के विभिन्न क्षेत्रों की गुत्थियों को सुलझाने के लिए वह इन सलाहकारों की मदद लेता है।

फिक्स्ड माइण्डसेट –

फिक्स्ड माइण्डसेट वाले लोग स्वघोषित ज्ञानी होते हैं। उन्हें लगता है कि वे सब कुछ जानते हैं। किसी विशेषज्ञ के सलाह अथवा मार्गदर्शन की आवश्यकता नहीं है। वे अपनी बुद्धि और अनुभवों के आधार पर ही सारे फ़ैसले ले लेते हैं। सलाहकार को दी जाने वाली फीस उन्हें अनावश्यक का बोझ लगती है। उनका एक जुमला होता है जो कि अक्सर उन्हें बोलते हुए सुना जा सकता है कि किसी दूसरे के पास हमारी समस्या का समाधान हो ही नहीं सकता। फिक्स्ड माइण्डसेट वालों के सलाहकार भी प्रायः वास्तुशास्त्री, फेंगशुई विशेषज्ञ, ज्योतिषी और स्वयंभू गुरु घण्टाल होते हैं। जो इनके अन्ध विश्वास का लाभ उठाकर लूटते भी हैं और दिग्भ्रमित भी करते हैं।

विशेष –

- विश्व के 94% कामयाब और अमीर व्यक्तियों के पास उनके अपने सलाहकार होते हैं।
- मशहूर टॉक शो होस्ट विनफ्रे का कहना है कि मेण्टर एक ऐसी शख्सियत है, जो आपको ख़ुद में उम्मीदें देखने की क्षमता देता है।
- कोच (Coach) बस एक पथप्रदर्शक होता है। जबकि मेण्टर आपकी इण्डस्ट्री का अनुभवी और सफल व्यक्ति होता है। वह आपके लिए विश्वासपात्र सलाहकार, दोस्त, काउंसलर और अनुभवी व्यक्ति की तरह होता है। जो आपको अपने ज्ञान और अनुभवों के आधार पर कैरियर की राह में आने वाली बाधाओं से निपटने के तरीक़े बताता है।
- ऑफिस के सीनियर या बॉस को कभी अपना मेण्टर न बनाएं।

उदाहरण/सलाह –

- अर्जुन और दुर्योधन के गुरु एक ही थे। किन्तु उनका सलाहकार अलग- अलग था। अर्जुन के सलाहकार कृष्ण और दुर्योधन के सलाहकार शकुनि थे। परिणाम दुनिया के सामने है।
- एक पुरानी कहावत है जो कि मेण्टर के सन्दर्भ में भारत में काफ़ी प्रचलित है। दो लकड़हारे लकड़ियाँ काटा करते थे। एक लगातार पूरे दिन कार्य करता रहता था। किन्तु शाम तक केवल दस पेड़ काटता था। जबकि दूसरा हर पेड़ काटने के बाद आराम करता था और पूरे दिन भर में बीस पेड़ काट डालता था। पहले लकड़हारे ने दूसरे से उसके अच्छे प्रदर्शन का राज पूछा तो दूसरे लकड़हारे ने बताया कि उसके गुरु ने कहा है हर पेड़ काटने के बाद वह अपनी कुल्हाड़ी में धार ज़रूर लगाए।
- मार्क जुकरवर्ग ने भी स्टीव जॉब्स को अपने मेण्टर के रूप में चुना।

83.
Self-Promotion/ Self Branding
(आत्मपदोन्नति/आत्मोदय)

ग्रोथ माइण्डसेट -

ग्रोथ माइण्डसेट वाला व्यक्ति यदि प्रोफेशनल है तो वह स्वयं को प्रमोट करने हेतु पूरी ज़द्दोजहद करता है। यदि वह व्यवसायी है तो अपने प्रॉडक्ट/सर्विस के प्रमोशन हेतु पूर्ण प्रयास करता है। वह स्वयं की बेहतरीन इमेज़ हेतु सदैव प्रयासरत रहता है। वह पूरी कोशिश करता है कि उसकी इमेज़ लोगों के लिए वैल्युएबल हो। वह ख़ुद की और अपने प्रॉडक्ट की ब्राण्डिंग हेतु नए नए तरीक़े सीखता है और उन्हें आज़माता है।

फिक्स्ड माइण्डसेट -

फिक्स्ड माइण्डसेट सेट वाला व्यक्ति सेल्फ प्रमोशन या अपने प्रॉडक्ट/सर्विस के प्रमोशन को भी तुच्छ कार्य समझता है। वह ऐसे तमाम अवसर और प्लेटफार्म पर भी चूक जाता है। जहाँ वह अपने प्रॉडक्ट या सर्विसेज़ का प्रमोशन कर सके। मार्केटिंग या प्रमोशनल एक्टीविटीज़ के प्रति उसका नज़रिया हमेशा नकारात्मक होता है। ऐसा नज़रिया महज़ अन्तर्मुखी प्रवृत्ति के कारण ही नहीं होता बल्कि निराशावादी दृष्टिकोण भी किसी व्यक्ति को अपना प्रमोशन या ब्राण्डिंग करने से रोकता है।

विशेष –

सेल्फ ब्राण्डिंग के लिए दीर्घकालिक योजना बनानी होगी। आपको स्वयं को लीडर मानना ही पड़ेगा। लगातार ऐक्शन लेते रहना होगा। साथ ही साथ यह भी ज़रूरी है कि आप ऑनलाइन भी अपनी पहचान बनाते रहें। जो दिखता है वही बिकता है। कोई भी व्यक्ति, वस्तु या सेवा उतनी ही लोकप्रिय होती है जितनी कि

उसकी ब्राण्डिंग की जाती है। यदि आप लम्बे समय तक लोगों के मध्य से ओझल होने लगे तो लोग आपको भूल जायेंगे। इसलिए ज़रूरी है कि आपकी उपस्थिति का भान लोगों को होता रहे। किन्तु आप ख़ुद को बहुत सस्ता भी न होने दें।

उदाहरण/सलाह -

* फुटपाथ पर बिकने वाली चप्पलें, जींस, कपड़े या घरेलू उपयोग की सामग्रियाँ जब शोरूम में पहुँच जाती हैं तो उनकी कीमतें कई गुना बढ़ जाती है। इसकी मुख्य वजह केवल इनकी ब्राण्डिंग ही होती है। पर्सनल ब्राण्डिंग की बात करें तो सभी की एक यूनिक स्थित होती है। जो उसे पहचान दिलाती है। यदि आप नृत्य जगत में किसी को मून वॉक डांस स्टेप करते देखें तो तुरन्त माइकल जैक्सन की याद आ जाती हैं। इसके अलावा SEO में नील पटेल और ब्लागिंग में हर्ष अग्रवाल की छवि आ जाती है।
* स्वयं को प्रोत्साहित करते रहें। आपमें जो भी योग्यताएं या क्षमताएं हैं उसके लिए स्वयं को धन्यवाद देते रहें। साथ ही साथ अपनी योग्यताओं और क्षमताओं को निखारते रहें। उनका अद्यतनीकरण करते रहें।
* अपनी क्षमता और योग्यता को जानने के बाद उसका प्रदर्शन करना भी उतना ही ज़रूरी है।
* सोशल मीडिया पर भी आपकी उपस्थिति ज़रूरी है। किन्तु स्मरण रहे कि आप और आपके कार्यों का जिस प्रकार वास्तविक जीवन में सुनियोजित प्रदर्शन होता है, उसी प्रकार सोशल मीडिया पर भी सुनियोजित ढंग से प्रदर्शन हो। आपके व्यक्तित्व को लेकर कन्फ्यूज़न न उत्पन्न होने पाए।

84.
Opportunities/Obstacles
(सुअवसर/कठिनाइयां)

ग्रोथ माइण्डसेट –

ग्रोथ माइण्डसेट वाला व्यक्ति अपने जीवन में हमेशा सुअवसरों को देखता है। वह ख़राब से ख़राब व्यक्ति, वस्तु, स्थान एवं परिस्थितियों में अच्छाइयाँ तलाश लेता है। उसे हर हालात में अच्छे अवसर दिखाई देते हैं जो कि उसके कामयाब और अमीर बनने के मार्ग में सहायक सिद्ध होते हैं। वह ख़राब दौर में भी मुस्कुराने के बहाने ढूँढ़ ही लेता है।

फिक्स्ड माइण्डसेट –

फिक्स्ड माइण्डसेट वाला व्यक्ति अपने जीवन में हमेशा कठिनाइयों को ही देखता है। उसे चांद की शीतलता या सुन्दरता का भी आनन्द नहीं मिलता क्योंकि चांद का दाग़ ही उसका सिर दर्द होता है। उसे अच्छे व्यक्ति, वस्तु एवं परिस्थितियों में भी ख़ामियाँ नज़र आती हैं। फिक्स्ड माइण्डसेट वाला व्यक्ति अच्छे हालात में भी दुःखी होने की वजह ढूँढ़ लेता है।

विशेष –

परिस्थितियाँ हर किसी के जीवन में आती हैं। कोई निखर जाता है तो कोई बिखर जाता है।

उदाहरण/सलाह –

- एक बार सुन्दर पिचाई की बेटी अपने हाथों में एक फूल लेकर गई और उसने सुन्दर पिचाई से उस फूल का नाम पूछा। मिस्टर पिचाई को नाम नहीं पता था। इस बात को उन्होंने

समस्या नहीं बल्कि अवसर के रूप में लिया और मानवता के इतिहास में महान खोज का जन्म हुआ। गूगल में एक नया फीचर गूगल लेंस के रूप में आया और हर किसी को चीज़ें सर्च करने में आसानी हुई।

- एक इण्टरव्यू के दौरान एक पत्रकार ने एक उद्योगपति से उनकी सफलता का राज पूछा। उद्योगपति ने अपनी चेकबुक में हस्ताक्षर करके पत्रकार की ओर बढ़ा दिया और कहा कि मैं पूरी तरह गंभीर हूँ तुम कोई भी राशि इस चेक में भर सकते हो। मैं तुम्हें उतनी राशि देने के लिए वचनबद्ध हूँ। पत्रकार ने विनम्रता से उसे ठुकरा दिया। उद्योगपति ने कहा कि मैं तुम्हारी जगह होता तो इस चेक को कभी नहीं ठुकराता। क्योंकि मैं अवसरों का सम्मान करता हूँ। और यही मेरी सफलता का राज भी है।

- एक प्रोफेसर ने अपने छात्रों के सामने एक प्रयोग किया। उसने एक जार में पानी लिया और उसमें एक मेंढक को डाल दिया। जार ऊपर से खुला था। मेंढक जब भी चाहे कूदकर भाग सकता था। प्रोफेसर ने जार को नीचे से गर्म करना शुरू किया। मेंढक छटपटाया फिर शान्त हो गया। प्रोफेसर ने फिर तापमान थोड़ा और बढ़ाया। मेंढक एक बार फिर छटपटाया और शान्त हो गया। अन्त में प्रोफेसर ने तापमान काफ़ी अधिक बढ़ा दिया। मेंढक ने कूदकर भागना चाहा किन्तु भाग न सका। मेंढक उसी जार में मर गया। प्रोफेसर ने अपने छात्रों से उस मेंढक के मृत्यु की वजह पूछी। छात्रों ने जवाब दिया कि मेंढक तापमान की वजह से मरा। तब प्रोफेसर ने अपने छात्रों को समझाते हुए कहा कि मेंढक तापमान की वजह से नहीं मरा। उसकी मृत्यु की वजह सुअवसर को न पहचानना था। तापमान बढ़ाया जा रहा था। उस समय खतरे को भांपकर मेंढक भाग सकता था। किन्तु उसने अपनी समस्त ऊर्जा स्वयं

को समायोजित करने में लगा दी। वह सुअवसर को पहचान ही न सका। जब तापमान उसके बर्दाश्त करने की क्षमता से बाहर हो गया, उस समय वह भागना तो चाह रहा था किन्तु वह अपनी समस्त ऊर्जा समायोजन में नष्ट कर चुका था।

85.
Risk
(जोख़िम)

ग्रोथ माइण्डसेट –

ग्रोथ माइण्डसेट वाले अपने पूर्ण अनुसंधान (Market Research, Consultation of Experts, Study) एवम् योजना (Planning) के बाद जोख़िम उठाने के लिए पूर्ण तत्पर रहते हैं। उनका जोख़िम कभी भी अन्धेरे में तीर चलाने जैसा नहीं होता।

फिक्स्ड माइण्डसेट –

फिक्स्ड माइण्डसेट वाला व्यक्ति हमेशा अपने बचाव में रहता है। उसका कहीं से किसी भी प्रकार का नुकसान न होने पाए। जोख़िम लेने वाले उसे मूर्ख प्रतीत होते हैं। फिक्स्ड माइण्डसेट वाले मानते हैं कि जोख़िम उठाना न केवल आर्थिक बर्बादी अपितु अशान्ति के भी दरवाज़े खोलने वाला होता है।

विशेष –

कोई भी जोख़िम लेने से पूर्व सुनियोजित योजना अवश्य होनी चाहिए। उस प्रोजेक्ट के बारे में बेहतरीन अध्ययन और जानकारी प्राप्त कर लेनी चाहिए। मार्केट रिसर्च करना भी ज़रूरी है। अपने विशेषज्ञ सलाहकारों से भी सलाह लेना आवश्यक है। याद रखें कि **प**रिवार, **प्र**तिष्ठा और **पै**तृक सम्पत्ति का जोख़िम कभी न लें।

उदाहरण/सलाह -

- धीरूभाई अम्बानी ने जब विमल कम्पनी की स्थापना की तो कपड़ों के उत्पादन हेतु लोगों ने पुरानी मशीनों को लेने की सलाह दी, किन्तु धीरू भाई नवीनतम तकनीकों के द्वारा गुणवत्तापूर्ण उत्पाद देना चाहते थे। उन्होंने जोख़िम लिया। नई मशीनें खरीदीं और सफल हो गये।

- वाल्ट डिजनी एक महान कार्टून फिल्म निर्माता थे। उनके तमाम शो हिट जा रहे थे। उन्होंने स्नो व्हाइट और सात बौने नाम के शो के बारे में सोचा। उन्होंने इस शो को बनाने के लिए हर तरह से संघर्ष किया कि उन्हें पैसे मिल जाये। जब पैसों का कहीं से प्रबन्ध न हो सका तो उन्होंने अपना सब कुछ दांव पर लगा दिया। लेकिन शो को बनाया। शो ने सारे रिकार्ड तोड़ दिये और कई कीर्तिमान स्थापित किए।

- अमेरिका की 2008 की भयंकर मन्दी में एलान मास्क के पास महज़ 40 मिलियन डॉलर शेष थे। उनके दोनों प्रोजेक्ट को पैसों की सख़्त ज़रूरत थी। यदि एक कम्पनी में पैसा डालते तो दूसरी कम्पनी स्वतः ही बर्बाद हो जाती। यदि दोनों कम्पनियों में पैसा लगाते तो पैसे की कमी की वजह से दोनों कम्पनियाँ ख़त्म हो सकती थीं। उन्होंने पूरी सूझ बूझ के साथ क़दम उठाया और दोनों कम्पनियों में पैसा डाला। उनके प्रयास और दूरदर्शी सोच की वजह से दोनों कम्पनियाँ खड़ी हो गई।

- मोहन सिंह ओबेराय 40 रुपये प्रतिमाह की नौकरी करते थे। उन्होंने 25000/- रुपये में सिसिल होटल को ख़रीदा। इस होटल को ख़रीदने के लिए उन्होंने ख़ुद को दाँव पर लगा दिया। आज ओबेराय होटल को पूरी दुनिया जानती है।

86.

Think Yourself as a Company
(ख़ुद को एक कम्पनी समझिए)

ग्रोथ माइण्डसेट –

ग्रोथ माइण्डसेट वाला व्यक्ति दूसरों के लिए कार्य करते हुए भी अपने लिए ही कार्य करता है। इस वजह से वह हमेशा सिर्फ़ अपने प्रति उत्तरदायी होता है। कोई भी उसे अपने इशारे पर नहीं नचा पाता।

फिक्स्ड माइण्डसेट –

फिक्स्ड माइण्डसेट वाला व्यक्ति दूसरे के लिए कार्य करते हुए, वह उसी के लिए कार्य करता रह जाता है। वह अपने बॉस के प्रति उत्तरदायी होता है। बॉस और सीनियर सब के सब उसे नचा रहे होते हैं।

विशेष-

आप दूसरों के लिए कार्य करते हुए भी अपने लिए कार्य कर सकें, इसके लिए ज़रूरी है कि आप अपनी चेतना को विस्तार दें। बड़ा सोचना शुरू कर दें। उदाहरण के लिए आप एक प्राइवेट स्कूल के टीचर हैं और आपका नाम डेविड है। यदि आप वास्तव में कामयाब और अमीर बनना चाहते हैं तो तो ख़ुद को डेविड एंटरप्राइजेज मानना शुरु कर दें। यहीं से आपकी सोच उर्ध्वगामी होना शुरू हो जायेगी। जिसका पहला लाभ यह होगा कि आप यह समझना शुरू कर देंगे कि आप X स्कूल को अपनी सर्विस दे रहे हैं। फिर आप अपनी सर्विस को और भी बेहतर कर सकते हैं। इस तरह से आपका व्यक्तित्व ख़ुद बख़ुद इतना

बड़ा हो जायेगा कि आपकी क़ाबिलियत की वजह से आपके स्कूल का प्रबन्धन या प्रशासन आप पर कोई अनावश्यक की छींटाकशी नहीं कर सकेगा। दूसरा लाभ यह होगा कि चूंकि आप मिस्टर डेविड की बजाय डेविड एण्टरप्राइज़ेज हैं तो डेविड एण्टरप्राइज़ेज केवल एक स्कूल को सर्विस देकर पैसा नहीं बनायेगी। वह अन्य विकल्पों पर भी ध्यान देगी। जैसे ट्यूशन, कोचिंग, ऑनलाइन क्लासेज़, कण्टेण्ट राइटिंग जैसे बहुधा विकल्पों पर अपनी स्किल को बेचकर पैसा बनायेगी।

उदाहरण/सलाह –

- ज़्यादातर सोशल मीडिया मैनेजर अकेले ही शुरुआत करते हैं। किन्तु वे ख़ुद को एक कम्पनी समझते हैं। इसी वजह से वे तमाम क्लाइंट्स को बेहतरीन सर्विस दे पाते हैं।
- एक CA अकेले ही शुरुआत करता है। लेकिन वह स्वयं को एक कम्पनी मानकर ही चलता है।
- ज़्यादातर डॉक्टर्स की शुरुआत अकेले ही होती है। लेकिन वे विस्तार लेते लेते हॉस्पिटल बन जाते हैं।
- तमाम कोच भी अकेले ही शुरुआत करते हैं। किन्तु बाद में बड़ी कोचिंग के रूप में रूपान्तरित हो जाते हैं।

87.
Scalable Business
(मापनीय व्यवसाय)

ग्रोथ माइण्डसेट -

ग्रोथ माइण्डसेट वाला व्यक्ति मानता है कि हर व्यवसाय में कामयाब और अमीर लोग हैं। प्रत्येक व्यवसाय में अपार संभावनाएं हैं।

फिक्स्ड माइण्डसेट -

फिक्स्ड माइण्डसेट वाले व्यक्ति अमूमन वही व्यवसाय करना चाहते हैं जिसमें अन्य लोग मुनाफा कमा रहे हों। इसके पीछे उनका कोई तर्क नहीं होता।

विशेष -

इस बात से कत्तई इन्कार नहीं किया जा सकता कि रियल स्टेट सम्पत्ति का एक प्राचीनतम एवं विश्वसनीय स्वरूप है। किन्तु इसके साथ ही साथ हमारी Intellectual Property, Customers, Brand Reputation भी हमारी सम्पत्ति ही है। प्रत्येक व्यवसाय को हम व्यापक रूप में देख सकते हैं और इसे व्यापक रूप में ले जा सकते हैं। लेकिन यह भी उतना ही सही है कि कुछ व्यवसाय ऐसे भी हैं, जिन्हें हम ग्लोबली नहीं ले जा सकते। व्यवसाय का चुनाव करते समय इस बात पर गौर ज़रूर करना चाहिए कि हम उस व्यवसाय को चुनें जिसे विश्वस्तर पर ले जाया जा सके। इण्टरनेट की मदद से उस व्यवसाय को और भी विस्तार दिया जा सके। यदि आप ऐसा करने में सक्षम हो जायें तो यक़ीन मानिए कि आप बहुत सारा पैसा बना सकते हैं।

कामयाबी और अमीरी के अपने सपने को साकार कर सकते हैं।

उदाहरण/सलाह -

- हर बिज़नेस Scalable Business हो सकता है। बस ज़रूरत है उसे व्यापक रूप से देखने की। एक दौर था जब कोचिंग और ट्रेनिंग के बिज़नेस में कस्टमर को बिज़नेस सेंटर पर जाना ही होता था। लेकिन आज के सभी कोचिंग और ट्रेनिंग इन्स्टीट्यूट ऑनलाइन हो चुके हैं। जो कि ऑफलाइन ही होते थे। साथ ही साथ अपनी आय को कई गुना से लेकर कई सौ गुना या कई हज़ार गुना तक ले जा चुके हैं। ' फिजिक्स वाला' जैसे लाखों व्यवसाय इसी श्रेणी में हैं। आज शोरुम, कास्मेटिक्स, मेडिसिन, फर्नीचर, स्टेशनरी सब कुछ Scalable Business की श्रेणी में आ चुके हैं।

- यदि आपके व्यवसाय की संरचना इस प्रकार है कि भविष्य में उसे आटोपायलट मोड पर लाया जा सके अर्थात आपकी अनुपस्थिति में भी चल सके तो यक़ीनन यह एक शानदार व्यवसाय है।

- यदि आप अपने व्यवसाय का फ्रेंचाइज़ी मॉडल विकसित कर सकें तो आपका व्यवसाय एक अच्छा व्यवसाय है।

- यदि आपके व्यवसाय को ऑनलाइन लाया जा सके तो आप इसे एक अच्छा व्यवसाय कह सकते हैं।

- यदि आपका व्यवसाय लोगों की ज़रूरत पूरी करने वाला या स्टेटस का सिम्बल हो तो यह एक अच्छा व्यवसाय है।

- यदि आपके व्यवसाय संचालन में सभी कानूनी प्रक्रियाओं का पालन करना सहज हो तो यह एक अच्छा व्यवसाय है।

88.
Time Vs Idea
(समय बनाम विचार)

ग्रोथ माइण्डसेट -

ग्रोथ माइण्डसेट वाले लोग आइडिया या फिर स्किल पर कार्य करते हैं। उन्हें विश्वास होता है कि नये आइडियाज़ ही परिवर्तन और उन्नयन की आधारशिला होते हैं।

फिक्स्ड माइण्डसेट -

फिक्स्ड माइण्डसेट वाले लोग टाइम बेचकर पैसा कमाना चाहते हैं। उन्हें यक़ीन होता है कि वे जितना अधिक समय तक कार्य करेंगे उतना ही अधिक पैसा बनायेंगे।

विशेष -

आप जो भी कार्य कर रहे हैं, करते रहिए। जिस भी शहर में काम कर रहे हैं, करते रहिए। बस आपको अपनी आँख, कान और दिमाग़ को खुला रखना होगा। यह देखना होगा कि ऐसी कौन सी समस्या है जिसका सामना उस शहर के तमाम लोग कर रहे हैं। समस्याओं को अपनी डायरी में लिखते रहिए और यदि उसके समाधान से सम्बन्धित कुछ भी आपके दिमाग़ में आता है तो उसे भी अपनी डायरी में लिख लीजिए। बस यहीं से एक आइडिया की शुरुआत होगी। एक महान विचार पैदा होगा। फिर उस विचार पर रिसर्च और क्रियान्वयन (Execution) की प्रक्रिया प्रारम्भ होगी।

उदाहरण/सलाह -

- ऊबर (Uber) आज दुनिया की बड़ी कम्पनियों में से एक है। जो कि 70 से अधिक देशों में कार्य कर रही है। जिसकी वैल्यू कई बिलियन में है। ऊबर के पहले भी लोग टैक्सी लेते थे और तमाम लोगों ने कई टैक्सियों को ख़रीदकर बेहतरीन सेवा देने की एजेंसी भी खोली। लेकिन उनका ध्यान इस बात की ओर नहीं गया कि टैक्सी मिलना कभी कभी कितना कठिन होता है।

- तमाम शहरों में ऐसे ढेरों होटल थे जिनके बारे में लोगों को पता ही नहीं था और इन होटलों के तमाम कमरे अक्सर खाली ही रहते थे। जबकि रेलवे स्टेशन और एअरपोर्ट के निकट के होटल काफ़ी महंगे थे। जिन्हें किराये पर ले पाना सबके बस की बात नहीं थी। इन्हीं तमाम बातों से 2013 में एक आइडिया आया। जिसके चलते ओयो रुम्स (Oyo Rooms) की शुरुआत करके एक बड़े बिज़नेस साम्राज्य की नींव रखी गई।

- तिलक मेहता नाम के 13 वर्षीय भारतीय लड़के ने जब अपने एक दोस्त के यहाँ अपनी क़िताब छोड़ दी और उसे एक ही दिन में किसी कोरियर से मंगाना चाहा तो यह सम्भव न हो सका। इसी के चलते तिलक मेहता के दिमाग़ में फास्ट कोरियर का आइडिया आया और उन्होंने अपने रिसर्च में पाया कि सबसे तेज सेवा डिब्बा वालों की है। फिर उन्होंने पेपर ऐंड पार्सल्स नाम की कम्पनी की नींव रखी। जिसमें शुरुआत में उन्होंने 300 डिब्बे वालों की मदद ली।

- आई.आई.टी. दिल्ली से एम.टेक. पास दीपेन्दर गोयल एक कम्पनी में कंसलटेंट थे। ऑफिस लंच के दौरान लम्बी लाइन में लगकर काफ़ी समय बर्बाद करना पड़ता था। इसी से उनके दिमाग़ में Zomato का आइडिया आया। जो शीघ्र ही 19 देशों के 155 शहरों में फैल गया।

89.
Priorities
(प्राथमिकताएं)

ग्रोथ माइण्डसेट –

ग्रोथ माइण्डसेट वाला व्यक्ति अपने जीवन में सभी प्राथमिकताएं तय करने वाला होता है। वह तय करता है कि उसे अपनी पर्सनल, प्रोफेशनल, सोशल लाइफ और फैमिली में किस चीज़ को पहला महत्त्व देना है। वह यह भी जानता है कि उसके प्रोफेशन में किन चीज़ों का कितना महत्त्व है। इस तरीक़े से वह अपने जीवन में सन्तुलन बनाए रखने में सक्षम हो जाता है।

फिक्स्ड माइण्डसेट –

फिक्स्ड माइण्डसेट वाला व्यक्ति अपने जीवन में प्राथमिकताएं तय नहीं कर पाता।वह हमेशा कन्फ्यूज़ ही रहता है। उसे हमेशा अपनी पर्सनल, प्रोफेशनल, सोशल लाइफ और फैमिली में सामंजस्य स्थापित करने में कठिनाई महसूस होती है। इस वजह से अक्सर वह परेशान और खिझा हुआ रहता है। वह काफ़ी जल्दबाज़ी और हड़बड़ी में भी दिखाई देता है। वह अधिक कार्य और जिम्मेदारियों के होने की शिकायत भी करता रहता है।

विशेष –

आपको अपने जीवन की प्राथमिकताएं तय करनी ही होगी। यदि प्राथमिकताएं तय हो गईं तो सब कुछ संतुलित हो जायेगा।

उदाहरण/सलाह –

• एक भारतीय गुरु ने अपने शिष्यों के सामने एक बड़ा बरतन रखा और उसे पत्थर के बड़े- बड़े टुकड़ों से भर दिया। उसने अपने शिष्यों से प्रश्न किया कि क्या बरतन में अभी कुछ और

आने की जगह अभी बाकी है? ज़्यादातर शिष्यों का जबाव नहीं था। फिर गुरु ने बड़े पत्थरों के बीच की खाली जगह को छोटे-छोटे पत्थरों से भर दी। अब पुनः गुरु का प्रश्न वही था कि क्या अब भी उस बरतन में कुछ और भी रखे जाने की संभावना है? हर बार की भांति अधिकतर शिष्यों का जवाब न ही था। फिर गुरु ने खाली जगह को रेत से भरना शुरू कर दिया। गुरु ने फिर वही प्रश्न किया कि क्या अब कोई संभावना बची है कि बरतन में कुछ और भी रखा जा सके। अब तो शिष्य पूरी तरह से निरुत्तर थे। लेकिन गुरु ने उस खाली जगह को पानी से भर दिया। अब गुरु ने अपने शिष्यों को समझाते हुए कहा कि यदि हम अपने जीवन की प्राथमिकताओं को क्रमवार तय कर लें तो समस्त कार्यों और परिस्थितियों का समायोजन आसान हो जाता है।

- आप अपने अति महत्त्वपूर्ण, कम महत्त्वपूर्ण, आवश्यक एवम् कम आवश्यक कार्यों के बीच अन्तर को स्पष्ट कर लीजिए। फिर प्राथमिकताएं तय कर लेना आसान हो जायेगा।

- आपकी स्वयं की और दूसरों की सुरक्षा आपकी प्रथम प्राथमिकता है। इस बात को ध्यान में रखें।

- आपका व्यक्तिगत जीवन, स्वास्थ्य, खुशियाँ आपकी डेली रूटीन आपकी प्राथमिकता की लिस्ट में सर्वोपरि हैं।

- सबसे कम पसंद या कठिन कार्य से ही शुरुआत करना चाहिए।

- एक समय पर एक ही कार्य करिए। कभी कभी मल्टीटास्किंग आपकी उत्पादकता को कम कर देती है।

- अल्पकालीन और दीर्घकालीन लक्ष्यों में सन्तुलन बनाकर प्राथमिकता तय करिए।

- अपने कार्यों की प्राथमिकताओं को लिखित और प्रत्यक्ष रखें।

90.
Update
(अद्यतनीकरण)

ग्रोथ माइण्डसेट -

ग्रोथ माइण्डसेट वाला व्यक्ति स्वयं को और अपने कार्य अथवा व्यवसाय को समय के साथ हमेशा अपडेट करता रहता है। वह अपने आँख-कान हमेशा खुले रखता है। नई तकनीकि और व्यवसायों के स्वागत के लिए सदैव ख़ुद को तैयार रखता है।

फिक्स्ड माइण्डसेट -

फिक्स्ड माइण्डसेट वाला व्यक्ति हमेशा लकीर का फ़कीर बने रहना चाहता है। नई तकनीकि और प्रणाली उसे सदैव असहज कर देती है और वह उसे स्वीकार नहीं कर पाता।

विशेष -

दुनिया का हर कामयाब और अमीर व्यक्ति हमेशा समय के साथ ख़ुद को बदलता है। उसकी कामयाबी और अमीरी की तमाम वजह में से यह भी एक वजह है। इसलिए ज़रूरी है कि समय रहते ख़ुद को अपडेट करते रहिए।

उदाहरण/सलाह –

• एक दौर था जब युवा स्नातक करने के साथ ही साथ टाइप राइटर मशीनों पर टाइपिंग भी सीखा करते थे। आज टाइप राइटर मशीन शायद ही कहीं दिखे।

- एक वक्त ऐसा भी था जबकि PCO का बोलबाला था और मार्केट के एक बड़े व्यवसाय पर इसका कब्ज़ा था। किन्तु आज यह मार्केट से पूरी तरह गायब हो चुका है।
- प्रत्येक घर में सहजता से दिखाई देने वाला रेडियो और टेप रिकार्डर गुज़रे ज़माने की बात हो गई है।
- सड़कों पर दौड़ने वाली जीप नामक गाड़ी का साम्राज्य खत्म हो गया।
- स्कूटर भी मार्केट से अदृश्य हो चुका है।
- पेण्टिंग एक अच्छा व्यवसाय हुआ करता था। हर बाज़ार में दो-चार पेण्टर हुआ करते थे। फ्लेक्स मशीन ने सबका व्यवसाय ख़त्म कर दिया।
- आगामी वर्षों ड्राइवर्स की जॉब खतरे में पड़ने वाली है। ऐसी कारें बन रही हैं जो कि ड्राइवर रहित होंगी।
- सैकड़ों व्यक्तियों का कार्य एक जे.सी.बी. मशीन करने लगी है।
- प्रचार-प्रसार के शुरुआती दौर में न्यूज़ पेपर और मैगज़ीन ही मात्र ज़रिया थे। फिर आउटडोर मीडिया का अभ्युदय हुआ। फिर इलेक्ट्रानिक मीडिया का और अब सोशल मीडिया आ चुकी है।
- अब घरों में सटरबन्द ब्लैक ऐन्ड व्हाइट ऑस्कर टी.वी. नहीं होती। अब घर- घर में फ्लैट कलर टी.वी. होती है। कल को कोई नई टेक्नोलॉजी इसकी जगह ले लेगी।
- अब दुनिया में परमाणु बम और मिसाइल से आगे की तकनीकि जैविक हथियार आ चुके हैं।

91.
To do list
(कार्य सारणी)

ग्रोथ माइण्डसेट -

ग्रोथ माइण्डसेट वाले व्यक्ति रोज़ाना की To do list बनाते हैं। इस तरह वे अपने गोल को रोज़ाना के भाग में बाँट लेते हैं। यह पहला अति आवश्यक एवं महत्वपूर्ण, दूसरा अति आवश्यक नहीं किन्तु महत्वपूर्ण, तीसरा महत्वपूर्ण किन्तु आवश्यक नहीं, चौथा न ही महत्वपूर्ण और न ही आवश्यक की सारणी होती है।

फिक्स्ड माइण्डसेट -

फिक्स्ड माइण्डसेट वाला व्यक्ति To do list नहीं बनाता। यही वजह है कि पहली और चौथी तालिका स्वनिर्मित होकर प्रकट हो जाती है उसके सामने। पहली तालिका जिसमें अति आवश्यक एवम् महत्त्वपूर्ण कार्य जिसे टाला नहीं जा सकता। जैसे बिजली का बिल या अंतिम तिथि को फॉर्म जमा करना। यह पहली तालिका के प्रकट होने की वजह चौथी तालिका होती है। जिसमें न तो महत्त्वपूर्ण और न ही आवश्यक कार्य होते हैं। जैसे दोस्तों के साथ गपशप करना, टी.वी. या सोशल साइट्स पर वक्त बिताना।

विशेष:

81% कामयाब और अमीर To do list बनाते हैं। जिनमें से 67% लोग अपनी To do list का 81% या उससे अधिक पूरा करते हैं

उदाहरण/सलाह -

- दुनिया भर के तमाम कामयाब और अमीर लोग To do list बनाते हैं। ये उनके रोजमर्रा के कार्यों की होती है। वारेन बफेट का नाम To do list बनाने में सर्वोपरि है। To do list को आप अपने पेशे और कार्य के अनुरूप तैयार कर सकते हैं। इसमें कार्यों को कई श्रेणियों में बांटा जा सकता है।

- पहली श्रेणी के कार्य वे हैं जो कि महत्वपूर्ण भी हैं और आवश्यक भी। इन्हें समय निकालकर किया जाना चाहिए। दूसरे वे कार्य हैं जो कि महत्वपूर्ण तो हैं किन्तु आवश्यक नहीं। प्रायः ये कार्य दीर्घकालिक लाभ के लिए होते हैं। इसके लिए सारणी में जगह देनी होगी। तीसरे वे कार्य हैं जो कि आवश्यक तो हैं किन्तु महत्वपूर्ण नहीं। ऐसे कार्य सामाजिक दायित्वों की पूर्ति से संबंधित होते हैं। बचे हुए समय का सही तरीक़े से इस्तेमाल करने के उद्देश्य से आप इन कार्यों को कर सकते हैं। चौथा कार्य वह कार्य होता है जो न तो महत्वपूर्ण होता है और न ही आवश्यक। ऐसे कार्यों को टाल देने में कोई हर्ज़ नहीं है। प्रायः ये कार्य समय की बर्बादी करने वाले होते हैं।

- प्रत्येक व्यक्ति के पास दिन के 24 घण्टे ही होते हैं। किन्तु महत्वपूर्ण यह है कि आप अपने समय का सदुपयोग करते हैं, उपयोग करते हैं या दुरुपयोग करते हैं। याद रखें कि समय, सम्बन्ध और संसाधनों का दुरुपयोग करने वाला व्यक्ति गर्त में चला जाता है।

- To do list में यह भी तय कर लेना उचित होगा कि कार्य को करने करने का सबसे सहज माध्यम कौन सा है?

- To do list में जो कार्य आउटसोर्स किए जा सकते हैं। उन्हें आउटसोर्स करने की कोशिश करिए।

- आपकी To do list के कार्य कितना समय लेंगे, इसका भी आपको अनुमान लगा लेना चाहिए।

92.
Giving More
(अधिक देना)

ग्रोथ माइण्डसेट –

ग्रोथ माइण्डसेट वाले व्यक्ति मिलने वाली कीमत की तुलना में कहीं ज़्यादा बेहतर सेवा देने की कोशिश करते हैं।

फिक्स्ड माइण्डसेट –

फिक्स्ड माइण्डसेट वाले व्यक्ति 'जितना दाम, उतना काम' के सिद्धान्त पर अटूट विश्वास करते हैं।

विशेष –

आपको जितनी भी कीमत मिलती है उससे ज़्यादा अपनी सर्विसेज देने की कोशिश करिए। सुनने में यह बात अटपटी लग सकती है। किन्तु कामयाबी और अमीरी की यात्रा में मील का पत्थर साबित होगी।

उदाहरण/विशेष –

- एक सामान्य कस्टमर उसी सैलून में जाना पसंद करता है जहाँ शेविंग के बाद उतने ही पैसे में फेसवॉश भी हो जाए।
- उस ब्यूटी पार्लर में भीड़ लगी रहती है जहाँ फेशियल, ऐब्रो के साथ नेल पॉलिश निःशुल्क हो जाए।
- आप अपनी कार उस पेट्रोल पम्प पर खड़ी करना चाहेंगे जहाँ निःशुल्क टायरों में हवा भी भर दी जाए।

- उसी कोचिंग में भीड़ होती है जहाँ गुणवत्तापूर्ण शिक्षा के साथ ही साथ कम छुट्टियाँ, अनुशासन एवं साप्ताहिक टेस्ट की भी व्यवस्था हो।
- उस शोरूम में लोग जाना पसन्द करते हैं जहाँ होम डिलेवरी की भी सुविधा मिल सके।
- वही रेस्टोरेण्ट बेहतर होता है जहाँ क्वालिटी फूड, स्वच्छता के साथ ही ज़्यादा इन्तज़ार न करना पड़े।
- वही सोशल मीडिया मैनेजर महत्व देने योग्य होता है जो कि बिना कहे ही तमाम त्योहारों, सुअवसरों और जयन्तियों की पोस्ट स्वतः ही बना दे।
- होम डिलेवरी देने वाली गैस एजेन्सियों से गैस लेना लोग पसंद करते हैं।
- जो बीमा सलाहकार आपको आपकी आवश्यकताओं के अनुरूप पॉलिसी ख़रीदने की सलाह देता है उसकी विक्री अन्य सलाहकारों से अधिक होती है।
- यदि आप किसी कम्पनी के कर्मचारी हैं तो ऑफिस टाइम से कुछ ज़्यादा समय दीजिए। अपने कार्य की गुणवत्ता में सुधार कीजिए। कौन क्या कहता है, इससे कोई फ़र्क नहीं पड़ता। किन्तु आपकी तरक्की ज़रूर होगी।
- यदि वेबसाइट को खुलने में देर हो जाये तो कस्टमर दूसरी ओर रुख़ कर जाता है।
- गाड़ी की उसी एजेंसी पर ज़्यादा भीड़ होती है जहाँ कागज़ और नम्बर प्लेट लेने के लिए आपको बार-बार कॉल न करना पड़े और सर्विसिंग भी अच्छी मिल सके।
- यहाँ तक कि सब्जी लेने के बाद लोग धनिया और मिर्च निःशुल्क चाहते हैं।
- उसी मैकेनिक के पास ज़्यादा भीड़ होती है जहाँ आपको एक-एक चीज़ लिखकर न देना पड़े। बल्कि मैकेनिक गाड़ी की वास्तविक स्थिति से आपको परिचित करा दे।

- कम्पनियाँ उसी इवेन्ट मैनेजर को चुनना पसंद करती है जो कि कार्यक्रम के अनुरूप सारी व्यवस्था कर दे। कार्यक्रम के बीच में आ-आकर क्लाइण्ट को परेशान न करे।

- युवा उसी ज़िम को प्राथमिकता देते हैं जहाँ व्यायाम के सभी उपकरणों की उपलब्धता, स्वस्थ संगीतमय माहौल के साथ ही साथ ट्रेनर व्यक्तिगत रूप से ध्यान दे।

93.
Goal Setting
(लक्ष्य की स्थापना)

ग्रोथ माइण्डसेट –

ग्रोथ माइण्डसेट वाला व्यक्ति अपने जीवन में गोल ज़रूर सेट करता है। यह गोल वह अपनी रुचि, योग्यता, कुशलता जैसी तमाम बातों को ध्यान में रखकर सेट करता है। अपने लक्ष्य की प्राप्ति हेतु वह इसे कई स्टेप्स में डिवाइड कर देता है। जिसे वह वार्षिक, त्रैवार्षिक या पंच वर्षीय गोल के रूप में तय करता है। यह गोल पूरी तरह से वास्तविक (Realistic) होता है। इन गोल्स को भी वह कई भागों में बांट लेता है। जिससे कि वह उसे आसानी से पूरा किया जा सके।

फिक्स्ड माइण्डसेट –

फिक्स्ड माइण्डसेट वाले व्यक्ति की सबसे बड़ी ग़लती यही होती है कि वह अपनी रुचि, योग्यता, कुशलता के अनुरुप कोई गोल सेट नहीं करता। यदि वह कोई लक्ष्य बना भी लेता है तो वह वास्तविकता के धरातल पर खरा नहीं उतरता । अपने लक्ष्य की प्राप्ति हेतु उसे कई चरणों में विभाजित करना और उसका मूल्यांकन करना दूर की बात होती है।

विशेष –

दुनिया भर के तमाम कामयाब और अमीर लोगों की हमेशा से ये फ़ितरत रही है कि उन्होंने गोल सेट किया। जिसके द्वारा उन्होंने अपने समय, साधन और संसाधनों का सही इस्तेमाल किया है। उन्होंने एक लक्ष्य निर्धारित किया और उसे कई हिस्सों में बांटा। सभी आवश्यक क़दमों की सूची बनाई और तमाम

संभावित बाधाओं की सूची बनाकर उन्हें क्रमबद्ध किया और फिर उसे अमल में लाया।

उदाहरण/सलाह –

- 1979 में हावर्ड विश्वविद्यालय के 1000 छात्रों पर एक विशेष शोध किया गया। उनसे पूछा गया कि कितने छात्रों के पास उनके जीवन के लिखित गोल हैं। आश्चर्य की बात है कि 97% छात्रों के जीवन में कोई लिखित गोल नहीं था। महज़ 3% छात्र ऐसे थे जिनके पास लिखित गोल था।10 साल बाद यानि 1989 में शोधकर्ताओं ने उन 1000 छात्रों से पुनः सम्पर्क किया। इस बार अध्ययन करने के बाद से जो बात सामने आई वह बेहद चौंकाने वाली थी। 3% वे छात्र जिनके पास लिखित गोल था, वे बाकी 97% छात्रों से 10 गुना अधिक कामयाब और 100 गुना अधिक अमीर थे।

- गोल सेटिंग का सबसे बड़ा उदाहरण जापान ने पूरी दुनिया के सामने पेश किया है। द्वितीय विश्वयुद्ध में जब अमेरिका ने जापान के हिरोशिमा और नागासाकी पर बमबारी की तो दोनों शहर पूरी तरह बर्बाद हो गए। तीन लाख लोग मारे गए। यह जापान के लिए बहुत बड़ा आघात था। पूरा जापान गहरे डिप्रेशन में चला गया। 1945 से 1950 तक पूरा जापान गहरे डिप्रेशन में था। फिर जापानियों ने उस गहरे डिप्रेशन से बाहर निकलने का फ़ैसला किया और उन्होंने अपना गोल सेट किया कि 1950 से 1960 तक वे टेक्सटाइल इण्डस्ट्री में विश्व में नम्बर वन बनेंगे। सभी उद्योगपति जो कि टेक्सटाइल इण्डस्ट्री में थे, एक साथ आ खड़े हुए। उन्होंने शुरुआत की और अगले दस वर्षों में जापान टेक्सटाइल इण्डस्ट्री में विश्व में नम्बर वन बना। फिर 1960 में जापानियों ने दूसरा गोल सेट किया। जो कि स्टील में 1970 तक पूरे विश्व में छा जाने का था । शुरुआत

हुई और जापानियों ने इस गोल को भी प्राप्त किया। फिर यह यात्रा यहीं नहीं रुकी। जापानियों ने फिर गोल सेट किया कि 1970 से 1980 तक पूरे विश्व में आटोमोबाइल के क्षेत्र में कीर्तिमान स्थापित करेंगे और 11 वर्षों में वह समय भी आया जब जापानियों ने आटोमोबाइल में पूरे विश्व में डंका बजा दिया।

94.

Goal Achieving Process
(लक्ष्य प्राप्ति प्रक्रिया)

ग्रोथ माइण्डसेट –

ग्रोथ माइण्डसेट वाला व्यक्ति अपना गोल सेट करने के पश्चात Goal Achieving Process (लक्ष्य प्राप्ति प्रक्रिया) का अनुसरण करता है। वह उन सभी नियमों, उपनियमों का पालन करता है जो कि लक्ष्य प्राप्ति के मार्ग में सहायक सिद्ध हो सकते हैं।

फिक्स्ड माइण्डसेट –

फिक्स्ड माइण्डसेट वाले अमूमन गोल ही सेट नहीं करते। यदि उन्होंने गोल सेट भी कर लिया तो गोल को आत्मसात कर पाना उनके लिए कठिन हो जाता है। यही वजह होती है कि न तो उनका लक्ष्य स्थिर और स्थाई होता है और न ही वे किसी प्रक्रिया का अनुसरण कर पाते हैं।

विशेष –

62% कामयाब और अमीर लोग नियमित रूप से अपने गोल का मूल्यांकन करते हैं। जबकि 67% कामयाब और अमीर लोग अपने गोल को लिखित रूप से सेट करते हैं। सबसे बड़ा सत्य, वास्तविकता और यथार्थ यह है कि 100% कामयाब और अमीर लोग Goal Achieving Process (लक्ष्य प्राप्ति प्रक्रिया) का 99% अनुसरण करने की वजह से ही कामयाब और अमीर बनते हैं।

उदाहरण/सलाह –

- गोल Achieving Process (लक्ष्य प्राप्ति प्रक्रिया) को सक्रिय करने का सबसे आसान तरीका है कि आप अपने गोल की व्याख्या कर डालिए।

- यदि आपको अपना घर लेना है तो यह महज़ एक इच्छा है। यह आपका गोल कत्तई नहीं है और आप Goal Achieving Process का अनुसरण नहीं कर पायेंगे। जब तक कि आप यह तय न कर लें कि आपको कितने वर्ग फुट का घर लेना है? आपको किस शहर में घर लेना है? आपको उस शहर की किस कालोनी में घर लेना है?और सबसे ज़रूरी बात यह कि आपको कब तक घर लेना है? इतना विस्तार हो जाने पर Goal Achieving Process स्वत: ही प्रारम्भ हो जायेगी कि घर कैसे लेना है?

- यदि आप एक बिज़नेसमैन हैं तो आपको अपना गोल सेट करना होगा कि इस वर्ष मेरी कम्पनी में इतने कर्मचारी होंगे। मेरी मशीनरीज़ में इतनी बढ़ोत्तरी होगी। मेरा टर्न ओवर इतना होगा। मेरी उत्पादक क्षमता में इतनी वृद्धि होगी। मैं अपनी अपनी सेल्स में इतना इम्प्रूवमेण्ट करूँगा। मैं अपनी मार्केटिंग में इतना सुधार करूँगा। फिर देखिए Goal Achieving Process किस प्रकार गति में आ जाती है।

- आप जिस चीज़ को Measure नहीं कर सकते, उस चीज़ को आप Manage भी नहीं कर सकते और उसे आप कत्तई Create नहीं कर सकते।

- लक्ष्य प्राप्ति प्रक्रिया की आपकी जो भी योजनाएं हों वह तार्किक हों। आवश्यकतानुसार आप किसी मेण्टर या एक्सपर्ट की भी मदद ले सकते हैं।

- लक्ष्य प्राप्ति प्रक्रिया में समय सीमा का तय होना निहायत ही ज़रूरी है। जिसका आपको पूरे अनुशासन के साथ पालन करना होगा।
- हमेशा सकारात्मक रहिए। अपने बड़े लक्ष्य को छोटे-छोटे स्टेप में भी बाँटकर आप उसे प्राप्त कर सकते हैं।

95.
Small Steps
(छोटे क़दम)

ग्रोथ माइण्डसेट -

ग्रोथ माइण्डसेट वाला व्यक्ति गोल सेट कर लेने के बाद अपने क़दम आगे बढ़ा देता है। उसे इस बात से कोई फ़र्क नहीं पड़ता कि उसका क़दम छोटा है कि बड़ा।

फिक्स्ड माइण्डसेट -

फिक्स्ड माइण्डसेट वाला व्यक्ति गोल ही सेट नहीं करता। छोटे क़दम बढ़ाने में उसे काफ़ी तकलीफ़ होती है। वह शर्म और बेइज्ज़ती कुछ ज़्यादा ही महसूस करता है।

विशेष -

एक चीनी कहावत है कि हज़ार मील लम्बी यात्रा की शुरुआत पहले क़दम से ही होती है। आप जहाँ हैं, वहीं से शुरुआत कीजिए। आपके पास जो भी संसाधन हैं, उन्हीं से शुरुआत कीजिए।

उदाहरण/सलाह -

- दुनिया की सबसे बड़ी इमारतों का निर्माण भी पहली ईंट रखने से ही हुआ है।
- यदि आप प्रतिदिन सुबह 8 बजे सोकर उठते हैं। आपने गोल सेट किया है कि आपको प्रतिदिन 5 बजे उठना है तो छोटे क़दम उठाइए। पहले ही दिन 5 बजे उठने की कोशिश मत कीजिए। 8 बजे के 30 मिनट या 15 मिनट पहले उठने की

कोशिश कीजिए। इन छोटे क़दमों से आप अपने गोल को प्राप्त कर लेंगे।

- यदि आपने बॉडी बिल्डिंग का गोल बनाया है तो पहले दिन ही ज़िम जाकर दो घण्टे व्यायाम मत करिए। वरना अगले दिन ज़िम जाने का मन ही नहीं करेगा। पहले दिन छोटा क़दम उठाइए। दस मिनट या पन्द्रह मिनट का व्यायाम कीजिए। फिर समय को बढ़ाते जाइए।
- शुरुआत करिए, भले ही कितनी छोटी क्यों न हो।
- पटना वाले ख़ान सर ने एक लड़के को पढ़ाने से शुरुआत की थी।
- विवेक बिन्द्रा के यूट्यूब चैनल पर शुरु में 4 से 5 व्यू ही आते थे।
- धीरू भाई अम्बानी ने पेट्रोल पम्प पर पेट्रोल भरने से शुरुआत की थी।
- टोनी रॉबिन्स भी तो मजदूर ही थे।
- स्टीव जॉब्स ने भी छोटे कार्यों से शुरुआत की थी।
- दुनिया की बड़ी कोल्ड ड्रिंक कम्पनी पहले साल महज़ दस बोतल ही बेच पाई थी।
- मौर्य साम्राज्य के संस्थापक चन्द्रगुप्त मौर्य ने एक छोटी सेना की टुकड़ी के साथ अपनी शुरुआत की थी।
- यदि गोल सेट हो गया है तो येन-केन-प्रकारेण शुरुआत कीजिए।
- दुनिया का कोई कितना भी बड़ा विद्वान क्यों न हो उसकी भी शुरुआत अक्षर ज्ञान से ही होती है।
- बड़े बड़े धावक भी घुटनों के बल चले होते हैं और कभी न कभी चलने की शुरुआत किए होते हैं।
- अन्तर्राष्ट्रीय वक्ता भी छोटे मंच या अकेले में बोलने से शुरुआत किए होते हैं।

96.
Getaway
(पलायन)

ग्रोथ माइण्डसेट –

ग्रोथ माइण्डसेट वाले व्यक्तियों के अन्दर लम्बे समय तक संघर्ष करने का हौसला होता है। वे बिना विशेषज्ञ की सलाह लिए मैदान नहीं छोड़ते।

फिक्स्ड माइण्डसेट –

फिक्स्ड माइण्डसेट वाले लोग शीघ्र ही हारकर मैदान छोड़कर भाग खड़े होते हैं। असफलता पाकर फिक्स्ड माइण्डसेट वाले इतना कमज़ोर हो जाते हैं कि वे सोच भी नहीं पाते कि विशेषज्ञ से सलाह ले ली जाए।

विशेष –

आपको ख़ुद को काफ़ी मज़बूत बनाना पड़ेगा। जब कभी आपके रास्ते में बकरी आ जाती है तो आप हॉर्न बजाते हैं। यदि कभी शेर आ जाए तो क्या आप हॉर्न बजाएंगे? आप उसे रास्ता देंगे फिर ख़ुद जायेंगे। आपको ख़ुद पर कार्य करना पड़ेगा। ख़ुद को शक्तिशाली और प्रभावशाली बनाना पड़ेगा। लोग ख़ुद ही रास्ता देना शुरू कर देंगे।

उदाहरण/सलाह –

- महान वैज्ञानिक एवम् उद्योगपति एडीसन ने बल्ब का अविष्कार करने के दौरान 9999 बार असफलता देखी। किन्तु वे मैदान छोड़कर नहीं भागे।
- स्टीव जॉब्स ने संघर्ष का भयानक दौर झेला। फर्श पर सोना पड़ा। किन्तु डटे रहे।
- जे. के. रोलिंग की क़िताब हैरी पॉटर को प्रकाशकों ने 12 बार छापने से इंकार कर दिया था।

- लियोनेल मेसी (Lionel Messi) अपनी फुटबॉल ट्रेनिंग के दौरान चाय की दुकान पर बरतन धुला करते थे। लेकिन अपना हौसला बरकरार रखा।

- साइवेस्टर अपनी प्रसिद्ध फिल्म रॉकी के लिए 1500 बार रिजेक्ट किए गए थे। किन्तु वह मैदान छोड़कर नहीं भागे।

- विंस्टन चर्चिल (Winston Churchill) ने राजनीति में असफलताओं के सारे रिकॉर्ड तोड़ दिए थे। किन्तु पलायन नहीं किया और एक दिन प्रधानमंत्री बने।

- अमेरिकी राष्ट्रपति अब्राहम लिंकन 1832 में नौकरी से निकाले गए। उसी साल चुनाव भी हार गए। 1833 में व्यवसायिक असफलता, 1834 में चुनावी हार, 1835 में पत्नी की मृत्यु, 1836 में पागलपन, 1838 में स्पीकर चुनाव में हार, 1843 में कांग्रेस नामांकन में असफलता, 1848 में पुनः नामांकन में हार, 1848 में लैंड ऑफिसर की हार, 1854 में सीनेट चुनाव में हार, 1856 में उपराष्ट्रपति चुनाव में हार, 1858 में पुनः सीनेट चुनाव में हार लेकिन डटे रहे और 1860 में राष्ट्रपति चुने गए।

- बार्न्स की कहानी सभी जानते हैं। उनके पास पूँजी नहीं थी। फिर भी वह एडीसन का पार्टनर बनना चाहते थे। एडीसन की ऑफिस में बहुत कम वेतन पर उन्हें कार्य करना पड़ा। किन्तु वह तटस्थ रहे और उन्होंने कर दिखाया।

- मारकोनी ने एक महान कार्य आरम्भ किया। कई बार असफल हुए। लोग उन्हें मनोचिकित्सकों के पास तक लेकर गए। लेकिन उन्होंने न तो हार मानी और न ही पलायन किया और दुनिया को कर दिखाया।

- आइंस्टीन 1895 में पॉलिटेक्निक की प्रवेश परीक्षा में फेल हो गए थे। अगले 10 वर्षों में 1905 में उनके तीन शोधपत्र प्रकाशित हुए।

97.
Mind Management Vs Time Management
(मानसिक प्रबन्धन बनाम समय प्रबन्धन)

ग्रोथ माइण्डसेट –

ग्रोथ माइण्डसेट वाले व्यक्तियों की कामयाबी और अमीरी के पीछे समय प्रबन्धन की एक बड़ी और महत्वपूर्ण भूमिका होती है। किन्तु समय प्रबन्धन से पूर्व वे मानसिक प्रबन्धन करना ज़्यादा ज़रूरी समझते हैं। मानसिक प्रबन्धन हो जाने पर समय प्रबन्धन बहुत ही आसान हो जाता है।

फिक्स्ड माइण्डसेट –

फिक्स्ड माइण्डसेट वाले लोग समय प्रबन्धन पर ही ज़्यादा ज़ोर देते हैं। यद्यपि समय प्रबन्धन को किसी भी देश, काल या परिस्थिति में इंकार नहीं किया जा सकता। किन्तु बिना मानसिक प्रबन्धन किए समय प्रबन्धन करना बहुत ही कठिन प्रक्रिया है।

विशेष –

उत्पादकता हेतु समय प्रबन्धन के मुकाबले में मानसिक प्रबन्धन ज़्यादा मायने रखता है। टाइम मैनेजमेण्ट केवल वही कर सकता है जो कि माइण्ड मैनेजमेण्ट करना जानता हो।

उदाहरण/सलाह –

- अपनी रूटीन के बजाय अपनी उत्पादकता हेतु कुछ नए तरीक़े अपनाएं।

- अपनी भावनाओं को नियन्त्रित करना सीखें। इस प्रकार माइण्ड मैनेजमेण्ट हो जाने से टाइम मैनेजमेण्ट करना आसान होगा।

- अपने मस्तिष्क को कुछ इस प्रकार प्रशिक्षित करना होगा कि अनावश्यक के कार्यों में अपनी ऊर्जा को नष्ट करने के बजाय अपनी उत्पादकता बढ़ाने में कर सकें।

- अपने बेकार के टैलेन्ट को भी अपनी अच्छी सोच के साथ सबके सामने आने दें। इससे माइण्ड मैनेजमेण्ट की कला को बल मिल सकेगा।

- जब आप थका हुआ महसूस करते हैं उस समय टाइम मैनेजमेण्ट कर पाना मुश्किल हो जाता है। अतएव ज़रूरी है कि पहले आप माइण्ड मैनेजमेण्ट करें।

- जब लक्ष्य स्पष्ट न हो या फिर विधिवत योजनाबद्ध न हो तो भी टाइम मैनेजमेण्ट कर पाना कठिन हो जाता है। अतएव लक्ष्य स्पष्ट कर योजना बनाएं।

- टेक्नोलॉजी का पूरा एवं अधिकाधिक प्रयोग करें। इससे माइण्ड मैनेजमेण्ट की प्रक्रिया सशक्त होगी।

- अपने माइण्ड का मैनेजमेण्ट कुछ इस प्रकार करें कि तब भी आप क्रियाशील रहें जब कि कुछ गड़बड़ हो जाए। इससे टाइम मैनेजमेण्ट की प्रक्रिया सरल हो जायेगी।

- यदि हम किसी कार्य को करने के दौरान उस कार्य में फ़ोकस बनाना सीख जाएं यानि कि माइण्ड मैनेजमेण्ट कर सकें तो टाइम मैनेजमेण्ट करना हमारा स्वभाव बन जायेगा।

- यदि आप यह जानना चाहते हैं कि आपके दिमाग़ में क्या चल रहा है तो आप ख़ुद से ये सवाल करें। ये सवाल माइण्ड मैनेजमेण्ट के बेहद अहम सवाल हैं।

(A) मुझे अभी किस तरह का कार्य करने की ज़रूरत है? क्या कोई कार्य बेहद प्रेशर वाला है? क्या मैं अपनी मानसिक अवस्था

को उस कार्य का मार्गदर्शन करने दे सकता हूँ? जिसे कि अभी मैं करने का फ़ैसला करता हूँ।

(B) मैं अभी किस तरह की मानसिक अवस्था में हूँ? क्या मैं अभी इस कार्य को करने के मूड में हूँ?

(C) क्या कुछ ऐसा है जिसे कि मैं ख़ुद को सही मानसिक अवस्था में लाने हेतु कर सकता हूँ?

- सोने और जागने का समय बिल्कुल निश्चित रखें। यह भी माइण्ड मैनेजमेण्ट में कारगर होगा।

- आभारी बनें। इससे आपकी मानसिक अवस्था बेहतरीन होगी।

- नियमित रूप से व्यायाम और ध्यान करें। व्यायाम और ध्यान आपके माइण्ड मैनेजमेण्ट में मील का पत्थर साबित होगा।

- आप अलग अलग कार्यों को करने के लिए अलग अलग जगहों को चुन सकते हैं।

- आप ध्यानादि के द्वारा अपने मन को अधिक से अधिक शान्त रखकर माइण्ड मैनेजमेण्ट कर सकते हैं।

98

Current Stage Vs Desired Stage
(वर्तमान स्थिति बनाम वांछित स्थिति)

ग्रोथ माइण्डसेट -

ग्रोथ माइण्डसेट वाला व्यक्ति जो कुछ भी पाना चाहता है, वह उसके मस्तिष्क में स्पष्ट होता है। साथ ही साथ उसके पास क्या है अर्थात उसकी वर्तमान दशा क्या है? इसके बारे में भी किसी ग़लतफ़हमी में नहीं होता है।

फिक्स्ड माइण्डसेट -

फिक्स्ड माइण्डसेट वाला व्यक्ति अपनी वर्तमान दशा और परिस्थितियों में इतना उलझा रहता है कि वर्तमान दशा से वांक्षित दशा की ओर का चिन्तन और तैयारी दुष्कर हो जाती है।

विशेष -

आप अपनी ज़िन्दगी की हज़ारों इच्छाओं की बात कर सकते हैं। लेकिन वास्तविकता तो बस यही है कि हम सारी ज़िन्दगी महज़ कुछ ही इच्छाओं को ही पूरा करना चाहते हैं। इन इच्छाओं की वर्तमान स्थिति और वांक्षित स्थिति दोनों का ज्ञान होना ज़रूरी है।

उदाहरण/सलाह -

- यदि आप एक बिज़नेसमैन हैं और सारा काम ख़ुद ही करते हैं और आपके बिना आपका व्यवसाय नहीं चल सकता तो आपकी वर्तमान दशा प्रोपराइटर है। यदि आपके साथ और भी कर्मचारी हैं किन्तु आपकी ज़रूरत हर जगह और हर कार्य

में होती है तो आपकी वर्तमान दशा <u>मैनेजर</u> है। यदि आपको आपके बिज़नेस में महज़ दिशा निर्देश देना होता है तो आपकी वर्तमान दशा <u>डायरेक्टर</u> है। यदि आपको आपके बिज़नेस में कुछ भी नहीं करना पड़ता और आपको आपका लाभ स्वत: ही प्राप्त हो जाता है तो आप व्यवसाय की उच्चावस्था <u>निवेशक</u> पर हैं। अब तय आपको करना है कि आपकी वर्तमान दशा(Current Stage) क्या है? और आपकी वांछित दशा (Desired Stage) क्या है?

- यदि आप कार्पोरेट एंप्लॉयी हैं तो कहाँ हैं? क्या आप एक्जीक्यूटिव, सीनियर एक्जीक्यूटिव, टीम लीडर, असिटेंट मैनेजर, मैनेजर, सीनियर मैनेजर, असिस्टेंट डायरेक्टर या डायरेक्टर हैं? आपकी वर्तमान स्थिति क्या है? और आपको पहुँचना कहाँ है?

- आपके सभी स्रोतों से आने वाली कुल आय कितनी है? और आपकी वांछित आय क्या है?

- आपके स्वास्थ्य की वर्तमान स्थिति क्या है? आपका वजन आदि कितना है? और आप क्या चाहते हैं?

- आपका आपके परिजनों अथवा समाज में लोगों से रिश्तों की स्थिति क्या है? और आप क्या चाहते हैं?

- आपकी आंतरिक अवस्था क्या है? आप मानसिक और भावनात्मक रूप से कैसा महसूस कर रहे हैं? क्या आप प्रेम, आभार, शान्ति और आनन्द की अवस्था को महसूस कर पा रहे हैं? आप कैसा महसूस करना चाहते हैं? आपकी आंतरिक अवस्था की वांछित दशा क्या है?

- आप किस आर्थिक श्रेणी में अभी हैं? क्या आप 20% (आर्थिक मृत), 60% (आर्थिक संघर्षरत), 15% (आर्थिक स्वतंत्र), 4% (धनवान) या 1% (समृद्ध) हैं? आपकी वांछित दशा क्या है?

99.
Relaunching
(पुनारम्भ)

ग्रोथ माइण्डसेट -

यदि आप में स्वयं को अथवा अपने प्रॉडक्ट या सर्विस को रिलॉन्च करने का साहस है तो आप यक़ीनन ग्रोथ माइण्डसेट वाले हैं।

फिक्स्ड माइण्डसेट -

फिक्स्ड माइण्डसेट वाला व्यक्ति रिलॉन्चिंग जैसा साहसिक क़दम उठाने के बजाय पलायन ही पसंद करेगा।

विशेष -

यदि जीवन में कभी ऐसे हालात पैदा हो जाएं कि आपकी ख़ुद की या आपके प्रॉडक्ट अथवा सर्विस की मार्केट गिरने लगे किन्तु आपके अन्य प्रतिस्पर्धी उसी क्षेत्र में बेहतर कर रहे हों तो पलायन की अपेक्षा रिलॉन्चिंग ही बेहतर विकल्प होता है। रिलॉन्चिंग से पूर्व चार अति महत्त्वपूर्ण सुधार करने ही होंगे।

1. Improvement in You (ख़ुद में सुधार)

2. Improvement in Product/Service (उत्पाद/सेवाओं में सुधार)

3. Improvement in Marketing (मार्केटिंग में सुधार)

4. Improvement in Market (मार्केट में सुधार)

1. Improvement in you - रिलॉन्चिंग से पूर्व आपको ख़ुद में निम्न सुधार करने होंगे।

(A) Passion for Your Work - अब आप नए सिरे से शुरुआत करने जा रहे हैं। ख़ुद को पूरे आत्मविश्वास, उत्साह और जुनून से पूर्ण रखिए।

(B) Full Yourself With Positivity - अब तक के अनुभव जो कुछ भी रहे हों किन्तु अब आप ख़ुद को सकारात्मकता से भर दीजिए। हर पल, हर क्षण सकारात्मक रहिए।

(C) Use Your Experience - अपने अनुभवों का प्रयोग कीजिए।

(D) Improve Your Skill - अपने कार्य के लिए प्रबंधकीय एवम् प्रशासनिक कुशलताओं में दक्ष हो जाइए। यदि कोई स्किल विशेष जिस पर आपका व्यवसाय आधारित है तो उसे ज़रूर सीखिए।

(E) Marketing Skill - अपने व्यवसाय के लिए आवश्यक सभी तरह की आवश्यक मार्केटिंग ज़रूर सीख लीजिए।

(F) Self Image - अब तक जो हुआ उसे भूलिए। अब आपको अपनी व्यक्तिगत इमेज़ पर ध्यान देना होगा। आपको अच्छे तरीक़े से अपनी ब्राण्डिंग करनी होगी।

(G) Reputation - आप अपनी प्रतिष्ठा पर ध्यान दीजिए। आप जो कह रहे हैं, उसे पूरा करिए।

(H) Network - आपके व्यवसाय के लिए जिन भी विशेषज्ञों या एजेंसियों से मदद ली जानी है, सभी नेटवर्क दुरुस्त कीजिए। चाहे वह मार्केटिंग से संबंधित हो, लीगल हो या कुछ और।

(I) Team - आपको अपनी टीम को दुरूस्त करने की ज़रूरत होगी। पूरी टीम को सकारात्मक बनाना होगा। सभी को उत्साहित करना होगा। सबको अपने विज़न और मिशन के साथ जोड़ना होगा।

(J) Target Customer/Client - आपको अपने टारगेट कस्टमर/क्लाइण्ट को पहचानना होगा।

2. Improvement in your Product/Service -

(A) Rename - यदि आपने मार्केट की स्टडी कर ली है तो आवश्यकतानुसार आप अपने उत्पाद/सेवाओं को एक नए नाम से भी लॉन्च कर सकते हैं।

(B) Price - अपने उत्पाद या सेवाओं के मूल्य पर भी विचार कर लीजिए।

(C) Quality - एक बार पुन: अध्ययन कर लीजिए कि आपके उत्पाद/सेवाओं के गुणवत्ता में किसी भी प्रकार की कोई कमी न रह जाए।

(D) Additional - आप देखिए कि अपने उत्पाद/सेवाओं के साथ क्या कुछ अतिरिक्त दे सकते हैं। जो कि आकर्षक होने के साथ ही साथ आपके अन्य प्रतिस्पर्धियों से अलग हो।

(E) Look - रिलॉन्चिंग से पूर्व आप अपने उत्पाद या सेवाओं का लुक ज़रूर चेंज कर दीजिए।

3. Marketing -

(A) Visibility - आप अपनी विजिबिलिटी बढ़ाने के लिए अपने व्यवसाय के नेचर के अनुरूप आउटडोर मीडिया जिसमें होर्डिंग आदि का प्रयोग कर सकते हैं।

(B) Social Media - सोशल मीडिया के द्वारा भी आप ख़ुद का, अपने प्रॉडक्ट या सर्विस को प्रमोट कर सकते हैं।

(C) Paid Promotion - अच्छी लीड के लिए एरिया, लिंग, आयु, व्यवसाय आदि का सही चुनाव करते हुए पेड प्रमोशन भी कर सकते हैं। बस ध्यान रहे कि आपका ऐड गुणवत्तापूर्ण हो।

(D) Profile Video Promotion - आप अपनी या अपने उत्पाद/सर्विस की एक प्रोफेशनल वीडियो बनवाइए। जिसमें संक्षिप्त में पूरी प्रोफाइल हो।

(E) Promotional Partnership - यदि आपके व्यवसाय के नेचर के अनुरूप हो तो आप अपनी इंडस्ट्री के किसी समान व्यवसाय के साथ प्रमोशनल एडवरटाइजमेंट चला सकते हैं।

4. Market

(A) Size - अपनी मार्केट का पूरा ख़ाका तैयार कर लीजिए कि आपके टारगेट कस्टमर/क्लाइण्ट कौन हैं?

(B) Growth - आपकी मार्केट में कितनी और संभावनाएं हैं?

(C) Competition - आपके प्रतिस्पर्धी कौन हैं? संभव हो सके तो यह भी पता लगाइए कि उनकी रणनीतियाँ क्या हैं?

(D) Problem - आप मार्केट की कौन सी समस्या का समाधान कर सकते हैं? जो दूसरे लोग नहीं कर पा रहे हैं।

(E) Result - आपने अब तक क्या बेहतरीन परिणाम दिया है। इसका पूरा खाका आपके पास हो। इसे लोगों तक पहुँचाते रहिए।

(F) Demographics- अपने कस्टमर/क्लाइण्ट के आयु, वर्ग, पेशे की पूरी जानकारी रखिए।

(G) Psychographics- आपके कस्टमर/क्लाइण्ट की रुचियां/गतिविधियाँ एवम् सलाह भी आपके लिए महत्त्वपूर्ण है।

(H) Behaviour- आपके कस्टमर/क्लाइण्ट के व्यवहार का भी अध्ययन करना आवश्यक है।

(I) Current destination- आपके संभावित कस्टमर/क्लाइण्ट अभी अपनी सेवाएं या उत्पाद कहाँ से ले रहे हैं?

इन चार महत्त्वपूर्ण सुधारों के बाद आप लॉन्चिंग या रिलॉन्चिंग सफलता पूर्वक कर सकते हैं।

www.ingramcontent.com/pod-product-compliance
Lightning Source LLC
Chambersburg PA
CBHW031018160726
47991CB00005B/1773